Diogenes Taschenbuch 24020

Nicht schon wieder Weihnachten!

*Hinterhältige
Weihnachtsgeschichten
sowie zwei Gedichte*

*Ausgewählt von
Daniel Kampa*

Diogenes

Nachweis am
Schluss des Bandes
Umschlagzeichnung
von Tomi Ungerer

Originalausgabe

Alle Rechte an dieser Ausgabe vorbehalten
Copyright © 2009
Diogenes Verlag AG Zürich
www.diogenes.ch
350/09/44/1
ISBN 978 3 257 24020 7

Inhalt

Henry Slesar — *Der Mann, der Weihnachten liebte* 7
Martin Suter — *Weihnachten mit Winterberg* 38
David Sedaris — *Dinah, die Weihnachts-Hure* 41
Robert Gernhardt — *Weihnachten* 65
Richard Ford — *Krippe* 66
Ray Bradbury — *Segne mich, Vater, denn ich habe gesündigt* 120
Anton Čechov — *Der Tannenbaum* 130
Alphonse Daudet — *Die drei stillen Messen* 134
Charles Dickens — *Die Geschichte von den Kobolden, die einen Totengräber entführten* 149
Thomas Hardy — *Die Diebe, die niesen mussten* 169
Ring Lardner — *Der Eltern Weihnachtsfest* 182
Joachim Ringelnatz — *Der Weihnachtsbaum* 202

René Goscinny	*Lieber Weihnachtsmann*	205
Jakob Hein	*Tagebuch*	213
Nikolaus Heidelbach	*Mein schönstes Weihnachts-erlebnis*	223
Laura de Weck	*Die Wohltat*	225
Wladimir Kaminer	*Superman und Superfrau*	235
Charles Bukowski	*Weihnachten*	241
Georges Simenon	*Das Restaurant an der Place des Ternes*	243
Maarten 't Hart	*Klirr, Gläschen, klirr*	278
Nachweis	301	

Henry Slesar
Der Mann, der Weihnachten liebte

Als Lev Walters die ihn weckende Hand seiner Frau an der Schulter spürte, zweifelte er nicht daran, dass es wegen des Babys war. Mann! dachte er, jetzt käme sein Sohn vielleicht doch noch Weihnachten zur Welt! Seit Wochen schon redeten sie über diese Möglichkeit, wobei sie sich fragten, ob John Alexander Walters wohl sehr viel dagegen hätte, seinen Tag mit einem berühmteren Geburtstagskind zu teilen. (Sie kannten das Geschlecht des Babys, weil Elly eine Fruchtwasseruntersuchung hatte vornehmen lassen. Sie war zweiunddreißig, und es war ihr erstes Kind, warum also ein Risiko eingehen?) Doch als Lev endlich ganz wach war, was diesmal länger als sonst dauerte, weil er bis zwei Uhr morgens Geschenke eingepackt hatte, war ihm klar, dass nicht die Wehen der Grund für den Weckruf waren. Elly hielt das Telefon in der linken Hand. Das hatte immer nur eins zu bedeuten, denn Lev Walters war Polizist.

Captain Ab Peterson beantwortete seine erste Frage, noch ehe er sie gestellt hatte. »Nein, Sam ist nicht da. Auf der Interstate hat es einen Unfall gegeben, in den drei Wagen verwickelt sind – zu viel Eierpunsch, nehme ich an. Ich habe hier nur Lutz und den Kleinen, und keiner von beiden hat genug Grips für die Sache.«

»Was für eine Sache?«, fragte Lev.

»Jemand ist spurlos verschwunden, wie weggezaubert«, sagte Ab. »Ein Mann namens Barry Methune. Wohnt in der Holly Road. Letzte Nacht.«

»Du willst mich wohl auf den Arm nehmen«, sagte Lev. »Vor Ablauf von mindestens achtundvierzig Stunden gilt niemand offiziell als vermisst.«

»Dieser Typ ist aus seinem eigenen Bett verschwunden, und seine Frau ist ganz schön hysterisch deswegen. Er hat zwei Kinder – sie haben noch nicht mal ihre Geschenke ausgepackt, und Daddy ist einfach weg... Rede wenigstens mal mit der Frau, okay? Sie wohnt nur zehn Minuten von dir entfernt. Sieh zu, dass du sie beruhigst, bis Sam zurück ist, ja? Tust du das?«

Lev wusste, dass er es tun würde, trotz Ellys verzogenem Mund. Der Stadt Lewisfield standen nur sechs Polizeibeamte zur Verfügung, und Feiertage waren immer ein Problem, sowohl aus logistischer wie auch emotionaler Sicht. Am schlimmsten war Weihnachten. Für das Privileg, am 25. Dezember zu Hause bleiben zu dürfen, hatte Lev zwei Urlaubstage hingegeben, und nun stand er da, zerrte sich die Socken hoch, stolperte in seine Hose und schickte sich an, irgendeiner Hausfrau die Hand zu halten, weil ihr Ehemann Weihnachten wahrscheinlich zu ausgiebig begossen hatte und jetzt nicht mehr wusste, wo er wohnte.

»Bleib nicht so lange weg«, sagte Elly. »Ich möchte das Baby nicht ohne dich kriegen.«

»Ohne mich hättest du's gar nicht zuwege gebracht«, sagte Lev.

Er näherte sich ihr, so weit es ging, um sie zu küssen.

Lev Walters hatte seine gesamten vierunddreißig Jahre in Lewisfield verbracht und zugesehen, wie sich seine Stadt wie ein Tintenfleck ausgebreitet hatte, um schließlich der Vorort einer benachbarten Großstadt zu werden. Das Wachstum hatte dem Ort Wohlstand gebracht, dem Gemeinwesen aber geschadet. Außerdem waren neue Wohngebiete entstanden, und die Holly Road gehörte dazu – Häuser wie Ausstechförmchen mit briefmarkengroßen Rasenflächen.

Weihnachten hatte der Straße noch eine andere Art von Gleichförmigkeit aufgezwungen. Fast an jeder Tür hingen Kränze, und in fast jedem Fenster leuchteten oder blinkerten Weihnachtsbäume. Aber als Lev mit seinem Kombi in die Auffahrt zum Haus der Methunes einbog, fing auch er an zu blinkern. Hätte es einen Wettbewerb um das am weihnachtlichsten geschmückte Haus in Lewisfield gegeben – die Methunes hätten mit Sicherheit den ersten Preis gewonnen. Auf dem Rasenstück vor dem Haus stand ein Pferdeschlitten in Originalgröße, auf dem ein Weihnachtsmann aus Plastik die Zügel von vier Plastikrentieren hielt. In der Nase des einen glühte ein winziges rotes Lämpchen. Auf der Terrasse stand eine fast lebensgroße Weihnachtskrippe aufgebaut, deren bunte Lichterketten dem Jesuskind ein gelbsüchtiges und den es Anbetenden ein grünes, orangefarbenes oder blaues Aussehen verliehen. Sämtliche Regenrinnen und Fallrohre waren von Lichterketten gesäumt, ebenso die Fenster und die Haustür. Auf dem Rasen standen zwei mit Lichtergirlanden geschmückte Bäume, aber keiner von ihnen konnte es mit dem im Haus aufnehmen, einem stattlichen Zweimeterexemplar, das, mit jedem nur denkbaren Schmuck behängt, aus einem Durcheinander bunt eingewickelter Päckchen emporragte, die noch alle unausgepackt waren.

»Hier mag jemand Weihnachten«, murmelte er, als Mrs. Methune ihn einließ.

»Mein Mann«, sagte die Frau und unterdrückte ein Schluchzen. »Das macht es ja so schrecklich. Dass das ausgerechnet heute passieren konnte!«

»Dass was passieren konnte?«, fragte Lev.

Sie war eine dünne, hübsche Frau mit straff zurückgenommenem Haar und leicht vorstehenden Zähnen, was ihr ein liebenswertes, kaninchenartiges Aussehen gab. Glücklicherweise hatte sie dunkle Augen und einen strengen Mund, obwohl die Ersteren verweint waren und der Letztere zuckte.

»Wir sind erst nach Mitternacht ins Bett gegangen, Barry und ich. Die Kinder gehen normalerweise so gegen neun schlafen, aber sie waren so aufgeregt, dass wir ihnen erlaubten, bis zehn aufzubleiben. Das ließ uns noch ein paar Stunden, um all die Geschenke aufzubauen. Wir waren beide ganz erschöpft, das ist klar, aber Barry war glücklich, so glücklich, wie er es immer zu dieser Zeit des Jahres ist. Er liebt Weihnachten so sehr, dass er bereits am 26. Dezember anfängt, das nächste Weihnachtsfest zu planen, davon bin ich felsenfest überzeugt.«

»Wann sind Sie aufgewacht?«

»Um sieben. Ich hatte den Wecker gestellt, weil ich nicht zu lange schlafen wollte; ich wusste, dass Dodie und Amanda – das sind meine beiden kleinen Töchter – in aller Frühe auf sein und darauf brennen würden, ihre Geschenke auszupacken. Ich war durchaus nicht überrascht, als ich sah, dass mein Mann bereits aufgestanden war. Normalerweise schläft Barry zwar sehr fest, aber das war schließlich der schönste Morgen des ganzen Jahres für ihn...«

»Ihr Schlafzimmer ist oben?«

»Ja. Ich warf einen Morgenrock über und kam hier runter, und wie ich gedacht hatte, waren die Kinder schon unten, schüttelten ihre Päckchen und versuchten zu erraten, was der Weihnachtsmann ihnen gebracht hatte. Das meine ich übrigens wortwörtlich. Dodie ist fünf, und Amanda ist noch nicht ganz sieben, und sie glauben noch an den Weihnachtsmann, oder zumindest gelingt es ihnen sehr gut, so zu tun als ob... Daran hatte Barry so viel gelegen... dass sie *glauben*.« Sie schluckte einen schluchzenden Laut hinunter. »O mein Gott, ich spreche von ihm in der Vergangenheit! Sagen Sie mir, dass ich das nicht muss – bitte!«

»Sie müssen das nicht«, sagte Lev mit überzeugender Festigkeit. »Es gibt für das Verschwinden Ihres Mannes Dutzende von möglichen Erklärungen, Mrs. Methune, und die Chancen, dass er innerhalb der nächsten paar Stunden durch diese Tür hereinspaziert kommt, stehen phantastisch.«

»Ich habe versucht, wenigstens *eine* Erklärung zu finden«, sagte sie. »Nur eine einzige, an die ich mich klammern kann. Aber es will mir einfach keine einfallen!«

»Schön, dann will ich es mal versuchen. Er ist

aufgewacht, und plötzlich fiel ihm ein, dass er eins der Geschenke im Büro gelassen hatte. Da dachte er, er könnte sich schnell ins Auto setzen –«

»Nein«, sagte die Frau scharf. »Das hat er nicht getan. Wir haben zwei Autos, seinen Ford und meinen kleinen Mazda. Sie stehen beide in der Garage. Zu Fuß ist er auch nicht ins Büro gegangen, es liegt in der Stadt, in Dayton. Er leitet eine kleine Firma für Ärztebedarf. Er besitzt zwar ein Motorrad, aber das ist auch hier.«

»Er könnte ein Taxi gerufen haben. Das ist doch nicht unmöglich, oder?«

»Mitten in der Nacht? Warum sollte er das tun?«

Lev wusste es auch nicht. Aber er fuhr fort, Vermutungen anzustellen.

»Vielleicht hat ihn jemand abgeholt. Wenn nun ein Auto vorgefahren wäre, ohne dass Sie es gehört hätten, so müde, wie Sie waren, in tiefem Schlaf?«

»Das ist ja noch schlimmer. Von einem Auto abgeholt! Wer saß am Steuer? Wohin sind sie gefahren?« Er wollte gerade antworten, aber sie ließ ihn nicht zu Wort kommen. »Sie denken an eine andere Frau, nicht wahr? Sie denken, dass er sich ausgerechnet Heiligabend ausgesucht hat, um mit einer anderen Frau durchzubrennen! Großer Gott, wie können Sie so was sagen!«

Lev machte sie nicht darauf aufmerksam, dass er

es gar nicht gesagt hatte, schon deswegen nicht, weil ihm der Gedanke durch den Kopf gegangen war.

»Na gut«, sagte er. »Hören wir auf, Vermutungen anzustellen, und halten wir uns an die Tatsachen. Seine Sachen zum Beispiel.«

»Die sind alle hier«, sagte Mrs. Methune. »Jedenfalls kommt es mir so vor. Ich führe keine Bestandsliste von Barrys Sachen, und er nicht von meinen. Aber ich weiß, dass er fünf Anzüge hat, die alle noch im Schrank sind. Er besitzt drei Koffer, und die sind auch noch, wo sie immer waren. Würde er durchbrennen, ohne zumindest seine Zahnbürste einzustecken? Die ist auch da.«

Lev räusperte sich, denn er wollte ganz sichergehen, dass sie ihn richtig verstand.

»Ich habe eine Reihe solcher Fälle bearbeitet, Mrs. Methune. Ehemänner, die so was vorhaben, können ganz schön raffiniert sein. Da war ein Typ, der gab alle seine Sachen über einen Zeitraum von mehreren Monaten in die Reinigung und ließ sie sich dann an eine neue Adresse liefern. Ehe seine Frau spitzkriegte, was da ablief, war praktisch sein ganzes Zeug aus dem Haus.«

»Aber ich habe Ihnen doch gerade gesagt...«

»Ja, ja, ich weiß. Seine Sachen sind alle hier. Aber einige Männer sind bereit, sich eine komplett neue Garderobe zuzulegen, wenn sie ein neues Leben beginnen...« Er fühlte sich hundsmiserabel, kaum dass der Satz raus war.

»Vielleicht wollte Barry mich wirklich verlassen«, sagte die Frau, und ihr Blick umflorte sich. »Ich weiß es nicht. Er hat es sich jedenfalls nie anmerken lassen. Aber seine Kinder? Seine geliebten kleinen Mädchen? Und ausgerechnet *Weihnachten,* an dem schönsten Tag ihres Lebens?« Sie schüttelte so heftig den Kopf, dass sie das Gummiband abschüttelte, mit dem sie ihr Haar zurückgehalten hatte. Es kam frei und fiel in einem sanften braunen Durcheinander um ihr Gesicht. Jetzt sah sie noch jünger und hübscher aus, und Lev durchschauerte plötzlich ein Zweifel, der ausgesprochen unheimlich war. Wo *war* Barry Methune? Welches Weihnachtsgespenst hatte ihn von so einer Familie weggezaubert?

Es wurde drei Uhr nachmittags, ehe Lev die Gegend verließ, und ihm fiel plötzlich schwer auf die Seele, dass er noch nicht einmal Elly angerufen hatte, um zu hören, was ihre Wehen machten. Er überschritt auf dem Rückweg die Geschwindigkeitsbegrenzung und vertraute darauf, dass seine Dienstmarke ihn rausreißen würde. Glücklicherweise wurde er nicht angehalten. Noch glücklicher war der Umstand, dass Elly gar nicht zu Hause gewesen war, sondern beim Friseur. Sie entschuldigte sich bei *ihm.* Lev verzieh ihr großmütig.

Als er ihr von dem Fall Methune erzählte, identifizierte sie sich sofort mit dem Opfer, wie sie das immer tat.

»Wenn du jemals so was mit mir machst, Bulle, dann kratze ich dir die Augen aus.«

»Aber wir wissen ja gar nicht, was Methune gemacht hat. Seine Frau weiß es nicht und seine Nachbarn auch nicht.«

»Du hast mit ihnen gesprochen?«

»Ich habe die halbe Straße befragt. Niemand hat Methune das Haus verlassen sehen, niemand hat mitten in der Nacht ein Fahrzeug gehört. Ich hab sogar mit seinen Kindern geredet, zwei kleine Mädchen mit Gesichtern wie die liebe Sonne. Wenn du mir so eins machtest, hätte ich nicht das Geringste dagegen.«

»Du kriegst einen Jungen, hast du das vergessen?«

»Das sagst du schon die ganze Zeit, bloß wann?«

Ellys Antwort klang wehmütig. »Nicht zu Weihnachten, so wie es aussieht... Sag noch mal, wie war das? Der Mann ist nicht jedes Weihnachtsfest zu Hause?«

»Ja, so hat es mir seine Frau erzählt. Er beschäftigt nur einen einzigen Vertreter in dieser Firma für Ärztebedarf, die er da hat, und wenn Feiertage sind, dann machen sie abwechselnd Dienst. Aber er entschädigt sich für die verpassten Festtage, indem er sich jedes zweite Jahr wahnsinnig ins Zeug legt. Er gibt ein Vermögen für Weihnachtsdekorationen aus, bringt Tage damit zu, alles herzurichten. Er kauft tonnenweise Geschenke und packt jedes Geschenk selbst ein. Er leiht sich nicht einfach nur ein Weihnachtsmannkostüm, er hat sich eins machen lassen. Er schickt Weihnachtskarten an alle Leute, die er nur irgendwie kennt, und auch an ein paar, die er kaum kennt... Es ist der glücklichste Tag seines Lebens, und er ist nicht da, um ihn zu erleben.«

Um sechs klingelte das Telefon. Elly nahm den Hörer in der Küche ab, wo sie gerade einen Lammbraten zubereitete. Sie kam heraus, bedachte ihren Mann mit einem gespielt argwöhnischen Blick und fragte: »Und wer, bitte schön, ist Pola Methune?«

»Heißt sie so mit Vornamen?«, sagte Lev. »Ich hab sie nie danach gefragt.«

Er nahm das Telefon und hoffte zu hören, dass Polas herumschweifender Gatte zurückgekehrt und wieder Weihnachten in das Heim der Methunes eingezogen sei. Aber ihre ersten Worte waren in ein Schluchzen gehüllt, und Lev wusste, dass sein Festessen würde warten müssen.

Auf der Fahrt zurück zum Haus der Methunes grollte er vor sich hin. Er hätte Pola nie seine

Privatnummer geben, sondern sie ans Präsidium verweisen sollen, da hätte sich dann Sam Reddy mit dem Problem befassen können. Er fühlte sich als Opfer seiner eigenen Gefühlsduselei. Wenn das dabei herauskam, wenn man »Familienvater« war, dann wusste er nicht so recht, ob er Gefallen daran fand.

Es wurde bereits dunkel, als er die Holly Road erreichte. Er spürte, dass die Lichter, die die Häuser schmückten, auch etwas Wehmütiges an sich hatten. Morgen würden sie erloschen sein, Weihnachten war fast vorüber. Barry Methune würde nun 364 Tage warten müssen, ehe er seiner Weihnachtsfreude Ausdruck verleihen konnte. Aber würde er ihr jemals wieder Ausdruck verleihen?

Pola begrüßte ihn hohläugig und mit gedämpfter Stimme. Dodie und Amanda jedoch setzten dazu einen Kontrapunkt. Kreischend vor Lachen wälzten sie sich auf dem Wohnzimmerteppich in einem Wust von Schachteln und Geschenkpapier. Offensichtlich hatte Pola beschlossen, ihnen ihre Geschenke nicht länger vorzuenthalten, auch wenn ihre eigenen ungeöffnet blieben.

»Ich weiß, was Sie mir erklärt haben«, sagte sie. »Dass es Vorschriften gibt, ab wann jemand als vermisst gilt, dass man warten muss... Aber gibt's denn gar nichts, was Sie tun könnten?«

»Ich habe bereits einiges getan«, sagte Lev. »Ich habe, nachdem ich Sie heute Morgen verlassen hatte, die Leute in der Nachbarschaft befragt. Außerdem habe ich die Unfallberichte überprüft, die Krankenhäuser am Ort, das Leichenschauhaus. Mit negativem Ergebnis, was Sie sicher freuen wird zu hören. Aber haben Sie denn getan, worum ich Sie gebeten habe?«

Wenn möglich, sah sie jetzt noch unglücklicher aus. »Ja«, sagte sie. »Ich habe Barrys Papiere durchgesehen. Ich habe sogar alle seine Taschen durchsucht. Es war mir ganz schrecklich. Es hatte so was ... Misstrauisches.«

»Haben Sie irgendetwas gefunden?«

»Nein. Wenigstens nichts, was mir etwas gesagt hätte.«

»Wären Sie bereit, mich auch einmal schauen zu lassen?«

»Von mir aus ... Ich habe alles in eine Schachtel getan. Zusammen mit seinem Adressbuch. Abgesehen von einigen geschäftlichen Nummern ist es genauso wie meins.«

»Erlauben Sie mir trotzdem, dass ich es mir ansehe«, sagte Lev. »Und wenn Sie Fotos von Ihrem Mann haben, die auch.«

Sie drehte sich um und ging die Treppe hinauf – mit den schleppenden Schritten einer um zwanzig Jahre älteren Frau.

Während er wartete, beobachtete er die beiden kleinen Mädchen. Sie waren inzwischen mit sich selbst und ihrer eigenen Weihnachtsbeute beschäftigt. Die ältere – Amanda? – schien mit einem Spielzeug nicht zurechtzukommen und fand, dass er ein leidlicher Vaterersatz sei. Sie brachte es ihm und drückte es ihm in die Hand.

»Wie spielt man damit?«, fragte sie. »Kannst du's mir zeigen?«

Lev sah es sich an. Es war eins von diesen elektronischen Spielen, ein Fußballspiel. Es bestand aus einem Bildschirm mit dem Spielfeld darauf und zwei Knöpfen, auf jeder Seite einer. Der eine kontrollierte den Sturm, der andere die Verteidigung. Aber als er auf die Knöpfe drückte, passierte gar nichts.

»Vielleicht sind die Batterien alle«, sagte er.

Erleichtert, dass er es hier mit einem einfacheren Problem zu tun hatte, suchte er zwischen den verstreuten Geschenken herum und fand eine kleine silberfarbene Taschenlampe. Tatsächlich steckten darin Batterien der gleichen Größe, und diese funktionierten. Das kleinere Mädchen – Dodie – hatte nichts dagegen, dass er sich an ihrem Geschenk zu schaffen machte; sie schien sich nicht besonders dafür zu interessieren. Lev fand es selbst auch ein wenig merkwürdig, einem kleinen Mädchen eine

Taschenlampe zu schenken. Oder auch ein elektronisches Fußballspiel, wenn man darüber nachdachte.

Dummerweise reagierte das Spielzeug nicht auf seine neue Kraftquelle. Als Pola Methune wieder herunterkam, eine weiße Pappschachtel in der Hand, sah sie Amandas enttäuschtes Gesicht und fragte, was los sei.

»Wissen Sie noch, wo Sie das hier gekauft haben?«

»Ich habe es gar nicht gekauft, sondern Barry. In einem Spielzeugladen in der Nähe seines Büros, in der Broad Street. 900 Broad, im Wyatt Building.«

»Ich werd's schon finden«, sagte Lev. »Ich fahre hin und tausche es um, wenn Sie möchten.«

»Das ist furchtbar nett von Ihnen. Genau das hätte Barry auch getan.«

Neue Tränen drohten, und Lev lag viel daran, seine Untersuchung abzuschließen. Er sah Barry Methunes Papiere durch und musste dessen Frau darin zustimmen, dass sie harmlos waren und keinerlei Aufschlüsse gaben. Außerdem stellte sich heraus, dass Methune kamerascheu sein musste. Es gab nur ein einziges Foto von ihm, und das war vermutlich zu alt, um von Nutzen zu sein. Der Schnappschuss zeigte einen dicklichen jungen Mann, dessen dunkles, lockiges Haar sich an den Schläfen bereits lichtete. Er hatte Fältchen um die Augen, eine breite Nase und ein Lächeln, das aussah, als wäre es eine Dauereinrichtung.

In dieser Nacht lag Lev schlaflos neben seinem Mount Eleanor, wie er Elly nannte, und studierte die Schlafzimmerdecke. Seine Frau wollte wissen, woran er dachte.

»Ich dachte gerade über ihre Geschenke nach«, sagte er.

»Wieso, was hat sie denn gekriegt?«

»Nicht ›ihre‹ Einzahl. ›Ihre‹ Mehrzahl, wie in ›kleine Mädchen‹.«

»Ach, du meinst das Fußballspiel.«

»Und eine Taschenlampe.«

»Ja und?«

»Es kommt mir einfach ein bisschen komisch vor, das ist alles.«

»Inwiefern komisch?« In Ellys Stimme lag ein Anflug von Aggression. »Weil keine Puppen oder Kochherde oder Nähetuis dabei waren?«

»Ach weißt du, das kann durchaus dabei gewesen sein, ich habe ja nicht alle Geschenke gesehen.«

»Aber das Fußballspiel macht dir Kopfzerbrechen, weil es ein *Männer*sport ist, nicht wahr?«

»Es ist heute schon zu spät für feministische Polemik.«

»Ich sag dir nur das eine«, entgegnete Elly, »wenn

John Alexander alt genug ist, kaufe ich ihm eine Puppe.«

»Krieg erst mal ein Baby«, sagte Lev und drehte sich auf die Seite.

Eine halbe Stunde später war er noch immer wach und grübelte darüber nach, wo der Mann, der Weihnachten liebte, geblieben sein mochte.

Am nächsten Morgen schrieb er seinen Bericht, und Ab Peterson las ihn mit zusammengekniffenen Augen. »*Cherchez la femme*«, sagte er. »Hast du schon mal daran gedacht?«

»Ich habe daran gedacht«, sagte Lev müde.

Mittags aß er mit Sam Reddy in einem Lokal in Lewisfield und erzählte ihm von dem Fall, mit dem eigentlich *er* sich hätte befassen sollen. Wie Ab Peterson hatte auch Sam eine Theorie.

»Selbstmord«, sagte er kurz und bündig. »Diese munteren Typen verbergen immer irgendetwas. Vielleicht mochte er Weihnachten in Wirklichkeit gar nicht. Vielleicht deprimierte es ihn.«

»Aber wo ist dann die Leiche?«

Sam zuckte mit den Achseln. »Wie wär's mit dem Reservoir? Von der Holly Road hätte er gut zu Fuß dorthin gehen können, es liegt kaum eine Meile von dort entfernt. Vielleicht trinken die Leute weiter im Süden in diesem Augenblick Wasser mit Methunegeschmack.«

Er gluckste leise in seinen Kaffee, ganz unbeeindruckt von Levs angeekeltem Gesichtsausdruck.

Lev fuhr nicht mit Sam ins Präsidium zurück, sondern ließ sich in Dayton vor McReadys Spielzeuggeschäft absetzen. Er hatte Amandas nicht funktionierendes Spiel bei sich und präsentierte es dem Mann hinter dem Ladentisch.

»Was ist los damit?«

»Abgesehen davon, dass es nicht funktioniert, nichts.«

Das Benehmen des Mannes ähnelte dem eines ruinierten Pfandleihers.

»Haben Sie einen Kassenzettel?«

»Nein«, sagte Lev. »Jemand anders hat es gekauft.«

»Wie soll ich dann wissen, dass es hier gekauft wurde?«

»Ich gebe Ihnen mein Wort«, entgegnete Lev. Zu seiner Ehre sei gesagt, dass er nicht seine Dienstmarke für sich bürgen ließ.

»Ich weiß nicht«, sagte der Mann. »Es kostet schließlich 49,50 Dollar. Ich bin schon öfter reingelegt worden. Wenn Sie's mir beweisen, gebe ich Ihnen ein anderes.«

»Ach, zum Teufel«, sagte Lev und langte nach seiner Brieftasche. Dann besann er sich eines anderen und sagte: »Vielleicht ist mit einer Kreditkarte bezahlt worden. Könnten Sie nicht mal nachsehen? Der Name ist Methune, Barry Methune.«

»Können Sie ihn beschreiben?«

Lev tat sein Bestes. Zu seiner Genugtuung nickte der Ladenbesitzer schließlich.

»O ja, ich glaube, ich kenne den Typ. Ich glaube, er war letzte Woche hier. Ich schaue mal nach.«

Fünf Minuten später kam er zurück – mit einer Rechnung für ein elektronisches Fußballspiel, eine Minitaschenlampe und zwei Captain-Wango-Strahlenpistolen.

»Ich bin sicher, es ist der Typ, der diese Sachen hier gekauft hat. Das Ganze hat nur einen Haken. Er heißt nicht so, wie Sie gesagt haben. Sein Name ist Munsey, Benjamin Munsey, Seh'n Sie selbst.«

Er reichte Lev das Rechnungsformular, und trotz der blassen Durchschrift waren Name und Unterschrift deutlich genug. Munsey, Benjamin Munsey. Lev schüttelte den Kopf. »Das ist er nicht«, sagte er. »Irrtum.« Aber trotzdem sei er davon überzeugt, dass das defekte Spiel hier gekauft worden sei. Er wolle Ersatz, und er verliere langsam die Geduld. Er habe Wichtigeres zu tun, sagte er. »Und wenn Sie's genau wissen wollen, ich bin Polizist.« Er seufzte, als er das sagte – es verstieß gegen ein Prinzip. Aber es wirkte. Der Ladenbesitzer zuckte mit den Achseln und gab ihm ein funktionierendes Exemplar des elektronischen Fußballspiels.

»Und ich sage immer noch, dass es der Bursche ist«, grunzte er. »Um Weihnachten rum kommt er drei-, viermal hierher und probiert alles Mögliche aus. Der Typ ist ein richtiger Weihnachtsfreak.«

Levs Hand erstarrte auf der Türklinke.

»Könnte ich die Rechnung noch mal sehen?«

Die Unterschrift war eindeutig, *Benjamin Munsey*. Die Adresse war 18 Skyblue Lane, Sycamore Village, eine Vorstadtenklave ungefähr dreißig Meilen nördlich von Dayton.

»Danke«, sagte er.

Er stand auf dem Bürgersteig und dachte über diese sicher zufällige Übereinstimmung nach. Zwei Männer sahen gleich aus und liebten Weihnachten. Warum schließlich nicht? Zwei Männer sahen gleich aus, liebten Weihnachten und kauften fast die gleichen Spielsachen. Durchaus möglich.

Zwei Männer sahen gleich aus, liebten Weihnachten, kauften die gleichen Spielsachen und hatten dieselben Initialen.

Er fand eine Telefonzelle und rief Pola Methune an.

»Haben die Kinder *was* gekriegt?«, sagte sie.

»Strahlenpistolen«, sagte Lev. »Captain-Wango-Strahlenpistolen, was immer das ist.«

»Umbringen könnte ich diesen Captain Wango!«,

sagte Pola grimmig. »Dieses summende Geräusch macht mich wahnsinnig. Wenn Sie mich fragen, man sollte überhaupt keine Pistolen für Kinder herstellen!«

Lev war schon im Begriff, die Zelle zu verlassen, aber dann besann er sich anders. Er fragte die Auskunft nach einer Nummer in Sycamore Village und wählte sie. Es antwortete eine niedergeschlagene Frauenstimme, die ängstlich wurde, als er erklärte, wer er sei.

»Nein, es ist alles in Ordnung«, sagte er schnell. »Ich würde Ihnen nur gern ein paar Fragen stellen. Reine Routineangelegenheit«, und fragte sich dabei, wie oft in einer Woche er diesen Ausdruck benutzte.

Er ließ ihr keine Zeit zu protestieren, sondern hängte auf und führte schnell hintereinander noch drei Gespräche: eins mit dem Präsidium, eins mit zu Hause und eins mit der Taxizentrale von Dayton.

Eine dreiviertel Stunde später gelang es dem Taxifahrer, die Skyblue Lane zu finden, eine unbefestigte Straße, die versuchte, sich vor dem wild wachsenden Verkehr der Gegend zu verstecken. Nummer 18 war das dritte Haus auf der linken Seite, zwei Stockwerke aus Backstein und Putz, doppelt so alt und so groß wie das Haus der Methunes in Lewisfield.

Aber eine Ähnlichkeit war zumindest vorhanden. Weihnachtliche Lichterketten zeichneten die Konturen des Hauses nach, liefen von seinem breiten Schornstein über das schräg abfallende Dach an allen vier Ecken hinab und säumten sämtliche Türen und Fenster. Nachts würde das Haus wie eine in bunten Lämpchen ausgeführte Skizze aussehen. Auf dem Rasen stand zwar kein Plastikschlitten, dafür aber ein überdimensionaler Weihnachtsmann, der den Vorübergehenden zuwinkte.

Lev stellte noch einen weiteren Vergleich an, als Mrs. Benjamin Munsey die Tür öffnete. Sie war größer und kräftiger als Pola Methune, aber trotzdem glaubte er, um die Augen herum eine gewisse Ähnlichkeit zu entdecken. Später wurde ihm klar, dass es eher eine Frage der Wirkung als der Physiognomie war. Beide Frauen hatten Tränen vergossen, und das in reichlichem Maße.

»Es ist wegen meines Mannes, nicht wahr?«, sagte sie, noch ehe er im Haus war. »Ihm ist etwas zugestoßen! Sie wollten es mir am Telefon bloß nicht sagen!«

»Nein«, sagte Lev. »Das ist nicht der Grund, weshalb ich hier bin, bestimmt nicht.«

»Ich habe schon daran gedacht, die Polizei anzurufen«, sagte sie. »Aber dann denke ich wieder, dass er bestimmt jeden Augenblick durch die Tür kommt oder dass das Telefon klingelt und er mir sagt, dass er irgendwo steckengeblieben ist. In Illinois tobt gerade ein Schneesturm, wissen Sie, und er hat Kunden in Chicago...«

»Mrs. Munsey, wollen Sie damit sagen, Ihr Mann sei verschwunden?« Mit Mühe verschluckte er das Wörtchen »auch«.

»Er versprach, einen Tag vor Weihnachten zurück zu sein, aber er ist nicht aufgekreuzt! Ich habe in seinem Büro angerufen, aber der Mann, der für ihn arbeitet, war nicht anwesend, war auf Tour, wie seine Sekretärin sagte. Und sie war nur zur Aushilfe da und hatte nicht die geringste Ahnung.«

Dann war es also kein Verschwinden, dachte Lev, sondern ein Nichterscheinen.

»Vielleicht hätten Sie wirklich die Polizei anrufen sollen. Ihr Mann könnte doch zum Beispiel einen Unfall gehabt haben.«

»Ich wollte mir das einfach nicht vorstellen!«, sagte sie und presste die Hand auf den Mund. »Nicht Heiligabend. Das wäre einfach zu furchtbar. Ben liebte Weihnachten so sehr!«

»Darf ich bitte hineinkommen?«, fragte er ernst.

Sie führte ihn ins Haus, und sein Blick wurde von den weihnachtlichen Attributen allüberall magisch angezogen. In der Diele ein übergroßer Kranz, Stechpalmen- und Mistelzweige an allen Wänden, ein Arrangement weißer Zweige vor dem prunkvollen Kamin und in dem hohen Wohnzimmer ein Weihnachtsbaum von mindestens vier Metern. Auch hier ein Durcheinander ausgepackter Geschenke, obwohl das Einwickelpapier bereits fortgeräumt worden war.

Am Fuß des Baumes befand sich jedoch ein Trümmerfeld anderer Art, und Lev musste zweimal hinsehen, um sich zu vergewissern, dass ihn seine Augen nicht getäuscht hatten. Es schien der Schauplatz eines Massakers im Spielzeugland zu sein. Da lagen ausgerissene Arme und Beine, ein Puppenkopf mit rausgepulten Augen, ein anderer, dessen Augen zwar noch heil waren, der aber noch grotesker aussah, da er seinen eigenen zerfetzten und verstümmelten Torso anstarrte. Die Frau musste Levs Gesichtsausdruck gesehen haben, denn sie sagte:

»Das war Michael.« Ihre Stimme klang traurig. »Seit zwei Tagen ist er außer Rand und Band; ich bin sicher, es hängt damit zusammen, dass sein Vater nicht da ist.«

»Ist Michael Ihr Sohn?«

»Ja. Er ist erst sechs, aber er kann sehr jähzornig werden. Weiß der Himmel, woher er das hat. Von mir bestimmt nicht, oder von Ben, obwohl mein Vater mit Gegenständen geschmissen hat, wenn er wütend war.«

»Wollen Sie damit sagen, dass Ihr kleiner Sohn – das hier angerichtet hat?« Er deutete mit dem Kopf auf das Massaker.

»Ja. Es war wohl so was wie der letzte Tropfen, der das Fass zum Überlaufen bringt. Kein Weihnachtsmann, sein Daddy nicht da und dann noch diese Geschenke. Ich bin sicher, es handelt sich dabei um ein Versehen. Wahrscheinlich hat Ben die Geschenke telefonisch bestellt, und das Geschäft hat bei der Lieferung etwas durcheinandergebracht. Ich meine, Zwillingspuppen – und dann noch Mädchen! Michael ist völlig ausgerastet, als er sie sah. Es ist ja wirklich erstaunlich. Es muss das Fernsehen sein, durch das Kinder diese Machohaltung lernen.«

»Was hatte er denn zu Weihnachten wirklich haben wollen?«, fragte Lev vorsichtig. »Vielleicht ein Fußballspiel? Strahlenpistolen?«

»Ich weiß es nicht«, sagte die Frau. »Er war so schlechter Laune nach dem Streit mit seinem Vater. Er hatte nämlich verkündet, es gäbe gar keinen Weihnachtsmann... Ich habe Ben gesagt, er solle es nicht so schwernehmen. Früher oder später finden die Kinder doch die Wahrheit heraus. Sie erfahren sie auf der Straße, meinen Sie nicht auch?«

»Ja, wahrscheinlich.«

»Voriges Jahr noch hatte Michael für den Weihnachtsmann Milch und Kekse hingestellt. Dieses

Jahr weigerte er sich. Ich meine, er versuchte nicht einmal, uns zuliebe so zu tun als ob, wie andere Kinder es manchmal machen. Ben hat sich so darüber aufgeregt, dass er in der Nacht nicht schlafen konnte. Wie ich schon gesagt habe, er liebt Weihnachten über alles.«

»Mrs. Munsey«, sagte Lev, »hätten Sie wohl zufällig ein Bild von Ihrem Mann?«

»Komisch, dass Sie mich das fragen«, sagte sie. »Das ist etwas, was ich Jahr für Jahr auf meinen Weihnachtswunschzettel setze und nie kriege. Einen Fotoapparat, meine ich. Es gibt von uns einfach keine Familienfotos. Ben hasst es, fotografiert zu werden...«

»Dann können Sie ihn mir vielleicht beschreiben?«

Mrs. Munsey beschrieb ihn.

Zehn Minuten später, als Lev wieder an der Haustür stand, fiel es der Frau ein, nach dem Zweck seines Besuches zu fragen.

»Reine Routineangelegenheit«, sagte Lev.

Er versprach, wieder von sich hören zu lassen, und bat sie, ihn entweder im Präsidium oder zu Hause anzurufen, sobald ihr abtrünniger Gatte sich meldete.

Er rechnete nicht mit ihrem Anruf.

Lev hätte jetzt zum Präsidium zurückfahren können, um seinen Bericht zu schreiben. Ab Peterson, der Klatsch liebte, hätte seine Freude daran gehabt. Und Sam Reddy wäre enttäuscht gewesen, dass ihm so ein pikanter Fall entgangen war. Beide Reaktionen hätten ihm vielleicht Befriedigung verschafft, aber Lev musste zuerst mit Elly reden.

Zu Hause traf er sie am Küchentelefon an und hörte sie sagen: »Oh, ungefähr alle fünfzehn bis zwanzig Minuten.«

»Was alle fünfzehn Minuten?«, fragte er besorgt.

»Ich erkläre gerade Fawn Cohen, wie man einen Puterbraten mit Fett begießen muss.«

»Ach so.«

Dann erzählte er ihr von seinem Tag. Ihre Augen und ihr Mund bildeten drei perfekte o, als sie begriff, worauf er hinauswollte.

»Bist du dir absolut sicher, Lev?«

»Die Beschreibung seines Aussehens passt, die Charakterbeschreibung passt, selbst die Berufsbeschreibung passt. Barry Methune besitzt eine kleine Firma für Ärztebedarf in Dayton. Ben Munsey besitzt eine völlig andere Firma für Ärztebedarf, ebenfalls in Dayton. Beide beliefern denselben Kundenkreis mit unterschiedlichen Produkten.«

»Du meinst, er habe sein Leben einfach… in zwei Teile gespalten?«

»Das musste er schon, wenn er zwei Haushalte unterhalten wollte. Über Weihnachten arbeitet er nie, sondern überlässt es jemand anderem, sich um die Kunden zu kümmern. Die Weihnachtsvorbereitungen trifft er immer in beiden Häusern, aber den Weihnachtstag selbst verbringt er mal in der Holly Road und mal in der Skyblue Lane. Dieser Mann liebt Weihnachten so sehr, dass er jedes Jahr zwei davon haben muss.«

»Aber was ist dieses Jahr passiert? Wieso ist er verschwunden?«

»Er war offensichtlich am Ende seiner Kraft. Er wurde zerstreut. Er verwechselte seine Adressen, seine Kinder, die Weihnachtsgeschenke. Sein Sohn bekam die Geschenke, die den Mädchen zugedacht waren, die Mädchen die Geschenke für den Jungen. Er hatte die Situation einfach nicht mehr im Griff.«

»Und deshalb ist er von seinen *beiden* Leben weggelaufen.«

»Und wir haben jetzt einen noch triftigeren Grund, nach dem Burschen zu suchen. Er hat ein Verbrechen begangen. Bigamie.«

»Lev Walters«, sagte Elly, »du bist ein guter Detektiv.«

»Danke«, erwiderte er selbstgefällig.

»Trotzdem hast du nicht entdeckt, dass ich gelogen habe. Fawn Cohen hat in ihrem ganzen Leben noch keinen Puter gebraten. Ich habe vorhin mit Dr. Ramirez telefoniert.«

An die nächste halbe Stunde konnte sich Lev später nicht mehr erinnern. Aber irgendwie hatte er es geschafft, Ellys Sachen zusammenzuraffen, Elly ins Auto zu packen und sie gerade noch rechtzeitig im Krankenhaus abzuliefern – eine Stunde bevor er der Vater von John Alexander Walters wurde.

Sie sah verschwitzt, aber wunderschön aus, als er sie wieder zu Gesicht bekam, so als habe sie den Marathonlauf gewonnen.

»Ich bin bloß froh«, sagte er, »dass Alex nicht Silvester zur Welt gekommen ist. Er wäre mit dem Gefühl aufgewachsen, dass alle Partys nur für ihn veranstaltet würden.«

»Hast du ihn schon gesehen?«

»Ja«, sagte Lev. »Er ist hinreißend.«

»Lügner. Er sieht aus wie ein hundertjähriger Pueblo-Indianer. Ich hab schon überlegt, ob ich mich nicht beim Storch beschweren sollte.«

Als Lev nicht antwortete, sondern vor sich hinstarrte, zog sie an seinem Handgelenk. »He, du, hast du gehört, was ich gesagt habe?«

»Ja, sicher.«

»Du warst völlig weggetreten. Worüber hast du eben nachgedacht?«

»Den Storch«, sagte Lev. »Über die Art und Weise, wie der Storch die Kinder bringt. Und jetzt denke ich an etwas anderes.«

Es war schon spät am Tag, als er wieder vor dem Haus der Methunes stand. Er fürchtete diesen Besuch noch mehr als den letzten, als er gezwungen gewesen war, Mrs. Methune die schlimme Nachricht vom Doppelleben ihres Mannes beizubringen. Methunes Teilzeitehefrau hatte auf seine Eröffnung äußerst unfreundlich reagiert, wie auch Mrs. Munsey. Er rechnete nicht mit einem herzlichen Willkommen.

»Haben Sie ihn schon gefunden?«, fragte Pola Methune eisig.

»Nein«, entgegnete Lev. »Wir haben Ihren Mann nicht gefunden, Mrs. Methune. Aber ich habe da so eine Idee, wo er sein könnte.«

»Ich bin ganz Ohr. Lassen Sie mir nur Zeit, ein Gewehr zu holen!«

»Erinnern Sie sich noch, was Sie mir über sein Verschwinden erzählt haben? Dass er mitten in der Nacht einfach weg zu sein schien?«

»Wahrscheinlich hat er da seiner anderen Frau einen Besuch abgestattet.«

»Nein«, sagte Lev. »Er war völlig verwirrt. Er wusste nicht mehr, mit *welcher* Ehefrau er eigentlich zusammen sein wollte, welche Geschenke er welchen Kindern geben wollte. Und dann könnte er noch etwas anderes durcheinandergebracht haben. Nämlich wo er vorhatte, den Weihnachtsmann zu spielen, so überzeugend zu spielen, dass ein zynisches sechsjähriges Kind wieder an ihn glaubte ...«

»Keins meiner Kinder ist sechs Jahre alt.«

»Nein«, sagte Lev nüchtern, »aber Michael Munsey. Und es könnte sein, dass Ihr Mann beschloss, ihm eine überzeugende Vorstellung zu geben. Nur dass er diese Vorstellung im *falschen Haus* geben wollte.«

Er ging zum Kamin und zog den Ofenschirm und die Feuerböcke zur Seite. Dann duckte er sich und trat in die Feuerstelle. Er hoffte, dass er sich irrte, aber die Hoffnung erfüllte sich nicht. Als er hinaufgriff, in die Höhlung eines allzu engen Schornsteins, fühlte er die Sohlen zweier Gummistiefel.

Martin Suter

Weihnachten mit Winterberg

»Warum kommen Sie nicht zu unserem Weihnachtsessen, da lernen Sie Ihre zukünftigen Kollegen kennen«, hatte Vauthier, der Personalchef, nach der Vertragsunterzeichnung gesagt. Egloff gefiel der Vorschlag. Nichts Unangenehmeres als ein erster Arbeitstag unter wildfremden Leuten. Seinen Linienvorgesetzten, Laufner, hat er zwar beim Assessment getroffen und seine Untergebenen bei einem Rundgang kurz begrüßt, aber die Leute, auf die es wirklich ankommt, kennt er bisher nur vom Hörensagen.

Im großen Bankettsaal der ›Rebe‹ stehen die Gäste beim Apéro und versuchen, nicht im falschen Grüppchen zu stehen, wenn zu Tisch gebeten wird. Die Sitzordnung ist nämlich frei.

Egloff nickt Vauthier zu und entdeckt Laufner in der Ferne. Der obere Kader scheint sich einzeln unters Volk zu mischen. Egloff kennt das von anderen Firmen. Eine an sich sympathische Geste, wenn auch etwas hinderlich für Egloffs Zwecke.

Woran sollte er die wirklich karriererelevanten Leute erkennen – nach seinen Recherchen Pfisterer, Immler und Winterberg –, wenn nicht daran, dass sie zusammenstecken?

Noch während sich Egloff einen Plan zurechtlegt, gerät Bewegung in den Stehempfang. Die Gäste verteilen sich plötzlich auf die Plätze. Wenn er nicht als Einziger mitten im Saal stehenbleiben will, muss er sich dem nächstbesten Grüppchen anschließen. So kommt er an einen Eckplatz eines abgelegenen Tischs zu sitzen. Sein einziger Nachbar ist ein etwa fünfzigjähriger beleibter Mann, der sich – als Winterberg vorstellt!

Winterberg! Die graue Eminenz des Ladens, wie Egloff aus zuverlässiger Quelle weiß. Der Königmacher. Der Strippenzieher. Wird zufällig Egloffs einziger Tischnachbar. Oder vielleicht nicht ganz zufällig?

Während der Vorspeise – Geflügelpastete – führen sie eine noch etwas angestrengte Konversation. Aber schon bei der Consommé au Sherry wird der Umgangston lockerer. Winterberg bestellt ein Supplement Sherry, und Egloff hält natürlich mit. Zum Schüfeli bestellt Winterberg zwei Bier, damit er »den Beaujolais nicht trocken herunterwürgen muss«. Egloff schließt sich an.

Das Weihnachtsessen bei seinem zukünftigen

Arbeitgeber wird einer dieser seltenen Anlässe, bei denen der Druck des vergangenen Jahres selbst von den höchsten Entscheidungsträgern fällt. Und Egloff genießt das Privileg, es aus nächster Nähe zu erleben. Noch vor dem Dessert singt Winterberg mit ihm »Es ist ein Ros' entsprungen«. Als Pfisterer, der Delegierte, die Weihnachtsansprache hält, wird er von Winterberg und Egloff durch Zwischenrufe angefeuert. Und als das Dreimannorchester zu spielen beginnt, eröffnen Winterberg und Egloff den Tanz.

Die tadelnden Blicke auch seitens der höheren Kader ignoriert Egloff. Aus ihnen spricht nur der Neid, dass er so rasch den Draht zu Winterberg gefunden hat.

In den ersten Morgenstunden bei der letzten Flasche Bier auf der Treppe vor der ›Rebe‹ sagt Winterberg mit schwerer Zunge: »Wenn du irgendetwas brauchst, Schatz, komm einfach zu mir: Hinterberg, Materialverwaltung.«

David Sedaris
Dinah, die Weihnachts-Hure

Mein Vater war der festen Überzeugung, nichts bilde den Charakter besser heran als ein Job nach der Schule. Er selbst hatte mit dem Schlitten Zeitungen ausgetragen und Lebensmittel an die Tür gebracht, und seht ihn euch an! Meine ältere Schwester Lisa und ich entschieden, wenn harte Arbeit *seinen* Charakter geprägt hatte, wollten wir nichts damit zu tun haben. »Danke, aber danke nein«, sagten wir.

Als zusätzlichen Ansporn strich er uns das Taschengeld, und ein paar Wochen später arbeiteten sowohl Lisa als auch ich in Cafeterias. Ich wusch Geschirr im Piccadilly, während Lisa das Personal an den Warmhalteplatten im K & W verstärkte. In Raleighs erstem überbauten Einkaufszentrum gelegen, war ihre Cafeteria ein Klubhaus für die ortsansässigen älteren Mitbürger, die einen ganzen Nachmittag über einer einzigen Portion Reispudding gekauert verbringen konnten. Das K & W hatte seine beste Zeit hinter sich, wogegen meine

Cafeteria im funkelnagelneuen Crabtree Valley lag, einem früheren Sumpf, der ihre Mall aussehen ließ wie einen staubigen Marktplatz für primitive Stämme. Das Piccadilly hatte rote Samtwände und einen Speisesaal, der von künstlichen Fackeln erleuchtet war. Eine Ritterrüstung markierte den Eingang zu diesem Schloss der Schlemmerei, allwo, wie man uns gesagt hatte, der Kunde immer König war.

Als Tellerwäscher verbrachte ich meine Schichten damit, Tabletts von einem Fließband zu wuchten und ihren Inhalt in eine enorme, bösmäulige Maschine zu füttern, welche brüllte und spie, bis ihre Beschickung, frei von erstarrtem Fett und Tunk, dampfend auf der anderen Seite wieder herauskam, wodurch meine Brille beschlug und die Luft sich mit dem barschen Geruch von Chlor füllte.

Hitze und Lärm konnten mir gestohlen bleiben, aber davon abgesehen, machte mir mein Job Spaß. Die Arbeit beschäftigte meine Hände, aber der Kopf blieb frei für wichtigere Dinge. Manchmal paukte ich die Liste unregelmäßiger spanischer Verben, die ich über der Spüle angebracht hatte, aber meistens gab ich mich Phantasien über eine Fernsehkarriere hin. Ich träumte davon, eine Fernsehserie zu kreieren und in ihr die Hauptrolle zu spielen, die *Sokrates & Konsorten* heißen sollte und in der ich mich in Begleitung eines brillanten und loyalen Nasenaffen namens Sokrates von Ort zu Ort begeben sollte. Wir würden keinen Streit suchen, aber dem Streit würde es Woche für Woche gelingen, uns zu finden. »Die Augen, Sokrates, immer zwischen die Augen«, schrie ich dann während einer unserer zahlreichen Kampfszenen.

Vielleicht schlug mir in Santa Fe jemand einen schweren Krug über den Kopf und ich verlor das Gedächtnis. Irgendwo in Utah fand Sokrates vielleicht einen Ranzen mit wertvollen Münzen, oder er freundete sich mit einem Turbanträger an, aber gegen Ende jeder Folge sollte uns klarwerden, dass das wahre Glück oft dort lacht, wo man es am wenigsten erwartet. Es konnte sich in Form einer milden Brise oder einer Handvoll Erdnüsse offenbaren, aber wenn es kam, würden wir es mit der uns eigenen volkstümlichen Weisheit am Schopfe packen. Ich hatte es so geplant, dass die letzten Momente jeder Episode Sokrates und mich vor einem prunkvollen Sonnenuntergang stehend antreffen sollten, während ich sowohl meinen Freund als auch die Zuschauer daheim an die Lektion erinnerte, die ich gelernt hatte. »Mir ist plötzlich klargeworden, dass es Dinge gibt, die wertvoller sind als Gold«, mochte ich dann wohl sagen, wobei ich einen Falken beobachtete, der hoch oben über eine lila Bergzinne dahinglitt. Die Episoden mit

Handlung zu versehen war nicht schwerer als das Besteck zu sortieren; schwierig war es, sich die hochwichtige Erleuchtung auszudenken. »Mir ist plötzlich klargeworden, dass...« Dass was? Mir wurde kaum je was klar. Gelegentlich wurde mir klar, dass ich ein Glas zerbrochen oder zu viel Spülmittel in die Maschine gefüllt hatte, aber die größeren Themen entzogen sich mir meist.

Wie verschiedene andere Cafeterias in Raleigh stellte auch das Piccadilly oft ehemalige Strafgefangene ein, deren Jobs von Bewährungshelfern und ABM-Leuten vermittelt wurden. Während technischer Pausen stand ich oft in ihrem Teil der Küche herum und hoffte, dass sich mir, wenn ich diesen Verbrechern lausche, etwas Profundes enthüllt. »Mir ist plötzlich klargeworden, dass wir alle in jenem Gefängnis eingekerkert sind, welches als der menschliche Geist bekannt ist«, ließ sich sinnend sagen, oder: »Mir ist plötzlich klargeworden, dass die Freiheit vielleicht die größte Gabe von allen war.« Ich hatte gehofft, diese Leute wie Nüsse zu knacken, ihr Hirn zu durchstöbern und die Lektionen zu bergen, die sie gelernt hatten, angereichert um ein ganzes Leben voll Bedauern. Unglücklicherweise schienen die Männer und Frauen, mit denen ich zusammenarbeitete, nachdem sie den größten Teil ihres Lebens hinter Gittern verbracht hatten, nichts gelernt zu haben, außer wie man sich drückt.

Kessel kochten über, und Steaks verkohlten routinemäßig, während meine Arbeitskollegen sich in die Vorratskammer stahlen, um zu rauchen, Karten zu spielen oder es – manchmal – miteinander zu treiben. »Mir ist plötzlich klargeworden, dass die Menschen faul sind«, sagte dann meine nachdenkliche Fernsehstimme. Das hatte kaum den ganz großen Nachrichtenwert, und als Schlusswort würde es sicher nicht die Herzen meines Fernsehpublikums erwärmen können –, welches, per Definition, ohnehin nicht das aktivste war. Nein, meine Botschaft musste optimistisch und erbaulich sein. *Freude*, dachte ich und knallte die schmutzigen Teller gegen den Rand des Mülleimers. *Was bringt den Menschen Freude?*

Als Weihnachten näher kam, halbierte sich meine wertvolle Zeit des Phantasierens. Das Einkaufszentrum wimmelte jetzt von hungrigen Kauflustigen, und alle drei Minuten hatte ich den stellvertretenden Geschäftsführer am Hals, der nach mehr Kaffeetassen und Beilagentellern schrie. Die Festtagskundschaft bildete eine laute und stetige Schlange, die am Wappen vorbei bis zur Rüstung am Eingang stand. Sie hatten sich lustige Nikoläuse an ihre Narrenhemden geheftet und schleppten übergroße Taschen, die vor elektrischem Werkzeug und Käsesortimenten überquollen, die sie für Freunde und Verwandte gekauft hatten. Der Anblick so vieler Menschen, Fremder, deren schiere Anzahl jenes Bedeutsame, das zu erfinden ich mich so bemühte, zerfraß, machte mich traurig und verzweifelt. Woher kamen sie und warum gingen sie nicht einfach wieder nach Hause? Ich schnappte mir ihre Tabletts vom Fließband, ohne mich ein einziges Mal zu fragen, wer diese Menschen waren und warum sie ihre panierten Koteletts nicht aufgegessen hatten. Sie bedeuteten mir nichts, und wenn ich sah, wie sie sich in der Schlange auf die Kasse zubewegten, wurde es offenbar, dass dies Gefühl auf Gegenseitigkeit beruhte. Sie würden sich nicht einmal an die Mahlzeit erinnern, geschweige denn an den Menschen, der sie mit blitzsauberen und siedendheißen Tellern versorgt hatte. Woran lag es, dass ich wichtig war und sie nicht? Es musste etwas geben, was uns voneinander trennte.

Ich hatte mich immer auf Weihnachten gefreut, doch jetzt kam mir meine Begeisterung schal und schofel vor. Wenn ich nach der Arbeit die Cafeteria verließ, sah ich sogar noch mehr Menschen, die aus den Läden und Restaurants schwärmten wie Bienen aus einem brennenden Bienenstock. Hier waren die jungen Paare mit ihren Zipfelmützen und die Familien, die sich beim Springbrunnen drängten, alle mit ihren Einkaufslisten und markierten Geld-Umschlägen. Kein Wunder, dass die Chinesen sie nicht auseinanderhalten konnten. Sie waren Schafe, dumme Tiere, von der Natur darauf programmiert, sich zu paaren und zu grasen und ihre Wünsche dem fettleibigen pensionierten Schulleiter entgegenzublöken, der mit seinem Arsch auf dem erbärmlichen Nordpol des Einkaufszentrums saß.

Mein Widerwille wäre fast mit mir durchgegangen, bis ich in ihrem Verhalten eine Lösung für meine Identitätskrise erkannte. Sollten sie doch meterweise Geschenkpapier und grelle Strümpfe mit Monogramm haben: Wenn es ihnen etwas bedeutete, so wollte ich nichts damit zu tun haben. Dies Jahr sollte ich der Eine *ohne* Einkaufstaschen sein, der Eine, der Schwarz trug, aus Protest gegen ihr oberflächliches Kommerzdenken. Meine schiere Verweigerung würde mich von ihnen absetzen und diese Menschen dazu zwingen, sich selbst in sicherlich schmerzhafter Weise infrage zu stellen. »Wer *sind* wir?«, würden sie fragen und den Zierrat vom Christbaum klauben. »Was ist bloß aus uns geworden, und warum können wir nicht vielmehr so sein wie der düstre Bursche, der in der Piccadilly-Cafeteria Teller wäscht?«

Mein Boykott diente auch einem praktischen Zweck, da ich in diesem Jahr kaum mit Geschenken zu rechnen hatte. Um Geld zu sparen, hatte meine Familie beschlossen, etwas Neues auszuprobieren und Namen zu ziehen. Durch diese grausame Lotterie lag mein Schicksal in Lisas Händen, deren Vorstellung von einem anständigen Geschenk sich in sechs originalverpackten Blitzlichtbatterien oder einer Duftkerze in Form eines Kartoffelbovists erschöpfte. Patent und gutgelaunt normal, wie sie war, verkörperte Lisa alles, was ich deprimierend fand. Nichts unterschied sie von den Tausenden anderen Mädchen, die ich jeden Tag zu sehen bekam, aber das störte sie überhaupt nicht. In ihrem Bestreben, typisch zu sein, hatte sie mit fliegenden Fahnen – in gedeckten Tönen – gewonnen. Im Gegensatz zu mir würde sie sich nie tiefere Gedankengänge gestatten oder mit einem Nasenaffen in ferne Länder reisen. Nicht nur sie nicht, niemand. Genau wie alle anderen hatte sie ihre Seele gegen ein läppisches Weihnachtsgeschenk eingetauscht und musste nun die Konsequenzen tragen.

Die Tage wurden festlicher und mit ihnen wuchs meine Ungeduld. Vier Tage vor Weihnachten sollten wir uns ins Esszimmer setzen, um Lisas achtzehnten Geburtstag zu feiern, als sie von jemandem angerufen wurde, der sich wie eine ausgewachsene

Frau mit einem Mund voller Kieselsteine anhörte. Als ich fragte, wer denn dran sei, zögerte die Frau, bevor sie sich als »eine Freundin. Ich bin eine gottverdammte Freundin, alles klar?« vorstellte. Das erregte meine Aufmerksamkeit, denn soweit ich wusste, hatte Lisa keine erwachsenen Freunde oder Freundinnen, seien sie nun gottverdammt oder nicht. Ich gab ihr den Hörer und beobachtete, wie sie das Telefon in die Einfahrt trug und dabei die Schnur bis zum Zerreißen straffte. Dies war streng verboten, und weil mir gerade danach war, ein bisschen Stunk zu machen, petzte ich: »Dad, Lisa ist mit dem Hörer nach draußen gegangen, und gleich reißt sie die Telefonschnur aus der Wand.«

Er wollte aus seinem Sessel aufspringen, aber meine Mutter sagte: »Lass sie doch um Gottes willen zufrieden; sie hat heute Geburtstag. Wenn das Telefon kaputtgeht, kauf ich dir zu Weihnachten ein neues.« Sie bedachte mich mit dem Blick für achtbeinige Geschöpfe unter dem Küchenspülstein. »Du musst immer in der Scheiße stochern, stimmt's?«

»Sie spricht aber mit einer *Frau*!«, sagte ich.

Meine Mutter drückte ihre Zigarette auf dem Teller aus. »Na und, du auch.«

Lisa kam gehetzt und aufgeregt an den Tisch zurück und fragte meine Eltern, ob sie den Kombi haben darf. »David und ich sind in spätestens einer Stunde zurück«, sagte sie und griff sich unsere Mäntel aus der Garderobe.

»Welcher David?«, fragte ich. »Dieser David bleibt, wo er ist.« Ich hatte gehofft, den Abend in meinem Schlafzimmer zu verbringen und am Pastellporträt von Sokrates zu arbeiten, das ich mir still zu Anti-Weihnachten schenken wollte. Wir standen in der dunklen Einfahrt und verhandelten, bis ich mich bereit erklärte, sie zu begleiten, ohne Fragen zu stellen, Kostenpunkt: drei Dollar, sowie uneingeschränkte Benutzung ihres neuen Föns. Nachdem das geregelt war, stiegen wir ein und fuhren an den hell geschmückten Häusern der Nordstadt vorüber. Normalerweise verlangte Lisa die strikte Kontrolle über das Radio. Beim Anblick meiner Finger, die sich der Senderwahl näherten, haute sie mir auf die Hand und drohte, mich aus dem Auto zu werfen, aber heute Abend machte sie mir keinen Kummer und beschwerte sich nicht einmal, als ich eine hiesige Talkrunde einstellte, die sich eindringlich mit HighSchool-Basketball beschäftigte. Ich konnte Basketball nicht ausstehen und hatte das nur eingestellt, um sie zu ärgern. »Sieh dir diese Spartaner an«, sagte ich und knuffte ihr die Schulter. »Meinst du, sie haben den nötigen Pep, beim Lokalderby die Kobolde zu schlagen?«

»Mir wurscht. Weiß nicht. Vielleicht.«

Etwas hatte sie eindeutig meinem Zugriff entzogen, das machte mich rasend, und das, was mich rasend machte, fühlte sich stark an wie Eifersucht. »Was ist denn nun? Treffen wir jetzt die Mutter deines Freundes? Wieviel musst du ihr zahlen, damit er mit dir ausgehen darf? Du hast einen Freund, stimmt's?«

Sie ignorierte meine Fragen und murrte still vor sich hin, als sie uns am Kongressgebäude von North Carolina vorbei in einen besiegten Stadtteil fuhr, in welchem die Veranden nachgaben und an den meisten Fenstern nicht Gardinen und Vorhänge hingen, sondern Laken und Handtücher. In solchen Gegenden wurden Menschen erstochen; das hörte ich die ganze Zeit in meinen Rundfunksendungen, bei denen man anrufen konnte. Wäre mein Vater gefahren, hätten wir alle Türen verriegelt, die STOP-Schilder ignoriert und wären so schnell wie möglich durchs Gelände gebraust. So machte man das, wenn man schlau war.

»Na bitte.« Lisa fuhr rechts ran und parkte hinter einem Lieferwagen, dessen Halter seinen Platten mit einer Taschenlampe untersuchte. »Es könnte hier ein bisschen mulmig werden, also tu, was ich dir sage, dann kommt hoffentlich niemand zu Schaden.« Sie schwang sich das Haar über die Schulter, stieg aus und trat gegen die Dosen und Flaschen, die den Bordstein säumten. Meine Schwester meinte es ernst, was es auch war, und in diesem Augenblick wirkte sie schön und exotisch und gefährlich dumm. GESCHWISTER ERSCHLAGEN! ZUM ZEITVERTREIB! würden die Schlagzeilen lauten. FESTTAGSLAUNE ENDET TÖDLICH.

»Vielleicht sollte jemand beim Auto warten«, flüsterte ich, aber sie war Vernunftgründen nicht mehr zugänglich und stürmte mit ihren sinnvollen Schuhen in einer schroffen, entschlossenen Gangart davon. Sie hielt sich nicht mit Hausnummer oder Klingelschild auf; Lisa schien genau zu wissen, wohin sie wollte. Ich folgte ihr in ein dunkles Vestibül und eine Treppe hinauf, wo sie, ohne auch nur zu klopfen, eine nicht abgeschlossene Tür aufstieß und in ein dreckiges, überheiztes Zimmer drang, welches nach kaltem Rauch, saurer Milch und ernsthaft schmutziger Wäsche roch – drei Aromen, welche, vereint, dazu angetan sind, die Farbe von den Wänden blättern zu lassen.

Dies war ein Ort, an dem Menschen Böses zustieß, welche eindeutig nichts als das Schlimmste verdient hatten. Der befleckte Teppich war mit Zigarettenstummeln bestreut, und von der Zimmerdecke hingen überfüllte, staubbedeckte Fliegenfänger wie Vorhänge aus Perlschnüren. Am anderen

Ende des Zimmers stand ein Mann neben einem umgestürzten niedrigen Tisch, beleuchtet von einer schirmlosen Lampe, die seinen Schatten, groß und bedrohlich, an die schmierige Wand zeichnete. Er war salopp mit T-Shirt und Unterhose bekleidet und hatte dünne, unbehaarte Beine von der gleichen Farbe und kieseligen Oberflächenbeschaffenheit wie bei einem im Geschäft gekauften Suppenhuhn.

Wir hatten offensichtlich gerade irgendein Unglücksritual unterbrochen, etwas, bei dem man Unflätiges rufen und gleichzeitig einen Halbschuh mit weißen Quastensenkeln gegen eine abgeschlossene Tür dreschen musste. Das nahm den Mann so vollständig in Anspruch, dass er ein paar Momente brauchte, bis er unsere Anwesenheit registrierte. Er blickte mit zusammengekniffenen Augen in unsere Richtung, ließ den Schuh fallen und stützte sich am Sims des Kamin-Imitats ab.

»Wenn das nicht Lisa Verdammtescheiße Sedaris ist. Hätt ich gleich wissen können, dass dieses verdammte Scheißweib ein Scheißweib wie dich anruft.«

Ich wäre weniger schockiert gewesen, wenn ein Seehund meine Schwester namentlich angesprochen hätte. Woher kannte sie diesen Mann? So betrunken, dass er nur noch taumeln konnte, unternahm dieser verkommene, versoffene Popeye einen Ausfall, und Lisa nahm eilig die Herausforderung an. Dann duckte ich mich und beobachtete, wie sie ihn am Hals packte und ihn zu Boden bzw. auf den umgestürzten Tisch warf, bevor sie die Fäuste zur Deckung hochnahm und tänzelnd einen engen Kreis beschrieb, bereit, es mit versteckten Neuankömmlingen aufzunehmen. Es war, als hätte sie ihr ganzes Leben in einen schwarzen *gi* gekleidet verbracht und in Erwartung dieses Augenblicks Dachlatten mit den bloßen Händen zertrümmert. Weder zauderte sie, noch rief sie um Hilfe, sie verpasste ihm lediglich ein paar flinke Tritte in die Rippen und fuhr in ihrer Mission fort.

»Ich hab doch nichts gemacht«, stöhnte der Mann und sah mich mit blutunterlaufenen Augen an. »Du da, sag dem Scheißweib, ich hab doch gar nichts gemacht.«

»Wie belieben?« Ich bewegte mich unmerklich Richtung Tür. »Gottchen, ich weiß gar nicht, was ich dazu sagen soll. Ich bin nur, wissen Sie, lediglich mitgekommen, auf eine kleine Spritztour.«

»Bewache ihn!«, gellte Lisa.

Ihn bewachen? Wie? Wofür hielt sie mich? »Verlass mich nicht«, schrie ich, aber sie war bereits weg, und plötzlich war ich allein mit diesem zerschmetterten Mann, der sich den Brustkorb massierte und mich anbettelte, ihm seine Zigaretten vom Sofa zu holen.

»Los, hol sie mir, Junge. Verdammte Scheißweiber. Mein lieber Schieber, das sind Schmerzen.«

Ich hörte die Stimme meiner Schwester und sah, wie sie aus dem Hinterzimmer fegte, eine clowneske, tränenbefleckte Frau unbestimmten Alters im Schlepp. Ihr Gesicht war runzlig und aufgedunsen. Der dicke, fette, marmorierte Körper hatte schon reichlich Meilen auf dem Tacho, aber ihre Kleidung passte nicht zur Jahreszeit und war auf absurde Weise jugendlich. Während die Freundinnen meiner Mutter zu den Feiertagen mit Vorliebe Maxiröcke und türkise Hopi-Halsketten trugen, hatte diese Frau den Versuch unternommen, die Verwüstungen, welche die Zeit angerichtet hatte, mit Hot Pants aus Jeansstoff und passender Weste wettzumachen, welche, von einem System überkreuzgeschnürter Wildlederstrippen zusammengehalten, einen gründlichen Blick auf ihre massigen Hängebrüste zuließ.

»Raus!«, rief Lisa. »Los, mach schon!«

Ich war längst auf dem Wege.

»Meine Schuhe und, ach, ich nehm besser noch eine Jacke mit«, sagte die Frau. »Und wo ich gerade dabei bin...« Ihre Stimme verklang, als ich die Treppe hinunterrannte, an den anderen ebenso dunklen und dünnen Wohnungstüren vorbei, hinter denen Menschen mit ihrem Geschimpfe das Gekreisch der Fernseher übertönten. Auf der Straße rang ich nach Luft und fragte mich, wie oft meine Schwester inzwischen niedergestochen oder -geknüppelt worden war, als ich hörte, wie die Fliegendrahttür zugeknallt wurde, und sah, wie Lisa auf der Veranda erschien. Sie blieb kurz auf dem Treppenabsatz stehen und wartete, während die Frau eine Jacke anzog und ihre Füße in ein paar Schuhe stopfte, die in Form und Farbe zwei identischen Farbbüchsen ähnelten. Zum Rennen angehalten, torkelte Lisas Freundin wie auf Stelzen dahin. Es war ein unbeholfener, nutzloser Gehstil, und bei jedem Schritt wedelte sie mit den Fingern, als spielte sie Klavier.

Zwei junge Männer, die eine Matratze trugen, kamen vorbei, der eine drehte sich um und schrie: »Schafft die Hu von der Straße!«

Wären wir in einer reicheren oder ärmeren Gegend gewesen, hätte ich den Boden nach einem Garten- oder landwirtschaftlichen Gerät abgesucht, von denen man nie genau weiß, wie sie heißen, um nicht wieder auf eins draufzutreten und mir mit dem Stiel die Lippe zu spalten. *Hu*. Ich hatte das Wort oft bei der Arbeit von den Köchen gehört, die dabei gerieben blickten und wissend kicherten, ganz wie die beiden jungen Männer mit der Matratze. Ich brauchte eine Sekunde, bis mir klarwurde, dass sie entweder Lisa oder ihre Freundin meinten, die sich gerade hingehockt hatte, um ein Loch in ihren Netzstrümpfen zu untersuchen. Eine Hure. Von beiden möglichen Nominierten schien mir die Freundin die wahrscheinlichere Kandidatin zu sein. Bei der Erwähnung des Wortes hatte sie den Kopf gehoben und leicht abgewunken. Diese Frau also war's, und ich studierte sie, wobei mein Atem flach ging und sichtbar war in der kalten, dunklen Luft. Wie ein Heroinsüchtiger oder ein Massenmörder war für mich eine Prostituierte exotischer, als jeder Promi jemals hoffen konnte. Man sah sie in der Innenstadt, nach Einbruch der Dunkelheit, wie sie ihre scharfgeschnittenen Gesichter in die Fenster von Autos steckten, deren Fahrer auf Leerlauf geschaltet hatten. »He, Schnucki, wie viel verlangst du für einmal Abschmieren?«, rief mein Vater. Ich wollte immer, dass er mal rechts ranfährt, damit man sich das genauer ansehen kann, aber nachdem er seinen kleinen Kommentar gemacht hatte, drehte er das Fenster hoch und raste, leise in sich hineinlachend, davon.

»Dinah, das ist David. David, Dinah.« Lisa stellte uns einander vor, nachdem wir uns im Auto niedergelassen hatten. Offenbar arbeiteten die beiden im K & W und hatten sich angefreundet.

»Ach, dieser Gene ist ein richtiger Hitzkopf«, sagte Dinah. »Er will mich ganz für sich, hab ich dir ja erzählt, und er liebt mich nun mal; was willst du machen. Vielleicht fahren wir einfach ein paarmal um den Block, damit er sich ein bisschen abkühlen kann.«

Sie zündete sich eine Zigarette an, ließ sie fallen und senkte den Kopf mit der hochtoupierten Frisur, bevor sie sagte: »Naja, ist auch nicht das erste Auto, das ich in Brand gesteckt habe.«

»Hab sie gefunden!« Lisa hielt sich die Zigarette an die Lippen, inhalierte tief und ließ den Rauch durch die Nasenlöcher wieder heraus. Ein Anfänger wäre daran erstickt, aber sie paffte wie ein verwitterter alter Profi. Welche weiteren Tricks hatte sie in letzter Zeit gelernt? Hatte sie ein Päckchen Heroin in der Tasche? Hatte sie sich angewöhnt, Messer zu werfen oder Billard zu spielen, während wir in unseren Bettchen schliefen? Sie starrte nachdenklich auf die Fahrbahn und fragte dann: »Dinah, bist du betrunken?«

»Jawoll, Ma'am, das bin ich«, antwortete die Frau. »Das kann man wohl sagen.«

»Und Gene war auch betrunken, hab ich recht?«

»Ein kleines bisschen angeheitert«, sagte Dinah. »Aber das ist so seine Art. Im Winter betrinken wir uns gern, wenn sonst nichts zu tun ist.«

»Und ist das gut für deine Wiedereingliederung? Sind Besäufnisse und Schlägereien das Richtige, wenn man keinen Ärger mehr kriegen will?«

»Wir haben doch nur ein bisschen rumgemacht. Es ist dann ein bisschen außer Kontrolle geraten, mehr war nicht.« Lisa schien es nichts auszumachen, wenn die Frau sich blöd vorkam. »Gestern hast du mir bei den Warmhalteplatten gesagt, du willst dich endlich von dem miesen kleinen Schweinehund trennen und in die Tranchierabteilung hocharbeiten. Man muss eine ruhige Hand haben, wenn man den ganzen Tag Fleisch tranchieren will, meinst du nicht?«

Dinah fuhr sie an: »Ich weiß nicht mehr alles, was ich bei den gottverdammten Warmhalteplatten gesagt habe. Was soll das, Kleine, ich hätte doch nie angerufen, wenn ich geahnt hätte, dass du mich halb totlaberst. Hier kannst du wenden; ich will nach Hause.«

»Keine Sorge, ich bring dich nach Hause«, sagte Lisa.

Der traurige Stadtteil lag bald weit hinter uns, Dinah drehte sich noch ein paarmal um, blinzelte, konnte nichts erkennen, bis ihre Augen komplett geschlossen waren und sie einschlief.

»Mom, das ist Dinah. Dinah, das ist meine Mutter.«

»Na, Gott sei Dank«, sagte meine Mutter, als sie unserem Gast aus der verschossenen Kaninchenfelljacke half. »Ich hatte schon Angst, Sie wären einer dieser gottverdammten Adventssänger. Ich hatte gar nicht mit Besuch gerechnet; ich sehe bestimmt ganz schrecklich aus.«

Sie sah schrecklich aus? Dinahs Augen-Make-up war so verschmiert, dass sie einem schwachsinnig kostümierten Panda ähnelte, und meine Mutter entschuldigte sich für ihr Aussehen? Ich nahm sie ganz kurz beiseite.

»Hure«, flüsterte ich. »Diese Dame ist eine Hure.« Ich bin nicht sicher, welche Reaktion ich damit bezweckte, aber Schock wäre ganz schön gewesen. Stattdessen sagte meine Mutter: »Na, dann sollten wir ihr wahrscheinlich etwas zu trinken anbieten.« Sie ließ mich im Esszimmer stehen, und ich hörte zu, wie sie der Frau in alphabetischer Reihenfolge eine Liste von Angeboten machte: »Wir haben Bier, Bourbon, Gin, irischen Whiskey, Ouzo, Rum, Scotch, Wein, Wodka und irgendwas dickes Gelbes in einer Flasche ohne Etikett.«

Als Dinah ihren Cocktail auf der sauberen Festtagstischdecke verschüttete, entschuldigte sich meine Mutter, als wäre es ihre Schuld, weil sie das Glas zu gut eingeschenkt hatte. »Dazu neige ich nämlich manchmal. Hier, ich mache Ihnen rasch einen neuen.«

Als sie ein frisches, ungewohntes Lallen im Haus hörten, kamen mein Bruder und meine Schwestern eilig aus ihren Zimmern und versammelten sich, um Lisas Freundin zu untersuchen, welche die Aufmerksamkeit sichtlich genoss. »Engel«, sagte Dinah. »Ihr seid eine ganze Meute gottverdammter Engel.« Sie war von Bewunderern umringt, und mit jeder Frage, jedem Kommentar erhellte sich ihr Blick.

»Was ist Ihnen lieber«, fragte meine Schwester Amy, »die Nacht mit fremden Typen zu verbringen oder in einer Cafeteria zu arbeiten? Was sind die Gefängnisaufseher für Menschen? Tragen Sie gelegentlich eine Waffe bei sich? Wie viel berechnen Sie, wenn jemand sich nur auspeitschen lassen will?«

»Erst die eine Frage, dann die nächste«, sagte meine Mutter. »Lasst sie in Ruhe antworten.«

Tiffany probierte Dinahs Schuhe an, während Gretchen in ihrer Jacke posierte. Der Geburtstagskuchen wurde aufgetragen, und die Kerzen wurden angezündet. Mein sechsjähriger Bruder leerte Aschenbecher aus und errötete vor Stolz, als Dinah seine Tüchtigkeit lobte.

»Dieser hier sollte in der Cafeteria arbeiten«, sagte sie. »Er hat die Arme eines Geschirrabräumers und Augen wie ein stellvertretender Geschäftsführer. Dir entgeht rein gar nichts, was, Süßer? Mal sehen, ob er einer alten Dame schon nachschenken kann.«

Vom Lärm geweckt, kam mein Vater aus dem Keller, wo er in Unterwäsche vor dem Fernseher gedöst hatte. Sein Eintreffen markierte im Allgemeinen das Ende der Party. »Was zum Teufel treibt ihr hier um zwei Uhr morgens?«, rief er gern. Es war seine Gewohnheit, drei bis vier Stunden zur tatsächlichen Uhrzeit zu addieren, um der Liederlichkeit, der er uns zieh, noch mehr Gewicht zu verleihen. Die Sonne mochte noch am Himmel stehen – er behauptete, es wäre Mitternacht. Zeigte man auf die Uhr, warf er die Hände hoch und sagte: »Redet keinen Scheiß! Ab ins Bett.«

Heute Abend war er besonders stinkiger Laune und kündigte seine Ankunft lange an, bevor er den Raum betrat.

»Was macht ihr da oben? Steptanz? Wollt ihr eine Schau abziehen, wollt ihr das? Für heute Nacht ist das Theater geschlossen. Geht damit auf Tournee; es ist vier Uhr morgens, verdammt noch mal.«

Wir wandten uns instinktiv an unsere Mutter. »Komm nicht in die Küche«, rief sie. »Wir wollen nicht, dass du sie siehst ... äh ... deine Weihnachtsgeschenke.«

»Meine Geschenke? Tatsächlich?« Seine Stimme wurde so sanft wie ein Miauen. »Na, dann macht mal weiter.«

Wir lauschten seinen Schritten, als er den Korridor entlang in sein Zimmer tappte, dann hielten wir uns den Mund zu und lachten, bis uns der Blick verschwamm. Längst heruntergeschluckte Kuchenstückchen statteten unserer Kehle einen erneuten Besuch ab, und unsere Gesichter, in den dunklen Fenstern widergespiegelt, glommen und vibrierten.

Jedes Beisammensein hat sein eigenes Zeitmaß. Als Erwachsener lenke ich mich damit ab, es herauszufinden, und ich fürchte den Zeitpunkt des unweigerlichen Abflauens. Die Gäste werden sich einmal zu oft wiederholen, oder die Drogen oder die Getränke gehen zur Neige, und es wird einem klar, dass das das Einzige war, was man je gemeinsam hatte. Damals glaubte ich jedoch noch, so ein warmes und berauschendes Gefühl könnte ewig währen, und ich könnte, indem ich es vorbehaltlos umarmte, eine Annäherung an das gleiche sehnsuchtsvoll zufriedene Gefühl erreichen, welches Erwachsene bei der zweiten Bestellung verspüren. Ich hatte Lisa gehasst, war eifersüchtig auf ihr geheimes Leben gewesen, und jetzt, über meiner großen Tasse mit klumpigem Kakao, war ich sehr, sehr stolz auf sie. Überall in unserer Straße waren die Häuser mit Sperrholz-Engeln und in bunte Glühbirnen gefassten Krippen dekoriert. Drüben in der Coronado Street hatte jemand Lautsprecher auf seinen Bäumen festgezurrt, die den Wald aus Zuckerstangen, den er neben seiner Einfahrt angepflanzt hatte, mit Weihnachtsliedern beschallten. Unsere Nachbarn würden früh aufstehen, die Einkaufszentren aufsuchen, sich geschenkverpackte Fusselrollen und bommelverzierte Golfschlägerschoner besorgen. Weihnachten würde kommen, und wir, die Bürger dieses Landes, würden uns um identische Bäume sammeln und unserer Freude mit abgenutzten Klischees Ausdruck verleihen. Truthähne würden rösten, bis sie einen harten, schellackähnlichen Überzug hatten. Schinken bekämen ein X eingeschnitzt und eine Fruchtglasur verpasst – und das alles von mir aus herzlich gern. Sollte ich einen fahrbaren Staubsauger oder gar einen verrunzelten Nasenaffen bekommen, so hätte mich das auch nicht heftiger entzückt als das Wissen, dass wir die einzige Familie in dieser Gegend waren, die eine Prostituierte in der Küche hatte. Wenn ich von jetzt an hörte, wie der Weihnachtsmann »Ho ho ho!« rief, würde es sich für mich wie »Hu, Hu, Hu!« anhören und eine ganz andere Bedeutung haben; und ich würde es, wie meine übrige Familie, mit jenem Stammeszusammengehörigkeitsgefühl, das uns so auszeichnet, zu schätzen wissen. Plötzlich wurde mir das klar. Einfach so.

Robert Gernhardt

Weihnachten

Ich bin Erika.
Jetzt kommt Weihnachten.
Ich schenke Vati ein Tischfeuerzeug
    zu 22,50 DM.
Vati schenkt Michael Tennisschläger zu 22 DM.
Michael schenkt Mutti eine Schälmaschine
    zu 19,70 DM.
Mutti schenkt mir Schallplatten im Wert
    von 18 DM.
4,50 DM muss ich noch bekommen.
Von wem?
Ich bin so gespannt auf Weihnachten.

Richard Ford
Krippe

Nicht Faith fährt sie, sondern ihre Mutter Esther.

Alle fünf sitzen sie im Auto. Die Familie unterwegs nach Snow Mountain Highlands, zum Skifahren. Von Sandusky, Ohio, nach Nord-Michigan. Es ist Weihnachten, oder fast. Keiner will Weihnachten allein verbringen.

Zu den fünfen gehört Faith, das ist die Film-Anwältin, angereist aus Kalifornien; ihre Mutter Esther, die vierundsechzig ist und über die Jahre viel zu dick geworden. Dann gibt es noch Roger, den in Trennung lebenden Ehemann von Faiths Schwester Daisy, an der JFK High School von Sandusky für die Schülerberatung zuständig; und Rogers zwei Töchter: Jane und Marjorie, acht und sechs Jahre. Daisy – die Mom der Mädchen – ist anwesend, aber nicht dabei. Sie macht eine Entziehungskur in einer großen Stadt des Mittleren Westens, die nicht Chicago oder Detroit ist.

Draußen, hinter der langen baumlosen Weite

aus weiß gefrorener Winterlichkeit, kommt plötzlich der Lake Michigan in Sicht, blassblau mit einer dünnen Schicht Nebel über seiner metallischen Oberfläche. Die Mädchen quasseln auf dem Rücksitz. Roger sitzt daneben und liest das *Skipisten*-Magazin.

Florida wäre eine viel nettere Ferienalternative gewesen, denkt Faith. Das EPCOT-Center für die Mädchen. Das Weltraumzentrum. Satellite Beach. Frischer Pompano aus dem Ozean. Der Ozean. Sie bezahlt alles und mag Skifahren nicht mal besonders. Aber das Jahr war nicht leicht für sie alle, und einer muss sich doch drum kümmern. Wenn sie sich für Florida entschieden hätte, wäre sie am Ende vollkommen pleite gewesen.

Ihre grundlegende Willensstärke, denkt Faith, während auf der linken Seite etwas herankommt, das nach einem Atomkraftwerk aussieht, ist es auch, was sie zu einer erstklassigen Anwältin macht; ihre unerschütterliche Bereitschaft, die Dinge als verbesserbar zu betrachten, und ihre Gründlichkeitssucht. Wenn jemand im Studio, beispielsweise ein stellvertretender Marketingleiter, aus einer absolut verbindlichen, aber überraschend ungünstigen Verpflichtung auszusteigen wünscht – sagen wir, einem notariellen Vertrag –, dann ist Faith die Richtige für ihn. Faith, die Macherin. Faith, die blonde Schönheit mit Grips.

Deine höchstpersönliche Optimistin. Ein Kliententraum mit Supertitten. Ihren eigenen Titten. Lass ihr einfach einen Tag Zeit für dein Problem.

Ihre Schwester Daisy ist *das* typische Beispiel. Daisy ist es gelungen, ihr ernstes Methamphetamin-Problem einzugestehen, aber erst, nachdem ihr Bikerboy Vince ein Gästezimmer auf Kosten des Staates Ohio bekommen hatte. Und dabei hatte Faith eine gewisse Rolle zu spielen, die mit Anrufen bei Anwaltskollegen und einer Verbotsverfügung für Vince begann, gefolgt von Polizei und Handschellen. Daisy, erschöpft und zutiefst verletzt, entwickelte sich schließlich zu einer glaubwürdigen Zeugin, sobald sie erst einmal davon überzeugt war, dass keiner sie umbringen würde.

Während sie zusammen mit ihrer Mutter Daisys Wohnung durchging, auf der Suche nach angemessenen Kleidern für den Entzug, stieß Faith auf Dildos; sechs Stück insgesamt – einer sogar unter der Küchenspüle. Sie steckte sie in eine Supermarkttüte und legte sie zum Straßenmüll der Nachbarn, damit ihre Mutter nichts davon mitkriegte. Ihre Mutter ist im Allgemeinen auf dem neuesten Stand, aber nicht unbedingt an Dildos interessiert. Für Daisys Einlieferungsoutfit einigten sie sich dann auf ein nettes dunkles Hauskleid aus Jersey und ein neues Paar weiße Adidas.

Die Unterseite der Charakterstärke, die Nicht-Anwalts-Seite besteht, das weiß Faith, aus der Tatsache, dass sie fast siebenunddreißig ist und nichts in ihrem Leben besonders solide. Sie hat viel Geduld (mit Arschlöchern), kann sich hinter den Kulissen sehr nützlich machen (bei Arschlöchern). Ihr Glas ist immer halb voll. Standhalten und verbessern, das könnte ihr Motto sein. Veränderungen wittern. Wobei die Fähigkeiten im Umgang mit dem Gesetz wiederum nur zum Teil kompatibel mit den Anforderungen des Lebens sind.

Jetzt kommt links ein hoher silberner Schornstein vorbei, mit blinkenden weißen Lichtern an der Spitze und mehreren grauen Kühltürmen in Megafonform drum herum. Dichter kreidiger Rauch quillt aus den Türmen. Der Lake Michigan dahinter sieht aus wie eine blauweiße Wüste. Es hat drei Tage lang geschneit, jetzt aber aufgehört.

»Was ist das große Ding da?«, fragt Jane oder vielleicht auch Marjorie und späht durchs Rückfenster. Es ist zu warm in dem preiselbeerfarbenen Suburban, den Faith am Flughafen von Cleveland für diese Reise gemietet hat. Die Mädchen kauen beide Kaugummi mit Wassermelonengeschmack. Ihnen allen könnte gleich schlecht werden.

»Das ist ein Raumschiff, das gleich in den weiten Weltraum startet. Möchtet ihr gern mitfahren,

Mädels?«, sagt Roger, der Schwager, zu seinen Töchtern. Roger ist der freundlich-lustige Nachbar aus der Familiensoap, allerdings gar nicht mal so lustig. Er ist klein und auf sanfte Weise gut aussehend und trägt Bürstenhaarschnitt und eine schwarze Hornbrille. Und er ist ein Ekel – ganz subtil, so wie Faith es von einigen Fernsehschauspielern her kennt. Er ist siebenunddreißig wie sie und mag Strickjacken in Pastellfarben und Schuhe von Hush-Puppies. Daisy war ihm sehr, sehr untreu.

»Es ist gar kein Raumschiff«, sagt Jane, die Ältere, presst die Stirn an die beschlagene Scheibe und zieht sie wieder zurück, um die verschmierte Stelle zu begutachten, die sie hinterlassen hat.

»Es ist eine fette Gurke«, sagt Marjorie.

»Du halt den Mund«, sagt Jane. »Das ist ein böses Wort.«

»Ist es gar nicht«, sagt Marjorie.

»Hat eure Mutter euch dieses Wort beigebracht?«, fragt Roger und verzieht das Gesicht. »Garantiert. Das hat sie euch hinterlassen. Fette Gurke.« Auf dem Cover von *Skipisten* ist ein Foto von Hermann Maier in einem signalroten Anzug, wie er den Mount Everest hinunterwedelt. Die Titelzeile lautet ER SCHRECKT VOR NICHTS ZURÜCK.

»Na hoffentlich nicht«, sagt Faiths Mutter am

Steuer. Sie hat den Sitz ganz weit zurückgeschoben, um ihren Bauch unterzubringen.

»Okay. Zweimal dürft ihr noch raten«, sagt Roger.

»Es ist ein Atomkraftwerk, wo sie Strom machen«, sagt Faith und lächelt nach hinten zu ihren Nichten, die auf die Schornsteine starren und das Interesse verlieren. »Damit heizen wir unsere Häuser.«

»Aber wir mögen es nicht«, sagt Esther. Esther war schon eine Grüne, bevor es schick wurde.

»Warum?«, sagt Jane.

»Weil es unsere wertvolle Umwelt bedroht, deshalb«, antwortet Esther.

»Was ist ›unsere wertvolle Umwelt‹?«, sagt Jane heuchlerisch.

»Die Luft, die wir atmen, die Erde, auf der wir stehen, das Wasser, das wir trinken.« Früher hat Esther mal Naturwissenschaften unterrichtet, achte Klasse, aber das ist Jahre her.

»Lernt ihr eigentlich gar nichts in der Schule?« Roger blättert hektisch in seinen *Skipisten*. Mysteriöserweise, hat Faith bemerkt, ist Roger ziemlich braun gebrannt.

»Ihr Vater könnte ihnen ja jederzeit etwas beibringen«, sagt Esther. »Er arbeitet an einer Schule.«

»Nicht als Lehrer«, sagt Roger. »Aber touché.«

»Was heißt ›touché‹?«, sagt Jane und rümpft die Nase.

»Das ist ein Begriff, der hat was mit Fechten und Florett zu tun«, sagt Faith. Sie mag die beiden Mädchen sehr und würde Roger am liebsten eine knallen, dass er so sarkastisch mit ihnen spricht.

»Was ist Florett?«, fragt Marjorie.

»Das ist eine Stadt in Arkansas, wo künstliche Blumen hergestellt werden«, sagt Roger. »Florett, Arkansas. Es liegt in der Nähe von Crossett.«

»Gar nicht wahr«, sagt Faith.

»Na, dann sag du's ihnen«, sagt Roger. »Du weißt doch alles. Du bist die Anwältin.«

»Florett ist eine Art Schwert«, sagt Faith. »Aber eins zum Spielen. Wenn damit gekämpft wird, gibt es keine Toten. Es macht Spaß.« Sie verachtet Roger in jeder Hinsicht und wünscht, er wäre in Sandusky geblieben. Aber sie konnte die kleinen Mädchen doch nicht ohne ihn einladen. Dass er Faith für alles bezahlen lässt, ist Rogers Art, sich zu bedanken.

»Da. Jetzt wisst ihr's, kleine Mädchen. Hier habt ihr es zum ersten Mal gehört«, sagt Roger mit einer lieb-fiesen Stimme, bevor er weiterliest. »Euer ganzes Leben werdet ihr euch daran erinnern, wo euch zum ersten Mal erklärt wurde, was ein Florett ist, und von wem. Wenn ihr in Harvard seid...«

»Du hast es nicht gewusst«, sagt Jane.

»Falsch. Natürlich hab ich's gewusst. Absolut«, sagt Roger. »Ich hab nur ein bisschen Spaß gemacht. Weihnachten ist doch die Zeit, wo man Spaß hat, wisst ihr das nicht?«

Faiths Liebesleben ist nicht besonders gut gelaufen. Sie hat sich immer Kinder-mit-Ehe gewünscht, aber weder das eine noch das andere hat sich bislang so recht einstellen wollen. Entweder mochten die Männer, die sie mochte, keine Kinder, oder die Männer, die sie liebten und ihr alles geben wollten, wovon sie träumte, waren es nicht wert. Die Rechtsabteilung eines Filmstudios zu sein ist daher eine sehr vereinnahmende Angelegenheit geworden. Zeit ist vergangen. Eine Reihe meistenteils liebenswürdiger Männer hat ihren Auftritt gehabt, aber auch ihren Abgang – alle waren aus dem einen oder anderen Grund unbrauchbar: verheiratet, verängstigt, geschieden, alles drei zusammen. »Ich hab immer Glück«, so sieht sie sich im Wesentlichen. Sie geht jeden Tag ins Fitness-Studio, fährt ein teures Auto, lebt allein in Venice Beach als Mieterin eines Teenager-Filmstars, mit dessen Schwester sie befreundet ist und der HIV hat. Ein Schnäppchen.

Im Spätfrühling hat sie einen Mann kennengelernt. Einen Börsentraumprinzen mit Haus auf

Nantucket. Jack. Jack pendelt mit dem eigenen Flugzeug zwischen der City und Nantucket und ist mit zirka sechsundvierzig immer noch unverheiratet. Sie war ein paarmal an der Ostküste und ist mit ihm hochgeflogen, hat seine streng dreinschauenden Schwestern und die hübsche High-Society-Mom kennengelernt. Es gab ein großes blaues weiträumiges Strandhaus direkt am Meer, mit Rosenhecken und Sandwegen zu verstohlenen Dünen, wo man nackt schwimmen konnte – was ihr besonders viel Spaß machte, obwohl die Schwestern verblüfft waren. Auch der Vater war dort, aber krank, er würde bald sterben, daher waren das Leben und die Pläne im Allgemeinen auf Warteschleife. Jack hatte *mucho* Business in London zu erledigen. Geld war kein Problem. Vielleicht wenn der Vater dahingeschieden sei, dann könnten sie heiraten, hatte Jack einmal beinahe vorgeschlagen. Bis dahin jedenfalls durfte sie mit ihm reisen, wann immer sie sich freimachen konnte – die Erwartungen ein Stückchen zurückschrauben. Er wollte Kinder, hatte oft in Kalifornien zu tun. Das konnte klappen.

Eines Abends rief eine Frau an. Greta, stellte sie sich vor. Greta liebte Jack. Sie und Jack hatten sich gestritten, aber er liebte sie immer noch, sagte sie. Wie sich herausstellte, hatte Greta Fotos, Faith und Jack zusammen. Wer wusste schon, wer die gemacht hatte? Ein kleines Vögelchen. Ein Bild zeigte Faith und Jack, wie sie aus Jacks Bürohaus am Beekman Place kamen. Auf einem anderen half Jack gerade Faith in ein gelbes Taxi. Noch eins zeigte Faith allein im Park Avenue Café, wie sie Schwertfischspießchen aß. Und auf einem weiteren küssten sich Jack und Faith auf dem Vordersitz eines nicht erkennbaren Autos – ebenfalls in New York.

Jack mochte besondere Spielarten von Sex in besonderen Varianten, sagte Greta am Telefon. Sie nehme an, das wisse Faith inzwischen selber. Aber »besser keine langfristigen Pläne machen«, so lautete die Botschaft. Es kam zu weiteren Anrufen, auf dem Anrufbeantworter hinterlassenen Nachrichten, per Federal Express verschickten Abzügen.

Auf Nachfrage gab Jack zu, dass da ein Problem sei. Aber er würde es lösen, *subito pronto* (sie müsse allerdings verstehen, dass er von dem bevorstehenden Tod seines Vaters mit Beschlag belegt sei). Jack war ein großer gut aussehender Mann mit glattem Gesicht und einem üppigen mahagonibraun leuchtenden Schopf. Wie ein Fotomodell für Herrenbekleidung. Wenn er lächelte, fühlte man sich gleich besser. Er war auf eine staatliche High School gegangen und nach Harvard, spielte Squash, ruderte, diskutierte, wirkte attraktiv in einem braunen Anzug und ältlichen Schuhen. Er war vertrauenswürdig. Das sah immer noch machbar aus.

Aber Greta rief immer öfter an. Sie schickte Bilder, auf denen sie mit Jack zu sehen war. Jüngere Bilder, aus der Zeit, seit Faith mit an Bord gekommen war. Es sei doch schwerer, sich aus der Verstrickung zu lösen, als er gedacht habe, gestand Jack. Faith müsse Geduld haben. Greta sei doch immerhin ein Mensch, der ihm einmal »sehr viel bedeutet« habe. Den er geheiratet haben könnte. Und nicht verletzen wollte. Sie habe Probleme, doch. Aber er werde sie nicht einfach im Stich lassen. Zu dieser Sorte Männer gehöre er nicht, und darüber werde Faith auf lange Sicht noch froh sein. Im Übrigen sei da noch der kranke Patriarch. Und seine Mutter. Und seine Schwestern. Das hatte dann gereicht.

Snow Mountain Highlands ist ein kleinerer Wintersportort, aber nett. Familie, nicht Après-Ski. Faiths Mutter hat es als »Ferienparadies« im *Erie Weekly* entdeckt. Das Reisepaket beinhaltet eine Ferienwohnung, Tickets für den Skilift am Wochenende und Coupons für drei Tage Schwedisches Smorgasbord in der Jagdhütte im bayrischen Stil. Das Angebot gilt allerdings nur für zwei. Die anderen müssen voll bezahlen. Faith wird mit ihrer Mutter in der »Elternsuite« schlafen. Roger kann sich das Doppelzimmer mit den Mädchen teilen.

Vor zwei Jahren, als Schwester Daisy anfing, sich für den Bikerboy Vince zu interessieren, hat sich Roger einfach »zurückgezogen«. Ihr und Rogers Sexleben habe seit langem seinen Kitzel verloren, teilte Daisy vertraulich mit. Dabei war es zu Anfang ganz gut gelaufen, als Bilderbuchpaar in einem Suburb von Sandusky, aber irgendwann – nach ein paar Jahren und zwei Kindern – endete das Glück, und Daisy war von Vince erobert worden, der Amphetamine mochte und, was noch wichtiger war, sie verkaufte. Seit es Vince gab, war der Sex richtig gut geworden, ließ Daisy wissen. Faith glaubt, dass Daisy auf ihre Hollywoodkontakte und ihren Hollywoodlebensstil und das Jaguar-Cabrio neidisch ist und eigentlich ihr Leben weggeschmissen hat (zumindest bis zum Entzug), um irgendwie Faiths Leben zu simulieren, bloß mit einem Biker. Irgendwann ist Daisy zu Hause ausgezogen und hat über zwanzig Kilo zugenommen, bei einem Körper, der schon vorher wollüstig und nicht sehr hoch gewachsen war. Letzten Sommer, am Strand in Middle Bass, hat Daisy Faith doch tatsächlich vor Wut auf die Brust geboxt, als diese vorschlug, dass Daisy mal abnehmen, Vince abschaffen und eine Rückkehr zu ihrer Familie erwägen solle. Das war kein diplomatischer Vorschlag, erkannte sie später. »Ich bin nicht wie du«, kreischte Daisy da draußen am Sandstrand. »Ich ficke zum Vergnügen. Nicht geschäftlich.« Und damit watschelte sie in die laue Brandung von Lake Erie hinaus, in einem Einteiler in Pink, der von einem Rüschenröckchen geschmückt war. Da hatte Roger die Mädchen schon, dank einer richterlichen Anordnung.

Jetzt, in der Ferienwohnung, hat Esther ihre Soaps geguckt, aber damit aufgehört, um Streitpatience zu spielen und am großen Panoramafenster mit Aussicht auf den belebten Skihang und die Eisbahn ein Glas Wein zu trinken. Roger ist tatsächlich auf dem Anfängerhang mit Jane und Marjorie, obwohl sie unmöglich zu identifizieren sind. Rote Anzüge. Gelbe Anzüge. Massenweise Dads mit Kindern. Alles ohne Ton.

Faith war gerade in der Sauna und überlegt jetzt, Jack anzurufen, wo immer er ist. Nantucket. New York. London. Sie hat ihm gar nichts Besonderes zu sagen. Später will sie sich die Langlaufloipe bei Mondschein vornehmen. Nur um nichts auszulassen und ein gutes Vorbild abzugeben. Dafür hat sie einige Erwerbungen aus LA mitgebracht: Lodenknickerbocker, einen grün-braun-roten Pullover, der im Himalaya gestrickt worden ist, Socken aus Norwegen. Auf gar keinen Fall hat sie vor zu frieren.

Esther spielt mit zwei Kartenspielen im Hochleistungstempo, ihre kurzen dicken Finger schnippen die Karten und klatschen sie hin, als hasste sie das Spiel und wollte, dass es so schnell wie möglich vorbei ist. Ihre Augen sind hellwach. Sie hat eine cremefarbene Nackenstütze angelegt, denn die Verspannung vom Autofahren hat eine alte Arbeitsverletzung verschlimmert. Und sie trägt jetzt einen großen orangefarbenen Mumu mit Hawaii-Aufdruck. Wie lang, fragt sich Faith, trägt sie eigentlich diese Zelte schon? Mindestens zwanzig Jahre. Seit Faiths Vater – Esthers Mann – den Löffel abgegeben hat.

»Vielleicht fahre ich nach Europa«, sagt Esther und schnippt Karten wie eine Wilde. »Das wäre doch nett, oder?«

Faith steht am Fenster und beobachtet den Könner-Hang. Eine glatte, weite Schneeweide, eingerahmt von wunderschönem Nadelholzgestrüpp. Mehrere Skiläufer zickzacken nach unten und tun alles, um schick zu wirken. Vor Jahren war sie hier mit ihrem High-School-Freund Eddie, alias »Der Schnelle Eddie«, was er in mehrfacher Hinsicht war. Sie liefen beide ungern Ski und verließen das Bett auch gar nicht erst, um es auszuprobieren. Jetzt erinnert das Skilaufen sie an Golf. Ein Golfplatz aus Schnee.

»Vielleicht nehme ich die Mädchen aus der Schule und lade uns alle nach Venedig ein«, fährt Esther fort. »Bestimmt wäre Roger erleichtert.«

Faith hat Roger und die Mädchen auf dem Anfängerhang entdeckt. Blau, grün und gelb sind ihre Anzüge jeweils. Er gibt seinen Töchtern Zeichen, detaillierte Anweisungen zur Ski-Etikette. Wie jeder andere Dad auch. Sie glaubt, ihn lachen zu sehen. Es fällt schwer, in Roger lediglich ein durchschnittliches Elternteil zu sehen.

»Sie sind zu jung für Venedig«, sagt Faith und legt ihre kleine gut aussehende Nase an die überraschend warme Fensterscheibe. Von draußen hört sie das Scharren einer Schneeschaufel und gedämpfte Stimmen.

»Na, dann nehme ich vielleicht dich mit nach Europa«, sagt Esther. »Vielleicht können wir alle drei Europa machen, wenn Daisy mit dem Entzug fertig ist. Das hatte ich schon immer vor.«

Faith mag ihre Mutter. Ihre Mutter weiß, wie viel zwei und zwei ist, aber sie sucht immer nach Möglichkeiten, großzügig zu sein. Nur kann sich Faith kein Szenario vorstellen, bei dem sie, ihre großherzige Mutter und Daisy auf den Champs-Élysées oder dem Canal Grande zu sehen sind. »Das ist eine schöne Idee«, sagt sie. Sie steht neben dem Stuhl ihrer Mutter, schaut auf ihren Hinterkopf hinunter und hört sie atmen. Ihre Mutter hat einen kleinen Kopf. Das Haar ist dunkelgrau und kurz und spärlich und nicht besonders sauber. Sie hat sich einen sehr breiten, geraden Scheitel in der Mitte zugelegt. Ihre Mutter sieht aus wie die Dicke Frau im Zirkus, mit Nackenstütze.

»Ich habe gelesen, wie man hundert Jahre alt wird«, sagt Esther und ordnet die Karten auf dem Glastisch vor ihrem Bauch. Faith hat angefangen, an Jack zu denken, was für eine merkwürdige Sorte Fiesling er ist. Jack Matthews trägt immer noch die Lobb-Schuhe, die er sich auf dem College hat anfertigen lassen. Hässliche, prätentiöse englische Schuhe mit Lochmusterspitzen. »Du musst körperlich aktiv sein«, fährt ihre Mutter fort. »Und du musst Optimist sein, was ich bin. Du musst an Dingen dranbleiben, die dich interessieren, was ich mehr oder weniger kann. Und du musst mit Verlust gut umgehen können.«

Mit aller Konzentration versucht Faith, nicht darüber nachzudenken, wo man sie selbst nach diesem Maßstab wohl einordnen würde. »Willst du hundert werden?«

»O ja«, sagt ihre Mutter. »Du kannst dir das bloß nicht vorstellen, das ist alles. Du bist zu jung. Und schön. Und talentiert.« Keine Ironie. Ironie ist nicht die starke Seite ihrer Mutter.

Draußen hört man einen der Schnee schippenden Männer sagen, »Hi, wir sind der Wetterkanal«. Er spricht mit jemandem, der ihnen durch ein anderes Fenster von einer anderen Wohnung aus zuschaut.

»Kälter als der Schwanz vonnem Brunnengräber, aber garantiert«, sagt die Stimme eines zweiten Mannes. »Das ist die Vorhersage für heute.«

»Schwänze, Schwänze und nochmals Schwänze«, sagt ihre Mutter vergnügt. »Das ist es doch, oder? Das männliche Gerät. Das ganze Mysterium.«

»Ja, nach allem, was man hört«, sagt Faith und denkt an den Schnellen Eddie.

»Es waren aber alles Frauen«, sagt ihre Mutter.

»Wer?«

»All die Leute, die hundert geworden sind. Auch wenn man all die anderen Sachen richtig macht, eine Frau muss man außerdem sein, um zu überleben.«

»Es lebe die Frau«, sagt Faith.

»Genau. Wir sind die glücklichen Auserwählten.«

Dies wird das erste Weihnachten ohne Baum oder Mutter für die Mädchen. Obwohl Faith versucht hat, um diese Tatsache herumzuimprovisieren, indem sie Geschenke am Fuß des großen Plastik-Gummibaums angeordnet hat, der an einer der leeren weißen Wände des kleinen Wohnzimmers stationiert wurde. Der Baum war schon da. Sie hat ein paar Weihnachtskugeln mitgebracht, einen goldenen Stern und eine Lichterkette, die zu blinken verspricht. »Weihnachten in Manila« könnte vielleicht das Motto sein.

Draußen wird der Tag trübe. Faiths Mutter macht ein Nickerchen. Nach seiner Ski-Stunde ist Roger runter in die *Wärmehütte* gegangen, auf einen Glühwein. Die Mädchen sitzen nebeneinander auf der Couch, in ihren Flanellnachthemden von Lanz/Salzburg und den gleichen Pantoffeln mit grinsenden Affengesichtern drauf. Wieder grün und gelb, aber mit draufgedruckten weißen Schneeflocken. Sie haben zusammen gebadet, Faith hat sie beaufsichtigt, dann wollten sie unbedingt schon früh ihre Nachthemden für das Mittagsschläfchen anziehen. Sie sehen aus wie vollkommene Engel, vollkommen verschwendet an ihre Eltern. Faith hat beschlossen, ihre Ausbildung zu bezahlen. Auch Harvard.

»Wir können jetzt Ski fahren«, sagt Jane geziert. Sie sehen Faith dabei zu, wie sie den Plastik-Gummibaum schmückt. Zuerst die Blinklichter, obwohl keine Steckdose nahe genug ist, dann die sechs Kugeln (eine für jedes Familienmitglied). Als Letztes kommt dann der goldene Stern. Faith begreift, dass sie zu viel erreichen will. Aber warum nicht zu viel. Es ist Weihnachten. »Marjorie will bei den Olympischen Spielen mitmachen«, fügt Jane hinzu. Jane hat die Olympischen Spiele im Fernsehen gesehen, aber Marjorie war zu klein. Das begründet Janes Machtposition. Marjorie sieht ihre Schwester ausdruckslos an, als könnte keiner sehen, wie sie starrt.

»Bestimmt gewinnt sie eine Medaille«, sagt Faith, auf Knien, im Kampf mit der zerbrechlichen Kette aus winzigen, spitz zulaufenden Kerzenbirnen, von denen sie jetzt schon weiß, dass sie nicht leuchten werden. »Möchtet ihr beide mir helfen?« Sie lächelt sie an.

»Nein«, sagt Jane.

»Nein«, sagt Marjorie sofort danach.

»Kann ich euch nicht verdenken«, sagt Faith.

»Kommt Mommy her?« Marjorie blinzelt, dann legt sie ihre kleinen blassen Knöchel übereinander. Sie ist schläfrig und könnte durchaus weinen.

»Nein, Schätzchen«, sagt Faith. »Diese Weihnachten tut Mommy sich mal selber einen Gefallen. Deshalb kann sie uns keinen tun.«

»Was ist mit Vince?«, sagt Jane bestimmt. Vince ist ein Thema, das schon mehrere Male durchgegangen wurde, und zwar sorgfältig. Mrs. Argenbright, die Therapeutin der Mädchen, hat sich mit dem Thema Vince besondere Mühe gegeben. Die Mädchen sind über Vince informiert, wollen aber Neues hören, denn sie mögen Vince mehr als ihren Vater.

»Vince ist zurzeit Gast des Staates Ohio«, sagt Faith. »Wisst ihr das noch? Das ist ungefähr so wie auf der Uni.«

»Er ist nicht auf der Uni«, sagt Jane.

»Hat er einen Weihnachtsbaum, wo er ist?«, fragt Marjorie.

»Nicht in Wirklichkeit, jedenfalls nicht in seinem Zimmer wie ihr«, sagt Faith. »Kommt, wir reden über fröhlichere Themen als unseren Freund Vince, okay?« Jetzt befestigt sie die Birnen, auf Knien.

Das Zimmer enthält nicht viele Möbel, und was da ist, passt zum modernen dänischen Stil. An einer erhöhten Kaminapparatur aus rotem Email mit Metallhaube klebt ein Zettel mit einer Nachricht von den Hausbesitzern, die mahnen, dass Rauchschäden zum Verlust der Sicherheitskaution und zur gerichtlichen Verfolgung der Mieter führt. Eben diese Besitzer, hat Esther erfahren, wohnen in Grosse Pointe Farms und stammen von Russen ab. Natürlich gibt es kein Feuerholz, abgesehen von dem, was die dänischen Möbel zu bieten hätten. Also ist Rauchentwicklung unwahrscheinlich.

Die Heizung in den Scheuerleisten sorgt für die Wärme.

»Ich glaube, ihr zwei ratet jetzt mal, was ihr zu Weihnachten kriegt.« Faith drapiert behutsam lichtlose Lichter auf die steifen Plastikzweige des Gummibaums. Mühevoll.

»Inlineskater. Weiß ich schon«, sagt Jane und schlägt die Beine übereinander wie ihre Schwester. Eine Jury, als Publikum verkleidet. »Ich muss aber keinen Helm tragen.«

»Bist du dir da ganz sicher?« Faith wirft ihnen einen Blick über die Schulter zu, den sie von Filmstars kennt, wenn sie Fremden ein Lächeln schenken. »Du könntest dich ja vertun.«

»Besser nicht«, sagt Jane ungemütlich. Ihr Stirnrunzeln erinnert ziemlich an ihre Mutter.

»Der Weihnachtsmann bringt mir einen CD-Player«, sagt Marjorie. »Der ist in einer kleinen Schachtel. Ich werde ihn nicht mal erkennen.«

»Ihr seid schlauer, als die Polizei erlaubt«, sagt Faith. Sie ist schnell mit der Weihnachtsbeleuchtung fertig. »Aber ihr wisst nicht, was ich euch mitgebracht habe.« Unter anderem hat sie einen CD-Player und ein teures Paar Inlineskater dabei. Die liegen im Suburban und kommen jetzt wieder zurück nach LA. Sie hat auch Filmvideos mitgebracht. Zwanzig insgesamt, darunter *Star Wars* und *Schneewittchen*. Daisy hat ihnen beiden jeweils 50 Dollar geschickt.

»Wisst ihr«, sagt Faith, »ich erinnere mich, wie vor langer, langer Zeit mein Dad und ich und eure Mom in den Wald gegangen sind, um einen Weihnachtsbaum zu holen. Wir haben den Baum nicht gekauft, sondern selbst einen mit einer Axt geschlagen.«

Jane und Marjorie starren sie an, als hätten sie diese Geschichte irgendwo gelesen. Der Fernseher ist in diesem Zimmer nicht eingeschaltet. Vielleicht, denkt Faith, begreifen sie es nicht, wenn jemand mit ihnen redet – eine Live-Handlung, die ihre eigenen, einzigartigen Anschlussprobleme aufweist.

»Wollt ihr die Geschichte hören?«

»Ja«, sagt Marjorie, die Jüngere. Jane sitzt aufmerksam und still auf dem grünen dänischen Sofa. Hinter ihr an der kahlen weißen Wand hängt ein gerahmter Druck von Bruegels *Jäger im Schnee*, was immerhin auch etwas Weihnachtliches hat.

»Also«, sagt Faith, »eure Mutter und ich – wir waren erst neun und zehn – suchten den Baum aus, der unbedingt unser Baum sein sollte, aber Dad sagte nein, der Baum wäre ja viel zu groß, um in unser Haus zu passen. Wir sollten uns einen anderen aussuchen. Aber wir sagten beide: ›Nein, der hier ist doch perfekt. Der ist der beste.‹ Er war grün und hübsch und hatte die perfekte Weihnachtsbaumform. Also fällte Dad ihn mit seiner Axt, und wir zerrten ihn durch den Wald und banden ihn auf unserem Auto fest und brachten ihn nach Sandusky zurück.« Beide Mädchen sind jetzt schläfrig. Es hat zu viel Aufregung gegeben, oder nicht genug. Ihre Mutter ist auf Entzug. Ihr Vater ist ein Arschloch. Sie sind an irgendeinem Ort namens Michigan. Wer wäre da nicht schläfrig?

»Wollt ihr wissen, was danach passiert ist?«, sagt Faith. »Als wir den Baum nach drinnen geschafft hatten?«

»Ja«, sagt Marjorie höflich.

»Er war wirklich zu groß«, sagt Faith. »Er war viiiel zu groß. Er konnte in unserem Wohnzimmer nicht mal aufrecht stehen. Und er war auch zu breit. Und unser Dad wurde furchtbar wütend auf uns, weil wir aus purem Egoismus darauf bestanden hatten, einen wunderschönen lebendigen Baum zu töten, und weil wir nicht auf ihn gehört hatten und dachten, wir wüssten Bescheid, bloß weil wir wussten, was wir wollten.«

Plötzlich fragt sich Faith, warum sie den beiden unschuldigen Schätzchen, die nicht noch eine Lektion brauchen, diese Geschichte erzählt. Deshalb bricht sie einfach ab. In der wahren Geschichte nahm ihr Vater natürlich den Baum und schmiss ihn zur Tür hinaus in den Garten hinterm Haus, wo er eine Woche lang herumlag und braun wurde. Es gab Tränen und Schuldzuweisungen. Ihr Vater ging schnurstracks in die Kneipe und betrank sich. Später ging ihre Mutter zu den Kiwanis aufs Gelände und kaufte einen kleinen Baum, der passte und den sie zu dritt schmückten, ohne die Hilfe ihres Vaters. Dieser Baum wartete hell erleuchtet, als ihr Vater besoffen nach Hause kam. Die Geschichte hatten die anderen immer ziemlich witzig gefunden. Aber diesmal fehlt irgendwie der Witz.

»Wollt ihr wissen, wie die Geschichte zu Ende gegangen ist?«, sagt Faith und lächelt strahlend, für die Mädchen, obwohl sie gerade eine Niederlage erlitten hat.

»Ich ja«, sagt Marjorie. Jane sagt nichts.

»Na ja, wir stellten ihn in den Garten und machten Lichter dran, damit unsere Nachbarn auch etwas von unserem großen Baum hatten. Und wir kauften bei den Kiwanis einen kleineren Baum für unser Haus. Das war eine traurige Geschichte, die einen guten Ausgang nahm.«

»Glaube ich nicht«, sagt Jane.

»Solltest du aber«, sagt Faith, »weil sie wahr ist. Weihnachten ist immer besonders und immer wunderschön, wenn man es nur versucht und mit Fantasie an die Sache herangeht.«

Jane schüttelt den Kopf, während Marjorie nickt. Marjorie möchte glauben. Jane, denkt Faith, ist das klassische ältere Kind. Wie sie selbst.

»Wussten Sie« – das war eine von Gretas reizenden Nachrichten auf ihrem Anrufbeantworter in Los Angeles – »wussten Sie, dass Jack es nicht ausstehen kann – *nicht ausstehen kann* –, wenn man ihm den Schwanz lutscht? Und zwar leidenschaftlich. Natürlich wussten Sie das nicht. Woher auch? Er gibt es nie zu. Tja. Aber falls Sie sich fragen, warum er nie kommt – deshalb. Es turnt ihn total ab. Ich persönlich glaube ja, dass seine Mutter daran schuld ist, also, nicht dass sie es je bei ihm gemacht hätte natürlich. Übrigens, das war ein hübsches Kleid letzten Freitag. Echt tolle Titten. Ich versteh schon, was Jack an Ihnen findet. Alles Gute.«

Um sieben, als die Mädchen aus ihrem Mittagsschlaf erwachen und alle auf einmal hungrig sind, bietet Faiths Mutter an, die beiden feindlichen Indianer zu einer Pizza einzuladen und dann auf die Eisbahn, während Roger und Faith sich die Smorgasbord-Coupons in der Jagdhütte teilen.

Sehr wenige Abendessensgäste haben den langen, schroff beleuchteten und ziemlich sauer riechenden Saal Tirol gewählt. Die meisten Gäste sind draußen und warten auf den allabendlichen Lichterumzug, bei dem Mitglieder der Skiwacht mit brennenden Fackeln den Könner-Hang herunterfahren. Das ist ein Moment voller Schönheit, aber es dauert, bis er losgeht. Ganz oben auf dem Hügel ist eine riesige norwegische Tanne in der Julfest-Tradition mit Lichtern geschmückt worden, genau wie in der unwahren Version von Faiths Geschichte. All das kann man vom Saal Tirol aus durch ein großes Panoramafenster sehen.

Faith mag nicht mit Roger essen, der von seinem Glühwein und einem Nickerchen verkatert ist. Da könnte es leicht zu einem Gespräch kommen, das sie womöglich unpassend findet; irgendetwas über ihre Schwester, die Mutter der Mädchen – Rogers Immer-noch-Frau. Wo Faith doch alles versucht, um die Weihnachtsstimmung aufrechtzuerhalten. Liebe deinen Nächsten usw.

Roger, das weiß sie, kann sie nicht leiden, beneidet sie wahrscheinlich und findet sie zugleich attraktiv. Einmal, vor einigen Jahren, hat er ihr anvertraut, dass er sehr viel Lust hätte, sie so lange zu bumsen, bis sie platt auf der Bereifung wäre. Er war betrunken, und Daisy hatte vor kurzem Jane bekommen. Faith fand einen Weg, nicht ausdrücklich auf sein Angebot zu reagieren. Später teilte er ihr mit, er halte sie sowieso für eine

Lesbe. Die Idee, sie das wissen zu lassen, muss er ziemlich gut gefunden haben. Schon Spitzenklasse, dieser Roger.

Der lange, hallige Speisesaal hat einander kreuzende Deckenbalken, die pink und hellgrün und lila gestrichen sind, ein Muster, das anscheinend was mit Bayern zu tun hat. Lange grün gestrichene Tische mit Plastikklappstühlen in Pink und Lila sollen lockere gute Laune befördern, Familienspaß. Irgendwo anders in der Jagdhütte, da ist sich Faith sicher, gibt es besseres Essen, wo man nicht mit Coupons bezahlt und nichts pink oder lila ist.

Faith trägt einen glänzenden schwarzen Bodysuit aus Lycra, über den sie ihre Lodenknickerbocker und die norwegischen Socken angezogen hat. Sie sieht umwerfend aus, glaubt sie jedenfalls. Mit jedem anderen als Roger würde das Spaß machen oder zumindest brüllkomisch sein.

Roger sitzt auf der anderen Seite des langen Tisches, zu weit weg, um sich ungezwungen zu unterhalten. In einem Saal, der ohne Weiteres fünfhundert Seelen fassen würde, sitzen vielleicht fünfzehn verstreute Leute beim Abendessen. Niemand ist in Familienstärke zu Tisch gekommen, alles nur Singles und Paare. Junge Angestellte mit Papierhütchen stehen kläglich wartend hinter dem langen Smorgasbord-Warmhaltetisch. Metallische Heizlampen mit orangefarbenen Strahlen sorgen gnadenlos dafür, dass die Prime Rib, bei der sich Roger ordentlich bedient hat, restlos durch ist. Faith hat nur ein paar grüne Salatblätter ausgesucht, ein Scheibchen Rote Bete, zwei Öhrchen gelben Mais und keine Salatsoße. Der saure Geruch im Saal Tirol macht Essen praktisch unmöglich.

»Weißt du, was ich befürchte?«, sagt Roger und sägt mit einem ulkig kleinen Messer um ein Dreieck aus grünlich grauem Roastbeef-Fett herum. Sein Tonfall klingt, als würden Faith und er hier oft essen und setzten lediglich ein früheres Gespräch fort, als wäre ihr Verhältnis zueinander von etwas anderem als absoluter Verachtung geprägt.

»Nein«, sagt Faith, »was?« Roger hat es, wie ihr auffällt, hingekriegt, seinen roten Smorgasbord-Coupon zu behalten. Die Regel besagt, dass man seinen Coupon in das Körbchen bei den Grissini legt. Der schlaue Roger. Warum, fragt sie sich, ist Roger eigentlich so braun gebrannt?

Roger lächelt, als hätte das, was er befürchtet – was auch immer es ist –, eine schlüpfrige Seite. »Ich befürchte, dass Daisy beim Entzug so grundüberholt wird, dass sie alles vergisst, was passiert ist, und wieder verheiratet sein will. Mit mir, meine ich. Verstehst du?« Roger kaut beim Sprechen. Er möchte gern aufrichtig wirken, sein Lächeln ist ernsthaft, flehentlich, leer. Das ist der ausgleichende Roger. Der geständige.

»So weit wird es wohl nicht kommen«, sagt Faith. »Das hab ich so im Gefühl.« Sie möchte ihren fragmentarischen Salat nicht länger sehen. Sie hat keine Essstörung und könnte auch nie eine kriegen.

»Vielleicht nicht.« Roger nickt. »Ich würde allerdings gern ziemlich bald die Schülerberatung hinter mir lassen. Etwas Neues anfangen. Ein neues Kapitel aufschlagen.«

In Wahrheit sieht Roger nicht übel aus, nur bedrückend ebenmäßig: kleines Kinn, kleine Nase, kleine Hände, kleine gerade Zähne – nichts ist ungewöhnlich, nur dass seine braunen Augen zu eng beieinander stehen, als hätte er ukrainische Vorfahren. Daisy hat ihn – sagte sie – nur wegen seinem erschreckend großen Schwanz geheiratet. Daran entscheide sich doch – ihrer Ansicht nach –, ob eine Ehe scheitere oder nicht. Selbst wenn alles andere den Bach runterginge, das würde immer standhalten. Vince, teilte sie mit, habe einen noch größeren. Ergo. Genau dieser Suche hatte Daisy ihr Leben gewidmet. Das war es, nicht die Uni.

»Was willst du denn genau als Nächstes machen?«, sagt Faith. Sie denkt gerade, wie nett es wäre, wenn Daisy tatsächlich aus dem Entzug käme und alles vergessen hätte. Die Rückkehr zu dem

Zustand, als die Dinge noch irgendwie liefen, erscheint einem oft als gute Lösung.

»Na ja, wahrscheinlich klingt es verrückt«, sagt Roger kauend, »aber es gibt so eine Firma in Tennessee, die Flugzeuge verschrottet. Da steckt eine Menge Geld drin. Ich denk mir, so ist auch das Filmgeschäft in Gang gekommen. Mit der verrückten Idee von irgendeinem Spatzenhirn.« Roger stochert mit der Gabel in einem Makkaronisalat. Ein einzelnes schwedisches Fleischbällchen ist auf seinem Teller verblieben.

»Das klingt gar nicht verrückt«, lügt Faith, dann wirft sie einen sehnsüchtigen Blick auf das Smorgasbord-Büfett. Vielleicht hat sie ja doch Hunger. Aber nennt man jetzt den Tisch mit dem Essen Smorgasbord, oder wenn man es isst?

Roger hat, wie ihr auffällt, beiläufig seinen Essenscoupon in die Tasche gesteckt.

»Und, meinst du, das wirst du machen?«, fragt Faith. Sie bezieht sich auf den genialen Plan, mit dem Ausschlachten großer Düsenflugzeuge das große Geld zu verdienen.

»Wäre schwirig, solange die Mädchen in die Schule gehen«, gibt Roger trocken zu, das Naheliegende übersehend – dass es gar kein genialer Plan ist.

Faith schaut wieder weg. Sie merkt, dass keiner

in dem großen Saal so gekleidet ist wie sie, was sie daran erinnert, wer sie ist. Sie ist nicht Snow Mountain Highlands (auch wenn sie das einmal war). Sie ist nicht Sandusky. Sie ist nicht mal Ohio. Sie ist Hollywood. Eine Festung.

»Ich könnte die Mädchen eine Zeitlang nehmen«, sagt sie plötzlich. »Das würde mir wirklich nichts ausmachen.« Sie denkt an die süße Marjorie und die süße, unglückliche Jane, die in ihren süßen Nachthemden und den Affengesicht-Pantoffeln auf der dänischen Couch sitzen und ihr dabei zuschauen, wie sie den Plastik-Gummibaum schmückt. Gleichzeitig denkt sie an Roger und Daisy, die bei einem Autounfall auf ihrem triumphalen Rückweg von der Entzugsklinik ums Leben kommen. Für seine Gedanken kann man nichts.

»Wo würden sie denn zur Schule gehen?«, sagt Roger, den etwas so Unerwartetes hat munter werden lassen. Etwas, das ihm gefallen könnte.

»Wie bitte?«, sagt Faith und wirft Roger, dem großschwänzigen Roger mit den eng zusammenstehenden Augen, ein zweites Filmstarlächeln zu. Sie hat sich von dem Gedanken an seinen passenden Tod ablenken lassen.

»Ich meine, äh, wo würden sie zur Schule gehen?« Roger blinzelt. So munter ist er.

»Ich weiß nicht. Hollywood High wahrscheinlich. Es gibt Schulen in Kalifornien. Ich würde eine suchen.«

»Da müsste ich mal drüber nachdenken«, lügt Roger entschlossen.

»Gut, tu das«, sagt Faith. Nun, da sie das gesagt hat, ohne vorher darüber nachgedacht zu haben, dass sie es je sagen könnte, wird es zu einem Teil der Alltagsrealität. Bald wird sie ein Elternteil von Jane und Marjorie sein. Einfach so. »Sobald du in Tennessee Fuß gefasst hast, kannst du sie zurückhaben«, sagt sie ohne große Überzeugung.

»Wahrscheinlich würden sie bis dahin nicht mehr zurückkommen wollen«, sagt Roger. »Tennessee würde ihnen ziemlich öde vorkommen.«

»Ohio ist auch öde. Das mögen sie.«

»Stimmt«, sagt Roger.

Keiner hat bei der Entwicklung dieses neuen Arrangements an Daisy gedacht. Nun ist Daisy, die Mutter, auch das nächste kleine Stückchen Weges anderweitig gebunden. Und Roger braucht eine Starthilfe für sein Leben, muss »Beratung« in den Rückspiegel verbannen. Man muss Prioritäten setzen.

Draußen ist jetzt der Lichterumzug losgegangen – ein Band aus schwankenden Fackeln gleitet lautlos den Könner-Hang hinunter wie überschwappende menschliche Lava. Durch das Panoramafenster ist alles unnatürlich deutlich zu sehen. Eine große Zuschauermenge hat sich am Fuß des Hangs zusammengerottet, hinter ein, zwei Schneezäunen, viele halten Kerzen in Papiermanschetten wie bei einem Grateful-Dead-Konzert. Überall ist das künstliche Licht gelöscht worden, nur die Julzeit-Tanne auf der Hügelkuppe nicht. Die jungen Smorgasbord-Kellner in ihren Schürzen und Papierhütchen haben sich ans Fenster gestellt, um das Ereignis ein weiteres Mal mitzuerleben. Einige spotten. Einer denkt daran, das Licht im Saal Tirol zu löschen. Das Abendessen ist ausgesetzt.

»Machst du Abfahrt?«, fragt Roger und beugt sich im Halbdunkel über seinen leeren Teller. Aus irgendeinem Grund flüstert er. Das könnte alles noch ganz prima werden, denkt er, wie Faith klar wird: Die Mädchen bei ihr abladen. Haufen Jets verschrotten. Bisschen nett sein, schon läuft's.

»Nein, nie«, sagt Faith und sieht den Fackelträgern verträumt bei ihrer paarweisen Schussfahrt zu, eine gewundene, undramatische Reise abwärts. »Es macht mir Angst.«

»Du würdest dich dran gewöhnen.« Unerwartet greift Roger über den Tisch, wo ihre Hände links und rechts von ihrem unberührten Salat liegen. Er berührt eine dieser Hände, tätschelt sie dann.

»Und übrigens«, sagt Roger, »danke. Wirklich. Ganz herzlichen Dank.«
In der Ferienwohnung ist alles heiter. Esther und die Mädchen sind immer noch auf der Eisbahn. Roger ist zur *Wärmehütte* zurückgeschlendert. Er hat eine Freundin in Port Clinton, eine frühere Beratungsklientin von der High School, jetzt geschieden. Er wird sie anrufen, ihr von seinen neuen Tennessee-Plänen erzählen und hinzufügen, er wünschte, sie wäre hier bei ihm in Snow Mountain Highlands und seine Familie in Ruanda. Bobbie heißt sie.
Ein Anruf bei Jack ist absolut in Ordnung. Doch zuerst beschließt Faith, den frisch geschmückten Gummibaum näher ans Fenster zu schieben, wo es eine Steckdose gibt. Nach dem Einstöpseln leuchten die meisten der kleinen weißen Birnen fröhlich auf. Nur wenige versagen, und in der Schachtel gibt es Ersatz. Das ist ein Fortschritt. Später, morgen, können sie den Stern obendrauf stecken – das Lieblingsritual ihres Vaters. »Jetzt wird es Zeit für den Stern«, sagte er immer. »Den Stern der Weisen.« Ihr Vater war Musiker, ein erfahrener Holzbläser. Ein begabter Mann und natürlich Trinker. Außerdem erfahren mit Frauen, die nicht seine Ehefrau waren. Er unterrichtete unermüdlich an einem Junior College, damit sie über die Runden kamen. Es war sein Wunsch, dass Faith Anwältin würde,

also wurde sie natürlich eine. Für Daisy hatte er keine genaueren Pläne, also wurde sie natürlich Trinkerin und etwas später energische Nymphomanin. Irgendwann starb er, zu Hause. Der Paterfamilias. Danach, nicht davor, fing ihre Mutter an, Gewicht zuzulegen. »Na ja, und mein Gewicht, nicht zu vergessen«, pflegte sie es auszudrücken. Sie akzeptierte es als gegeben: Zunahme als natürliche Folge von Verlust.

Aber Jack nun in London oder New York anrufen? (Nantucket kommt nicht in Frage, und Jack hat sein Handy nie außerhalb der Geschäftszeiten an.) Wo ist Jack? In London war es nach Mitternacht. In New York dieselbe Zeit wie hier. Halb neun. Und was für eine Nachricht hinterlassen? Sie könnte einfach sagen, sie sei einsam; oder sie hätte Schmerzen in der Brust oder Besorgnis erregende Testergebnisse. (Die müssten sich dann auf mysteriöse Weise wieder verziehen.)

Aber zuerst mal London. Die Wohnung in Sloane Terrace, einen halben Häuserblock von der U-Bahn entfernt. Sie hatten im Oriel gefrühstückt, dann war Jack zum Arbeiten in die City gefahren, während sie sich das Tate vornahm, die Bacons waren ihre Spezialität. So weit weg von Snow Mountain Highlands – das war ihr Gefühl beim Wählen der Nummer – ein sehr, sehr fernes Ferngespräch.

Drring-dsching, drring-dsching, drring-dsching, drring-dsching, drring-dsching. Nichts.

Es gab eine zweite Nummer, nur für Nachrichten, aber sie hatte sie vergessen. Noch mal anrufen, falls sie sich verwählt hatte. Drring-dsching, drring-dsching, drring-dsching...

Dann eben New York. Die 50. Straße auf der East Side. Ganz weit im Osten. Das hübsche kleine Scheibchen Aussicht auf den Fluss. Der kleine Unterschlupf, den er auch nach dem College behalten hatte. Seine Abzeichen aus dem ersten Jahr, eingerahmt. 1971. Sie hatte sich die Mühe gemacht, das Schlafzimmer renovieren zu lassen. Alles weiß. Eine lächelnde sonnengebräunte Faith auf dem Boot, in rotem Leder gerahmt. Noch ein Bild, sie beide zusammen in Cabo, am Strand. Alles gleichermaßen weit weg von Snow Mountain Highlands.

Drring, drring, drring, drring. Dann klick. »Hi, hier ist Jack.« Fast erwidert sie: »Hi.« – »Ich bin gerade nicht da« usw. usf., dann ein Pfeifton.

»Frohe Weihnachten, ich bin's. Ähmmm, Faith.« Sie hängt fest, ist aber kein bisschen nervös. Sie könnte ihm genauso gut alles erzählen. Folgendes ist heute passiert: die Schornsteine des Atomkraftwerks, der Plastik-Gummibaum, der Lichterumzug, das Smorgasbord, Eddie von vor Jahren, der geplante Umzug der Mädchen nach Kalifornien. Alle weihnachtlichen Dinge. »Ähmmm, ich wollte bloß sagen, dass es ... mir gut geht und dass ich denke – nein, schreiben Sie *hoffe* –, dass ich *hoffe*, dir auch. Ich bin nach Weihnachten wieder zu Hause – also am Strand. Ich würde wahnsinnig gern – nein, streichen Sie *wahnsinnig* – von dir hören. Ich bin in Snow Mountain Highlands. In Michigan.« Sie unterbricht, erwägt innerlich, ob es noch weitere Neuigkeiten gibt, die wert sind, berichtet zu werden. Nein, keine. Dann merkt sie (zu spät), dass sie seinen Anrufbeantworter wie ihr Diktafon behandelt hat. Es gibt keine Korrekturmöglichkeit. Dumm. Ihr Fehler. »Also, auf Wiedersehen«, sagt sie und merkt, dass das etwas steif klingt, korrigiert es aber nicht. Zwischen ihnen ist sowieso alles vorbei. Wen juckt's? Sie hat angerufen.

Draußen auf der Langlaufloipe 1 sind weiche weiße Glühbirnen, den Weihnachtsbaumlichtern in der Wohnung nicht unähnlich, in einigen Fichten befestigt worden – hell genug, dass man sich im Dunkeln nicht verirren kann, und schwach genug, um den geheimnisvollen Effekt nicht zu verderben.

Diese Art Skilaufen mag sie übrigens auch nicht besonders. Eigentlich nicht. Immer dieses mühselige Wachsen, die steifen Leihschuhe, die langen unpraktischen Skier, die verschwitzte Unterwäsche, die Möglichkeit, dass all das auf eine Erkältung und versäumte Arbeitszeit hinauslaufen könnte. Das Fitness-Studio ist besser. Maximale Energie, dann bist du schnell wieder sauber und wieder im Auto, wieder im Büro. Wieder am Telefon. Sie ist sportlich, aber entschieden nicht sportbesessen. Wie auch immer, das hier ist jedenfalls nicht beängstigend.

Niemand begleitet sie auf der nächtlichen Langlaufloipe, da der Lichterumzug die anderen Skiläufer weggelockt hat. Zwei Japaner haben sich am Anfang der Loipe unterhalten, kleine beige Männer in leuchtend grünem Lycra – glatte, ernste Gesichter, riesige Schenkel, plumpe Kurzer-Prozess-Arme –, die den anspruchsvollen Parcours – genannt ›Die Bestie‹ –, die Langlaufloipe3, in Angriff nehmen wollten. Auf ihren runden, wollstrumpfbekleideten Köpfen haben sie kleine Lampen getragen, wie Bergleute, um sich den Weg zu leuchten. Sie waren sofort verschwunden.

Hier summt der Schnee geradezu zum Klang ihrer Gleitschritte. Ein Vollmond reitet hinter filigranen Wolken, während sie im fast vollständigen Dunkel der verharschten Wälder vorwärts gleitet. Sie kann den Wind hoch oben in den höchsten Kiefern und Hemlocktannen hören, aber am Boden weht er nicht, da ist nur die Kälte, die der metallische Schnee ausstrahlt. Ihr ist höchstens an den Ohren kalt, dort und an der Schweißlinie ihrer Haare. Ihr Herzschlag ist kaum zu hören. Sie ist fit.

Einen Augenblick lang vernimmt sie entfernt Musik, eine Gesangsstimme mit Orchesterbegleitung. Sie hält inne, um zuzuhören. Der Puls der Musik schwebt durch die Bäume. Merkwürdig. Vielleicht ist das Roger, denkt sie zwischen zwei tiefen Atemzügen; Roger auf der Bühne in der Karaoke-Bar, wie er den anderen Einsamen im Dunkel seine Greatest Hits vorsingt. ›Blue Bayou‹, ›Layla‹, ›Tommy‹, ›Try to Remember‹. Roger in sicherer Entfernung. Ihre Haare, merkt sie, glänzen im Mondlicht. Falls sie beobachtet wird, sieht sie zumindest gut aus.

Aber wäre das nicht romantisch, von diesem Wald aus durch die Dunkelheit zu spähen und da unten eine leuchtende Jagdhütte mit zahlreichen Seitenflügeln zu entdecken, die Fenster hell erglühend, wie ein exotisches Kasino in einem Paul-Muni-Film? Anmutige Eisläufer schweben über eine beleuchtete Eisbahn. Ein geschmückter Lift immer noch in gemächlicher Bewegung, einige wenige letzte Skiläufer wollen noch eine seidige Schwebefahrt ohne Fackel unternehmen, bevor die Lichter ausgehen. Der große Baum leuchtet vom Gipfel herunter.

Nur dass dies kein besonders hübscher Teil von

Michigan ist. Nichts zu sehen – dunkle Stämme, kalte, tote Wasserfälle, Girlanden aus schwerem Schnee, die in den Tannenzweigen hängen.

Und sie versteift sich. So schnell geht das. Neue Muskeln werden angesprochen. Besser nicht so weit laufen.

Daisy, ihre Schwester, fällt ihr ein. Daisy, die bald mit einer ganz neuen Sicht auf das Leben aus der Klinik kommen wird. Drinnen hat es natürlich das Ritual in zwölf Schritten gegeben, das das normale Programm aus Entzug und Reue ergänzt. Und irgendjemand hat Daisy irgendwo, irgendwann, womöglich vor Jahrzehnten, ganz sicher in unpassender und für ihr Wohlbefinden schädlicher Weise berührt, wie sich herausstellen wird, in einem viel zu zarten Alter. Und nicht nur einmal, sondern viele Male, diverse schreckliche, stumme Jahre lang. Der Täter womöglich ein älterer, verdächtiger Jugendlicher aus der Nachbarschaft – ein Einzelgänger – oder ein allzu onkelhafter Schulbibliothekar. Selbst der Paterfamilias wird postum einer genaueren Untersuchung unterzogen werden (die historische Perspektive ist, wie immer, unbeweisbar und daher unbestreitbar).

Dann werden natürlich allen gewisse Opfer in puncto Würde abverlangt, was diesen reichhaltigen Nachrichten aus der Vergangenheit geschuldet ist:

aus einer Welt, die um so vieles tödlicher war, als irgendjemand glauben konnte, nichts war so, wie wir es uns dachten; so vieles blieb dem Auge verborgen; wenn das nur jemand gewusst hätte, der es hätte aussprechen und eine Verständigung darüber in Gang setzen können, dem man hätte trauen und sich anvertrauen können, blablabla. Ihre Mutter wird, zwangsläufig, keinen Verdacht geschöpft haben, hätte es aber tun müssen, keine Frage. Vielleicht wird Daisy selbst angedeutet haben, dass Faith lesbisch ist. Der Schneeballeffekt. Keiner sicher, keiner unschuldig.

Weiter oben, im Dunkeln, nach anderthalb Kilometern auf der Tour, befindet sich Hütte 1 rechts von der Langlaufloipe 1 – ein verdunkelter Kloß auf einer kleinen Lichtung, ein Ort zum Ausruhen, zum Aufholenlassen der anderen (falls es andere gibt). Ein perfekter Ort zum Umkehren.

Hütte 1 ist nichts Schickes, wie ein einfaches rustikales Wartehäuschen vom Schulbus, auf einer Seite offen, aus behauenen Stämmen gebaut. Draußen auf dem Schnee liegen Krusten von kleinen Brötchen, ein Stück Pizza, ein paar aufgeweichte Papiertaschentücher, drei Bierdosen – Leckerbissen für die Waldtiere –, und jedes Ding wirft seinen kleinen Schatten auf die weiße Oberfläche.

Obwohl im trüben Inneren auf einer Plankenbank nicht etwa Schulkinder sitzen, sondern Roger, der Schwager, in seinem puderblauen Skianzug und Wanderstiefeln. Singt er doch nicht Karaoke. Sie hat auf der Loipe gar keine Stiefelspuren gesehen. Roger ist einfallsreicher, als er zunächst wirkt.

»Ist das eine besch-eidene Kälte hier oben.« Roger spricht aus dem Dunkel von Hütte 1. Seine schwarze Brille trägt er jetzt nicht, und überhaupt ist er kaum zu sehen, obwohl sie spürt, dass er lächelt – seine braunen Augen noch enger beieinander.

»Was machst du denn hier oben, Roger?«, fragt Faith.

»Och«, sagt Roger aus der Finsternis heraus. »Ich dachte einfach, ich geh mal rauf.« Er kreuzt die Arme vor der Brust und streckt seine Wanderstiefel in das Schneelicht, als wäre er eine Art High-School-Cowboy.

»Wozu?« Ihre Knie sind zugleich steif und weich von der Anstrengung. Ihr Herz hat angefangen, heftig zu schlagen. Sie hat kalten Schweiß auf der Lippe. Die Temperaturen bewegen sich unter minus fünf Grad. Im Winter werden die unschuldigsten Orte mit einem Mal tödlich.

»Wer nicht wagt«, sagt Roger. Er macht sich über sie lustig.

»Ich kehre hier um«, wagt sich Faith vor. »Möchtest du mit mir den Berg hinunterfahren?« Was sie gern hätte, wäre mehr Licht. Wesentlich mehr Licht. Eine Birne in dem Unterstand wäre sehr gut. Im Dunkeln passieren manchmal schlimme Dinge, die sich bei Licht als undenkbar herausstellen würden.

»Das Leben führt einen an ziemlich interessante Orte, nicht wahr, Faith?«

Sie würde gern lächeln und sich nicht von Roger bedroht fühlen, der bei seinen Töchtern sein sollte.

»Kann schon sein«, sagt sie. In der trockenen Luft riecht es nach Alkohol. Er ist betrunken, und er improvisiert all das hier. Eine ungute Kombination.

»Du bist sehr hübsch. *Sehr* hübsch. Die große Anwältin«, sagt Roger. »Komm doch zu mir herein.«

»O nein, vielen Dank«, sagt Faith. Roger ist widerlich, aber er gehört auch zur Familie, und sie fühlt sich gelähmt, weil sie nicht weiß, was sie tun soll – eine sehr ungewöhnliche Situation. Sie wäre gern beweglicher auf ihren Skiern, würde gern aufspringen und feststellen, dass sie schon gewendet hat und davongleitet.

»Ich war immer der Ansicht, dass wir beide in der richtigen Situation eine ganze Menge Spaß miteinander haben könnten«, fährt Roger fort.

»Roger, ich halte es nicht für gut, das zu tun«, was immer er gerade tut. Sie will ihn anfunkeln und merkt, dass ihre Knie zittern. Sie fühlt sich sehr, sehr groß auf ihren Skiern, ungewöhnlich schutzlos.

»Natürlich ist es gut, das zu tun«, sagt Roger. »Dafür bin ich doch hier hochgekommen. Für ein bisschen Spaß.«

»Ich will aber nicht, dass wir hier oben irgendwas tun, Roger«, sagt Faith. »In Ordnung?« So, erkennt sie, fühlt sich Angst an – so wie man sich in einem nächtlichen Parkhaus fühlen würde oder wenn man allein über ein abgelegenes Fabrikgelände joggen oder am frühen Morgen nach Hause kommen und nach den Schlüsseln wühlen würde. Schutzlos. Und dann wäre da plötzlich einer. Bingo. Ein Mann, der bedrückend gewöhnlich aussieht und noch keinen genauen Plan hat.

»Nee, nee. Das ist absolut nicht in Ordnung.« Roger steht auf, bleibt aber im Schutz des Dunkels. »Die Anwältin«, sagt er wieder, immer noch grinsend.

»Ich kehre jetzt einfach um«, sagt Faith und beginnt, sehr unsicher ihren langen linken Ski aus der Spur zu heben und dann, auf ihre Stöcke gestützt, auch den rechten Ski. Hoch aus der Spur. Ihr wird etwas schwindlig, ihre Waden schmerzen, und es ist kompliziert, nicht die Spitzen der Skier zu kreuzen. Ganz wesentlich ist es, stehen zu bleiben. Jetzt hinzufallen, das hieße Kapitulation. Wie heißt der Ski-Ausdruck? Tele... Telesowieso. Sie wünschte, sie könnte Tele-sowieso. Mit Tele-sowieso hier raus, was das Zeug hält. Ihre Oberschenkel brennen. In Kalifornien, denkt sie, ist sie eine Beamtin bei Gericht. Eine öffentliche Angestellte, eingeschworen darauf, das Gesetz hochzuhalten – allerdings nicht, seine Einhaltung zu überwachen. Sie ist ein Halt für das Gute.

»Du siehst albern aus, wie du da stehst«, sagt Roger albern.

Sie hat nicht vor, noch irgendetwas zu sagen. Es gibt eigentlich nichts zu sagen. Gespräch ist jetzt nicht das Nächstliegende, und sie konzentriert sich sehr. Einen Augenblick lang glaubt sie, wieder Musik zu hören, ganz weit weg. Das kann nicht sein.

»Wenn du dich ganz umgedreht hast«, sagt Roger, »dann zeige ich dir mal was.« Er sagt nicht, was. Im Geist – während sie ihre Skier zentimeterweise bewegt, mit schweren Knöcheln – im Geist sagt sie: »Und dann?«, aber sie sagt es nicht.

»Ich hasse deine besch-eidene Familie echt«, sagt Roger. Seine Stiefel machen knirsch im Schnee. Sie wirft einen Blick über die Schulter, aber ihn anzusehen, das ist zu viel. Er kommt näher. Sie wird hinfallen, und dann werden dramatische, bedauerliche Dinge geschehen. Mit einer Bewegung, die er wahrscheinlich dramatisch findet, zieht Roger – obwohl sie es nicht sehen kann – seinen blauen Skianzug vorn auf. Er will, dass sie dieses Geräusch hört. Sie hat jetzt zu drei Vierteln gewendet. Sie könnte ihn über die linke Schulter sehen, wenn sie wollte. Mal gucken, mal nachgucken, was das ganze Getöse soll. Ihr ist heiß. Drunter ist sie durchgeschwitzt.

»Tja, ja, das Leben führt einen in ziemlich interessante Situationen.« Er wiederholt sich. Noch ein Reißverschluss ist zu hören. So sieht das aus, wenn in Rogers Weitsicht eine ganze Menge Spaß stattfindet.

»Ja«, sagt sie, »allerdings.« Jetzt ist sie fast ganz herum.

Sie hört ein kleines Glucksen von Roger, ein unbelustigtes »Hnh«. Dann sagt er: »Fast.« Sie hört ein matschendes Geräusch seiner Stiefel. Sie spürt seine Person tatsächlich nahe neben sich. Das wird ihm ganz bestimmt helfen zu unterstreichen, wie sehr er ihre Familie hasst.

Dann Stimmen – rettende Stimmen – hinter ihr. Sie kann nicht anders, sie muss jetzt über ihre linke Schulter schauen, hoch auf den Weg, wo er zwischen den dunklen Bäumen ansteigt. Da ist ein Licht, gefolgt von einem weiteren Licht, wie Sterne, die vom Himmel hoch herkommen. Stimmen, Worte, eine Sprache, die sie nicht recht versteht. Japanisch. Sie schaut Roger nicht an, sondern schiebt einfach einen Ski, ihren linken, nach vorn auf seine Spur, lässt den rechten folgen und seinen Weg finden, stößt sich mit ihren Stöcken ab. Und in genau dieser kleinen Zuteilung an Zeit, dank genau dieser Anstrengung, ist sie auf und davon. Sie glaubt, dass Roger irgendetwas sagt, noch ein »Hnh«, eine Art Grunzgeräusch, aber sie ist nicht sicher.

In der Wohnung schlafen alle. Die Lämpchen an dem Plastik-Gummibaum blinken. Sie spiegeln sich in dem Fenster, das auf den mittlerweile dunklen Skihügel hinausgeht. Irgendjemand, fällt Faith auf, hat viel Zeit damit verbracht (ihre Mutter), die durchgebrannten Birnen zu ersetzen, so dass der Baum ohne Ausfälle blinken kann. Der goldene Stern, derjenige, der die Weisen aus dem Morgenland gelenkt hat, liegt auf dem Kaffeetisch wie ein Seestern und wartet darauf, angemessen angebracht zu werden.

Marjorie, die jüngere, süßere Schwester, schläft auf der orangefarbenen Couch, unter dem Bruegel. Sie hat ihr Bett verlassen, um in der Nähe des Baums zu schlafen, und hat ihr gestepptes Deckchen in Pink mitgebracht.

Natürlich hat Faith Roger ausgesperrt. Roger kann allein im Schnee erfrieren. Oder er kann auf einer Türschwelle oder neben einem Dampfrohr irgendwo im Snow-Mountain-Highlands-Komplex schlafen und den Sicherheitsbeamten seine Situation erklären. Roger wird heute Nacht nicht bei seinen hübschen Töchtern schlafen. Sie wird jetzt mal eingreifen. Diese Mädchen gehören ihr.

Obwohl, wie naiv von ihr, nicht bedacht zu haben, dass Roger ihr Angebot, die Mädchen zu nehmen, natürlich auf der Stelle ummünzen würde zu einer Einladung, mit ihr zu vögeln. Sie ist zu lange in Kalifornien gewesen, hat die Berührung zum typisch Durchschnittsamerikanischen verloren. Wie komisch, dass Roger auch »besch-eiden« sagt. Wahrscheinlich sagt er auch »X-mas«.

Auf der Eisbahn spielen zwei Mannschaften Hockey unter hohen weißen Lampen. Eine rote Mannschaft gegen eine schwarze Mannschaft. Netztore sind aufgebaut worden, die zu große Fläche abgeteilt worden auf Regelgröße und -form. Ein paar Zuschauer stehen dabei – Ehefrauen und Freundinnen. Boyne City gegen Petosky; Cadillac gegen Sheboygan oder so was. Die weißen Schlittschuhe der kleinen Mädchen liegen auf einem Haufen, an der Tür, die sie jetzt fest verriegelt hat.

Es wäre gut, den Stern draufzustecken, denkt sie. »Jetzt ist es Zeit für den Stern.« Wer weiß, was das Morgen bringt. Die Ankunft von ein paar Weisen kann nicht schaden.

Also steht Faith mit dem schmächtigen Stern, der aus dicker Alufolie gemacht ist, groß und vergoldet und schwerelos und fünfzackig, auf dem dänischen Esstischstuhl und steckt den Befestigungsschlitz auf das oberste Blatt des Gummibaums. Das sitzt alles andere als perfekt, da es oben im Wipfel keinen Ast gibt, und der Stern steht auch nicht aufrecht, sondern hängt schief von der Spitze herunter, etwas traurig, komisch, aber auch siegreich. (Diese Art von Befestigung wurde auf den Philippinen bei der Herstellung des Baums nicht vorgesehen.) Morgen können die anderen alle etwas hinzufügen, Ornamente erfinden, aus absurden oder inspirierenden Ausgangsmaterialien. Morgen wird selbst Roger rehabilitiert und mit allen gut Freund sein. Außer mit ihr.

Marjorie hat die Augen aufgeschlagen, rührt sich allerdings nicht auf der Couch. Einen Moment, aber nur einen kurzen Moment lang wirkt sie tot. »Ich bin eingeschlafen«, sagt sie leise und blinzelt mit ihren braunen Augen.

»Oh, ich hab dich gesehen«, lächelt Faith. »Ich dachte, du wärst noch ein Weihnachtsgeschenk. Ich dachte, der Weihnachtsmann wäre schon früh hier gewesen und hätte dich gebracht, für mich.« Sie lässt sich vorsichtig auf dem staksigen Kaffeetisch nieder, nahe bei Marjorie – falls sie eine Sorge mitzuteilen hat, einen finsteren Traum zu erzählen.

Eine Angst. Sie streicht mit einer Hand Marjories warme Haare glatt.

Marjorie holt tief Luft und lässt sie langsam durch ihre Nase hinaus. »Jane schläft«, sagt sie.

»Und wie würdest du das finden, wieder ins Bett zu gehen?«, flüstert Faith. Hört sie da ein leises Klopfen an der Tür – der Tür, die sie fest verrammelt hat? Die sie nicht öffnen wird. Hinter der die Welt und der Ärger warten. Marjories Augen wandern zu dem Geräusch, dann schwimmen sie wieder vor Schläfrigkeit. Sie ist in Sicherheit.

»Lass den Baum an«, instruiert Marjorie, obwohl sie schläft.

»Klar, okay, na klar«, sagt Faith. »Der Baum bleibt. Wir behalten den Baum.«

Sie schlüpft mit der Hand unter Marjorie, die aus alter Gewohnheit ihre Hand ausstreckt und Faith am Hals streichelt. Im Nu hat diese die Kleine auf dem Arm, mit Deckchen und allem, und trägt sie vollkommen mühelos in das verdunkelte Schlafzimmer, wo die Schwester auf einem der beiden Einzelbetten schläft. Vorsichtig legt sie Marjorie auf das leere Bett und deckt sie wieder zu. Erneut glaubt sie, das leise Klopfen zu hören, aber es verstummt. Sie hält es für unwahrscheinlich, dass es heute Nacht noch einmal klopfen wird.

Jane schläft mit dem Gesicht zur Wand, ihr

Atem ist tief und hörbar. Jane schläft gut, Marjorie weniger verlässlich. Faith steht mitten in dem dunklen, fensterlosen Raum, zwischen den beiden Betten, und der blinkende Weihnachtsbaum sucht die Stille heim, die einen solchen Preis gekostet hat. Das Zimmer riecht schimmlig und klamm, als wäre es seit Monaten geschlossen gewesen und nur für diesen Zweck, diese Nacht, diese Kinder geöffnet worden. Sie erinnert sich, wenn auch nur kurz, an andere Weihnachten, die vielleicht einmal ihr gehörten. »Okay«, flüstert sie, »okay, okay, okay.«

Faith zieht sich im Elternschlafzimmer aus, zu müde zum Duschen. Ihre Mutter schläft auf einer Seite des gemeinsamen Bettes. Sie ist ein kleiner Berg, sichtbar unter der Decke atmend. Ein halb geleertes Glas Rotwein steht auf dem Nachttisch neben ihrer Halskrause. Ein Bild mit einem weißen Segelboot auf einem ruhigen blauen Meer hängt über dem Bett. Faith schließt die Tür halb zum Ausziehen, hält die blinkenden Weihnachtslichter ab.

Heute Nacht wird sie einen Schlafanzug tragen, ihrer Mutter zuliebe. Sie hat einen neuen gekauft. Weiß, reine Seide, so weich wie Wasser. Litzen aus blauer Seide.

Und hier der unerwartete Anblick der eigenen Gestalt in dem billigen, welligen Türspiegel. Alles gut. Nur die kleine blasse Narbe, wo eine Zyste aus ihrer linken Brust gekerbt wurde, eine Narbe ohne Bedeutung, die niemand bemerken würde. Aber immer noch eine gute Wirkung. Dünn, harte Oberschenkel. Ein kleiner hübscher Bauch. Jungenshüften. Nichts zu meckern an dem ganzen Paket.

Es braucht ein Glas Wasser. Man soll immer ein Glas Wasser mit ins Bett nehmen, nie ein Glas Rotwein. Als sie am Wohnzimmerfenster vorbeikommt, Ziel ist die winzige Küche, da sieht sie, dass das Eishockeyspiel jetzt vorbei ist. Schon nach Mitternacht. Die Spieler schütteln sich auf dem Eis die Hände, andere fahren in großen Kreisen herum. Am Könner-Hang oberhalb der Eisbahn sind die Lichter wieder eingeschaltet worden. Maschinen mit Scheinwerfern bringen den Schnee trotz der tückischen Neigungswinkel mit großem Risiko in Ordnung.

Und sie sieht Roger. Er ist auf halber Strecke zwischen der Eisbahn und den Appartements zu Fuß in seinem puderblauen Anzug unterwegs. Er hat sich, kein Zweifel, das Eishockeyspiel angeschaut. Roger bleibt stehen und sieht zu ihr hoch, wie sie in ihrem weißen Schlafanzug am Fenster steht, vor dem Hintergrund der blinkenden Weihnachtslichter. Er bleibt stehen und starrt. Er hat seine schwarzrandige Brille wiedergefunden. Sein Mund bewegt sich, aber sonst nichts. In dieser Herberge ist kein Platz für Roger.

Ihre Mutter ist im Bett sogar noch größer. Eine großartige Wärmequelle, etwas feucht, als Faith ihren Rücken berührt. Ihre Mutter trägt blauen Gingham, ein Nachthemd, das sich nicht sehr von ihrem Mumu für den Tag unterscheidet. Sie riecht unerwartet gut. Satt.

Wie lang, fragt sich Faith, ist es her, dass sie bei ihrer Mutter geschlafen hat? Hundert Jahre? Zwanzig? Aber gut, dass es ihr so normal vorkommt.

Sie hat die Tür offen gelassen, falls die Mädchen rufen sollten, falls sie aufwachen und Angst haben, falls sie ihren Vater vermissen. Die Weihnachtslichter blinken fröhlich, an und aus, jenseits der Türschwelle. Sie hört Schnee über das Dach rutschen, ein Auto, dessen Ketten leise irgendwo klirren, außer Sicht. Sie hatte vor, ihren Anrufbeantworter abzufragen, dann aber nicht mehr daran gedacht.

Und wie lange ist es her, fragt sie sich, dass ihre Mutter schlank und hübsch war? Waren das die Sechziger? Das kann eigentlich nicht sein. Damals war sie ja noch ein Mädchen. Sie – die Sechziger – kommen einem immer so nah vor. Obwohl, ihrer Mutter wahrscheinlich nicht.

Blink, blink, blink, die Lichter blinken.

Die Ehe. Ja, natürlich muss sie jetzt daran denken. Obwohl die Ehe vielleicht nur eine lange Ebene der Selbstenthüllung ist, an deren Ende jemand vor dir steht, der dich gar nicht so gut kennt. Das wäre eine Nachricht, die sie Jack hätte hinterlassen können. »Lieber Jack, ich weiß jetzt, dass die Ehe nur eine lange Ebene ist, an deren Ende usw. usw.« Du hast immer zu spät an so was gedacht. Irgendwo hört Faith noch mehr schwache Musik, »Ich steh an deiner Krippen hier«, hübsch gespielt auf einem Glockenspiel. Musik, zu der man schlafen kann.

Und wie sollen sie mit Morgen umgehen? Nicht mit dem ewigen Morgen, sondern dem versprochenen, dem praktischen. Ihre Schenkel fühlen sich steif an, dabei entspannt sie sich doch langsam. Ihre Mutter, der Berg neben ihr, dreht ihr den Rücken zu. Wie also? Roger wird morgen rehabilitiert, ja, ja. Es wird Brettspiele geben. Kleidungswechsel. Die üblichen Telefonanrufe. Sie wird sich die Zeit nehmen, ihre Mutter zu fragen, ob irgendjemand je missbraucht wurde, und herausfinden, nein, zum Glück nicht. Ungewöhnliche Blicke werden zwischen allen und jedem hin und her gehen. Gewisse Namen und Wörter werden, zu Gunsten aller, sparsam bemessen sein. Die Mädchen werden noch einmal Skifahren lernen und Spaß dabei haben. Witze werden erzählt werden. Sie werden sich besser fühlen, wieder eine Familie sein. Weihnachten sorgt schon für sich selbst.

Ray Bradbury

Segne mich, Vater,
denn ich habe gesündigt

Es war am Heiligabend, als Pfarrer Mellon kurz vor Mitternacht wieder aufwachte, nachdem er erst ein paar Minuten geschlafen hatte. Ein sonderbares Gefühl drängte ihn, aufzustehen, hinzugehen und die Tür seiner Kirche zu öffnen, ganz weit, dass der Schnee hereinwehte, und sich dann in den Beichtstuhl zu setzen und zu warten.

Zu warten, worauf? Wer wusste das? Wer hätte es sagen können? Aber der Drang war so unglaublich stark, dass er sich einfach nicht verleugnen ließ.

»Was ist nur los?«, knurrte er leise vor sich hin, während er sich anzog. »Ich werde anscheinend verrückt. Wer will denn, wer muss um diese Zeit – und warum, zum Kuckuck, soll ich –«

Er zog sich dennoch an, ging dennoch hin, die Kirchentür zu öffnen, und stand ehrfürchtig vor dem herrlichen Kunstwerk da draußen, schöner als alle Bilder der Geschichte, einem Gobelin von Schnee, spitzendurchwirkt, der sich sanft über die

Hausdächer legte und den Laternen Mützen aufsetzte und die Autos, die geduckt am Straßenrand standen und auf den Segen warteten, mit Schals umwickelte. Der Schnee legte sich auf die Trottoirs, auf seine Lider, sein Herz. Er hielt unwillkürlich den Atem an ob der launischen Pracht, dann drehte er sich um und ging, von Schnee gefolgt, und suchte Zuflucht im Beichtstuhl.

Einfaltspinsel, schalt er sich. Närrischer Alter. Mach, dass du hier *rauskommst*. Geh wieder zu Bett!

Doch dann hörte er es. Ein Geräusch an der Tür, schlurfende Schritte auf dem Steinboden und endlich ein klammes Rascheln, als jenseits der Trennwand jemand im Beichtstuhl Platz nahm. Pfarrer Mellon wartete.

»Segne mich, Vater«, flüsterte eine Männerstimme, »denn ich habe gesündigt.«

Die Bitte kam so schnell, dass Pfarrer Mellon in der ersten Verblüffung nur erwidern konnte:

»Woher *wussten* Sie überhaupt, dass die Kirche offen ist und ich hier bin?«

»Ich habe gebetet, Hochwürden«, kam leise die Antwort. »Gott hat Sie geschickt, die Kirche aufzuschließen.«

Dagegen gab es nichts zu sagen, und so saßen der alte Priester und der hartgesottene alte Sünder,

der er wohl war, ein paar lange Sekunden in der Kälte, während die Uhrzeiger gen Mitternacht rückten, und endlich wiederholte der Flüchtling aus der Finsternis:

»Segne den Sünder, Vater!«

Doch statt der üblichen Fragen und salbungsvollen Worte lehnte sich Pfarrer Mellon, während Weihnachten in Eile durch den Schnee nahte, ans Gitter und konnte sich nicht enthalten zu sagen:

»Es muss eine schlimme Sündenlast sein, die Sie mit sich herumtragen, wenn es Sie in einer solchen Nacht hinaustreibt auf eine unmögliche Mission, die dann doch noch möglich wurde, weil Gott Sie erhört und mich aus dem Bett gejagt hat.«

»Sie ist schlimm, Hochwürden. Sie werden sehen.«

»Dann sprich, mein Sohn«, entgegnete der Priester, »bevor wir beide hier erfrieren –«

»Nun gut –«, flüsterte die wintrige Stimme hinter der dünnen Trennwand. »Es war so – vor sechzig Jahren –«

»Sechzig?!«, rief der Priester. »Schon so lange her?«

»Sechzig!« Eine gepeinigte Stille folgte.

»Sprich weiter«, sagte der Priester, denn er schämte sich, weil er ihn unterbrochen hatte.

»In dieser Woche, vor sechzig Jahren«, sagte die graue Stimme, »als ich zwölf war, bin ich mit meiner

Großmutter zum Weihnachtseinkauf gewesen, in einem kleinen Städtchen im Osten. Wir mussten den ganzen Weg hin und zurück zu Fuß gehen. Wer hatte denn damals ein Auto? Wir gingen also zu Fuß, und als wir mit den Geschenkpaketen zurückkamen, hat meine Großmutter irgendetwas gesagt, ich habe längst vergessen was, aber ich bin wütend geworden und ihr fortgelaufen. Ich hörte sie von weitem nach mir rufen und dann ganz furchtbar schreien, ich soll zurückkommen, zurück zu ihr, aber ich wollte nicht. Schrecklich geheult hat sie, und ich wusste, dass ich ihr weh tat, worauf ich mir ganz stark und mächtig vorkam, und ich habe gelacht und bin nur noch schneller gerannt und war lange vor ihr zu Hause, und als sie ankam, hat sie gekeucht und geweint, als wollte sie gar nicht mehr aufhören. Da habe ich mich geschämt und bin weggerannt, um mich zu verstecken...«

Lange Stille.

»War es das?«, half der Pfarrer nach.

»Es ist eine lange Liste«, klagte die Stimme hinter der dünnen Wand.

»Dann sprich weiter«, sagte der Pfarrer mit geschlossenen Augen.

»So ähnlich habe ich es dann auch mit meiner Mutter gemacht, zu Silvester. Sie hat mich geärgert, da bin ich ihr fortgelaufen. Ich hörte sie rufen und habe nur gegrinst und bin noch schneller gelaufen. Warum? O Gott, warum?«

Der Priester wusste keine Antwort.

»War es das dann?«, fragte er endlich leise und fühlte sich seltsam angerührt von dem alten Mann hinter der Trennwand.

»An einem Tag im Sommer«, sagte die Stimme, »haben mich einmal ein paar Rabauken verprügelt. Als sie fort waren, sah ich auf einem Strauch zwei Schmetterlinge in inniger Umarmung, so schön! Mir war ihr Glück verhasst. Da habe ich sie gepackt und in meiner Hand zu Pulver zerrieben. Welche Schmach, Hochwürden!«

In dem Moment wehte ein Windstoß zur Kirche herein, und beide blickten auf und sahen in der Tür ein Weihnachtsgespenst aus Schnee umherwirbeln, das zu weißem Staub zerfiel und sich über das Pflaster verteilte.

»Das Schrecklichste kommt erst noch«, sagte der alte Mann aus dem Dunkel, wo er allein mit seinem Schmerz saß. Und er fuhr fort:

»Es war wieder in der Weihnachtswoche, und ich war dreizehn, als mein Hund Bo mir weggerannt und drei Tage fortgeblieben ist. Ich liebte ihn mehr als mein Leben. Er war ein besonderer Hund, so schön und treu. Und plötzlich war er fort, und alle

Schönheit mit ihm. Ich habe gewartet. Ich habe geweint und gewartet und gebetet, ich habe innerlich geschrien. Er würde nie, nie mehr wiederkommen, das wusste ich! Und siehe da, in der Heiligen Nacht, als es schneite und Schneematsch auf den Straßen lag und Eiszapfen von den Dächern hingen, da vernahm ich morgens um zwei ein Geräusch im Schlaf und erwachte davon, und dann hörte ich ihn an der Tür kratzen! Fast hätte ich mir das Genick gebrochen, so schnell war ich aus dem Bett. Ich riss die Tür auf, und da stand mein Köter, bibbernd und aufgeregt und völlig verdreckt. Mit einem Schrei habe ich ihn ins Haus gerissen, die Tür zugeschlagen, mich auf die Knie geworfen und ihn weinend umarmt. Welch ein Geschenk! Ich rief seinen Namen, immer wieder, und er weinte und jaulte und winselte mit mir vor Freude. Und plötzlich war es aus. Wissen Sie, was ich getan habe? Können Sie sich das Entsetzliche vorstellen? Ich habe ihn verprügelt. Ja, verprügelt. Mit Fäusten, Händen, Fäusten, Händen, und angeschrien habe ich ihn: ›Was fällt dir ein, mich zu verlassen, wie konntest du weglaufen, wie kannst du mir so etwas antun, wie konntest du nur, wie konntest du?!‹ Und ich habe ihn geprügelt, und geschluchzt, und geprügelt, bis ich nicht mehr konnte, weil ich sah, was ich getan hatte, und er stand nur da und ließ sich alles gefallen, als wüsste er, dass er es verdient hatte, denn er hatte mich enttäuscht, und jetzt enttäuschte ich ihn, und da ließ ich von ihm ab, in Tränen aufgelöst und halb erstickt, und packte ihn wieder und drückte ihn an mich, aber jetzt rief ich: ›Verzeih mir, Bo, bitte vergib mir! Ich habe es nicht gewollt. Bitte, Bo, verzeih…‹

Aber, Hochwürden, er konnte mir doch nicht vergeben! Wer war er denn? Ein Tier nur, ein Hund, mein Liebling. Und er hat mich mit großen dunklen Augen angesehen, dass es mir das Herz verschloss, und verschlossen ist es bis heute geblieben vor Scham. *Ich* konnte *mir* nicht vergeben! All die Jahre, immer wieder die Erinnerung an meinen Liebling und wie ich ihn enttäuscht habe, und jeden Heiligabend kommt seitdem sein Geist wieder, das ganze Jahr sonst nicht, aber jeden Heiligabend sehe ich wieder den Hund, höre die Schläge und weiß, wie ich mich versündigt habe. O Gott!«

Und schluchzend verstummte der Mann.

Endlich wagte der alte Pfarrer das Wort an ihn zu richten: »Und darum sind Sie jetzt hier?«

»Ja, Hochwürden. Ist es nicht schlimm, ist es nicht furchtbar?«

Der Pfarrer konnte nicht antworten, weil auch ihm die Tränen übers Gesicht liefen und aus unerklärlichen Gründen der Atem stockte.

»Werden Sie mir vergeben, Hochwürden?«, fragte der andere.

»Ja.«

»Wirst *du* mir vergeben, Vater?«

»Ja. Aber ich will dir zuerst etwas sagen, mein Sohn. Mir ist es auch so ergangen, als ich zehn war. Meine Eltern – natürlich. Aber dann – dann ist mein Hund, die Liebe *meines* Lebens, mir weggelaufen, hat mich einfach verlassen, und ich habe ihn gehasst dafür, und als er wiederkam, habe ich ihn genauso geherzt und geprügelt und wieder geherzt. Das habe ich bis heute Abend noch niemandem erzählt. All die Jahre habe ich die Schmach für mich behalten. Ich habe meinem Beichtvater immer alles gesagt. Aber das *nie*. Und darum –«

Stille.

»Und *darum*, Vater?«

»Ach Gott, ach Gott, guter Mann! Der Herr wird uns vergeben. Schließlich und endlich haben wir es bekannt, es ausgesprochen. Und ich, auch ich will dir vergeben. Aber abschließend –«

Der alte Pfarrer konnte nicht weitersprechen, denn die Tränen strömten ihm jetzt nur so übers Gesicht.

Der Fremde auf der anderen Seite ahnte es wohl und fragte sehr bedächtig: »Soll *ich dir* vergeben, Vater?«

Der Priester nickte stumm. Vielleicht fühlte der andere den Schatten des Nickens, denn er sagte rasch: »Nun denn – es *ist* vergeben.«

Sie saßen beide noch eine ganze Weile im Dunkeln, und wieder erschien ein Gespenst an der Tür und zerfiel zu Schnee und verwehte.

»Bevor Sie gehen«, sagte der Priester, »kommen Sie noch auf ein Glas Wein zu mir?«

Die große Uhr auf dem Platz vor der Kirche schlug Mitternacht.

»Es ist Weihnachten, Vater«, sagte die Stimme hinter der Wand.

»Die schönste Weihnacht aller Zeiten, glaube ich.«

»Die schönste.«

Der alte Priester stand auf und verließ den Beichtstuhl.

Er wartete kurz, ob sich auch auf der anderen Seite etwas bewegte.

Nichts zu hören.

Der alte Priester runzelte die Stirn, griff nach der Tür und öffnete sie, um in den Beichtstuhl zu sehen.

Nichts und niemand war darin.

Er riss den Mund auf. Schnee wehte ihm über den Nacken.

Er streckte die Hand aus und tastete in die Dunkelheit.

Der Beichtstuhl war leer.

Im Umdrehen starrte er zur Kirchentür, dann lief er hin und sah hinaus.

Schnee dämpfte die Schläge der fernen Uhren, die spät die Stunde verkündeten. Die Straßen waren menschenleer.

Als er sich wieder umdrehte, sah er den hohen Spiegel im Kircheneingang.

In dem kalten Glas spiegelte sich ein alter Mann, er selbst.

Fast ohne nachzudenken, hob er die Hand zum Segen. Das Spiegelbild tat es ihm gleich.

Da wischte der alte Pfarrer sich über die Augen, drehte sich noch ein allerletztes Mal um und ging den Wein holen.

Und draußen war Weihnachten, und Schnee, überall.

Anton Čechov

Der Tannenbaum

Der hohe, immergrüne Tannenbaum des Schicksals ist vollbehängt mit den Gütern des Lebens... Von unten bis oben hängen an ihm Karrieren, Glücksfälle, gute Partien, Gewinne, goldene Nichtse, Nasenstüber usw. Um den Baum drängeln sich erwachsene Kinder. Das Schicksal verteilt an sie Geschenke...

– Kinder, wer von euch will die reiche Kaufmannsfrau? – fragt es und nimmt eine rotwangige Kaufmannsfrau vom Zweig, die von Kopf bis Fuß mit Perlen und Brillanten übersät ist... – Zwei Häuser auf der Pljuščicha, drei massiv gusseiserne Kioske, eine Weinhandlung und zweihunderttausend in bar! Wer will?

– Ich! Ich! – Hunderte von Händen recken sich nach der Kaufmannsfrau. – Ich will die Kaufmannsfrau!

– Nicht drängeln, Kinder, und regt euch nicht auf ... Jeder bekommt etwas... Die Kaufmannsfrau soll der junge Äskulap hier nehmen. Ein Mensch, der sich der Wissenschaft geweiht und dem Wohl der Menschheit verschrieben hat, kommt nicht aus ohne ein Paar guter Pferde, ohne schöne Möbel usw. Nimm, lieber Doktor! Keine Ursache... So, und jetzt die nächste Überraschung! Eine Anstellung bei der Čuchlom-Pošechonsker Eisenbahn! Zehntausend Gehalt im Jahr, noch einmal so viel als Gratifikation, drei Stunden Arbeit im Monat, Dreißigzimmerwohnung usw. – Wer will? Du, Kolja? Nimm, mein Guter! Weiter... Anstellung als Wirtschafterin beim einsamen Baron von ·maus! Sie reißen ihn ja in Stücke, mesdames! Bitte ein wenig Geduld!... Der Nächste! Hübsches junges Mädchen, Tochter armer, aber ehrbarer Eltern! Mitgift keinen Groschen, aber eine ehrliche, einfühlsame, poetische Natur! Wer will? (Pause.) Niemand?

– Ich würde sie ja nehmen, aber wie soll ich sie ernähren? – hört man aus einer Ecke die Stimme des Dichters.

– Es will sie also niemand?

– Meinetwegen, ich nehme sie... Es soll wohl so sein... – sagt ein kleines, gichtkrankes altes Männlein, das im Geistlichen Konsistorium dient. – Meinetwegen...

– Das Taschentuch der Zorina! Wer will?

– Au!... Ich! Ich!... Au! Sie sind mir auf den Fuß getreten! Ich!

– Nächste Überraschung! Eine reichhaltige Bibliothek mit sämtlichen Werken von Kant, Schopenhauer, Goethe, allen russischen und fremdsprachigen Autoren, einer Menge alter Folianten usw. Wer will?

– Ich! – sagt der Antiquar Svinopasov. – Wenn ich bitten darf!

Svinopasov nimmt die Bibliothek entgegen, wählt daraus die »Orakel«, das »Traumdeutungsbuch«, den »Briefsteller«, das »Handbuch für Junggesellen«... den Rest wirft er auf den Müll.

– Die Nächste! Ein Porträt von Okrejc!

Man hört lautes Gelächter...

– Geben Sie her... – sagt der Betreiber des Winklerschen Museums. – Das passt irgendwo...

– Weiter! Ein Prachtrahmen, Jahresprämie der Zeitschrift »Nov'« (Pause.) Will niemand? Dann weiter... Ein paar zerrissene Stiefel!

Die Stiefel bekommt der Maler... Schließlich ist der Tannenbaum abgeerntet, das Publikum verläuft sich... Vor dem Tannenbaum steht nur noch der Mitarbeiter humoristischer Zeitschriften...

– Und ich? – fragt er das Schicksal. – Jeder hat ein Geschenk bekommen, ich möchte auch eins. Das ist eine Schweinerei von dir!

– Sie haben alles abgeräumt, nichts ist mehr übrig... Doch, ein goldenes Nichts ist noch da...

Willst du das?

– Das brauche ich nicht... Die habe ich bis hier, diese Nichtse. Die Kassen einiger Moskauer Zeitschriften sind voll von dieser Ware. Hast du nicht was Handfesteres?

– Nimm diesen Rahmen...

– Den habe ich schon...

– Hier das Gängelband, die Zügel... Hier das Kreuz mit dem Rotstift, wenn du willst... Zahnschmerzen... Handschellen... Einen Monat Gefängnis wegen Diffamierung...

– Habe ich alles schon...

– Den Bleisoldaten, wenn du willst... Eine Karte von Sibirien...

Der Humorist winkt ab und geht nach Hause in der Hoffnung auf das nächste Jahr.

Alphonse Daudet

Die drei stillen Messen

»Zwei getrüffelte Truthennen, Garrigou?«
»Ja, Hochwürden, zwei prächtige Truthennen, mit Trüffeln vollgestopft. Ich kann etwas davon erzählen, habe ich doch mitgeholfen, sie zu füllen. Man hätte denken können, ihre Haut müsste beim Braten platzen, so war sie gespannt...«

»Jesus, Maria! Und ich esse Trüffeln so gern... Schnell, gib mir mein Chorhemd, Garrigou... Und außer den Truthennen, was hast du noch in der Küche bemerkt?«

»Oh, alles erdenkliche Gute... Seit Mittag haben wir nichts getan als Fasanen, Wiedehopfe, Feldhühner und Auerhähne zu rupfen. Die Federn flogen nur so herum... Dann hat man aus dem Teich auch noch Aale gebracht, Karpfen, Forellen und...«

»Forellen, Garrigou, wie groß?«
»So groß, Hochwürden, ganz prächtige Stücke!«
»Mein Gott! Mir ist, als ob ich sie sähe!... Hast du den Wein in die Messkännchen gefüllt?«

»Ja, Hochwürden, ich habe den Wein in die

Messkännchen gefüllt... Aber weiß Gott, der ist gar nichts gegen den Wein, den Sie nach der Mitternachtsmesse trinken werden. Wenn Sie das alles im Speisesaal des Schlosses sähen, alle diese Flaschen mit edlen Weinen, die in allen Farben schillern... Und das Silbergeschirr, die Tafelaufsätze, die Blumen, die Armleuchter! – Solch einen Weihnachtsschmaus hat man noch nie gesehen. Der Herr Graf hat alle Herrschaften aus der Nachbarschaft eingeladen. Es werden wenigstens vierzig Personen an der Tafel sein, Amtmann und Gerichtsschreiber nicht mitgerechnet. Ach, Sie haben es gut, dass Sie dabei sein können, Hochwürden... Unsereiner hat die schönen Truthennen nur riechen dürfen, und doch verfolgt mich der Duft der Trüffeln, wohin ich mich auch wenden mag... Ach!«

»Nun, nun, mein Kind. Hüten wir uns vor der Sünde der Völlerei, zumal am Heiligen Abend... Geh schnell und zünde die Kerzen an und gib das erste Glockenzeichen zur Messe; denn sieh, es ist bald Mitternacht, und wir dürfen uns nicht verspäten...«

Dieses Gespräch fand statt an einem schönen Weihnachtsabend im Jahre des Heils eintausendsechshundert und soundso viel zwischen dem ehrwürdigen Herrn Balaguère, vormaligem Prior der Barnabiten, jetzt wohlbestalltem Schlosskaplan der Grafen von Trinquelage, und seinem kleinen Mesner Garrigou oder vielmehr derjenigen Person, welche er für seinen kleinen Mesner Garrigou hielt. Denn wohlgemerkt, für diesen Abend hatte der Teufel die runde Gestalt und die unbestimmten Züge des jungen Sakristans angenommen, um Hochwürden bequemer in Versuchung führen und zur abscheulichen Sünde der Völlerei verleiten zu können. Während also der angebliche Garrigou (hm, hm) die Glocken der gräflichen Kapelle ertönen ließ, legte Hochwürden in der kleinen Sakristei des Schlosses sein Messgewand an und wiederholte während des Ankleidens für sich, mit seinen Gedanken ganz in jene gastronomischen Beschreibungen vertieft: »Gebratene Truthennen... Goldkarpfen ... Forellen... und von solcher Größe!«

Draußen blies der Nachtwind und trug die Glockentöne in die Ferne, während da und dort an den Flanken des Ventoux, auf dessen Spitze sich die alten Türme von Trinquelage erhoben, Lichter durch das nächtliche Dunkel aufblitzten. Es waren die Familien von den Meierhöfen, die sich anschickten, die Mitternachtsmesse auf dem Schloss zu hören. Unter Gesang erklommen sie den Abhang, in Gruppen von fünf oder sechs, voran der Vater, die Laterne in der Hand, dann die Frauen, eingehüllt in ihre großen braunen Mäntel, in deren

Falten die Kinder Schutz und Halt suchten. Trotz der späten Stunde und der Kälte marschierten die braven Leute lustig vorwärts in der zuversichtlichen Hoffnung, dass sie nach beendigter Christmette wie jedes Jahr unten in den Küchenräumen den Tisch gedeckt finden würden. Von Zeit zu Zeit ließ eine herrschaftliche, von Fackelträgern begleitete Karosse auf dem steilen Weg ihre Spiegelscheiben in den Strahlen des Mondes erglänzen, oder ein Maultier setzte vorwärtstrottend die Glöckchen an seinem Hals in Bewegung, und beim Schein der von Nebel eingehüllten Stocklaternen erkannten die Meier ihren Amtmann und grüßten ihn, wie er vorbeiritt:
»Guten Abend, guten Abend, Herr Arnoton.«
»Guten Abend, guten Abend, meine Kinder.«
Die Nacht war hell, die Sterne erzitterten in der Kälte, der Nordwind wehte scharf, und seine Eisnadeln, die von den Kleidern herabglitten, ohne sie zu befeuchten, hielten sich an die Überlieferung der »weißen« Weihnacht. Ganz oben erschien als Ziel das Schloss mit seiner gewaltigen Masse von Türmen und Giebeln, stach der Glockenturm seiner Kapelle in den schwarzblauen Himmel, und viele kleine Lichter, die sich hin und wieder bewegten, blitzten in allen Fenstern auf und glichen auf dem dunklen Hintergrund des Gebäudes den Funken, die in der Asche verbrannten Papiers auf-

leuchten. Nachdem man die Zugbrücke und das Falltor hinter sich hatte, musste man, um nach der Kapelle zu gelangen, den ersten Hof durchqueren, der mit Karossen, Bedienten und Tragsesseln angefüllt und von den Flammen der Fackeln und der Küchenfenster taghell erleuchtet war. Man hörte das Geräusch der Bratenwender, das Klappern der Kasserollen, das Klirren der Kristall- und Silbergefäße, die bei der Vorbereitung zu einem Mahl gebraucht werden; und der Duft gebratenen Fleisches und würziger Saucen, der über dem Ganzen schwebte, rief den Meiern wie dem Kaplan, wie dem Amtmann, wie allen andern zu: »Welch vortreffliches Weihnachtsmahl erwartet uns nach der Messe!«

2

Kling-ling-ling!... Kling-ling-ling!
Die Mitternachtsmesse beginnt. In der Schlosskapelle, einer Kathedrale im kleinen, mit Kreuzgewölben, eichenem Getäfel, die Wände bis oben hinauf mit Wandteppichen bespannt, alle Kerzen angezündet. Und wie viel Leute! Was für Toiletten! Da sitzen in den schöngeschnitzten Stühlen, welche den Chor umgeben, zunächst der Graf von Trinquelage

in lachsfarbenem Taftgewand und neben ihm alle geladenen edlen Herren. Gegenüber, auf mit Sammet besetzten Betstühlen, hat, neben der alten Gräfin-Witwe in feuerrotem Brokatkleid, die junge Gräfin von Trinquelage sich niedergelassen, im Haar eine hohe, nach der letzten Mode des Hofes von Frankreich aufgebaute Spitzengarnitur. Weiter unten sieht man in Schwarz gekleidet, mit mächtigen Perücken und rasierten Gesichtern den Amtmann Arnoton und den Gerichtsschreiber Ambroy – zwei ernste Gestalten zwischen den glänzenden Seidengewändern und den gold- und silberdurchwirkten Damastkleidern. Sodann die fetten Haushofmeister, die Pagen, die Jäger, die Aufseher, Frau Barbe, alle Schlüssel an einer Kette von feinem Silber an ihrer Seite herabhängend. Im Hintergrund, auf Bänken, die niedere Dienerschaft, die Mägde, die Meier mit ihren Familien, und endlich ganz hinten, dicht bei der Tür, die sie möglichst geräuschlos öffnen und schließen, die Herren Küchenjungen, die zwischen zwei Saucen ein wenig Messeluft atmen und ein wenig Duft des Weihnachtsschmauses in die Kirche mitbringen, in welcher die Menge der angezündeten Kerzen eine festliche Wärme ausstrahlt.

Ist es der Anblick der weißen Küchenjungenbaretts, der Hochwürden so in Verwirrung bringt? Oder ist es vielleicht Garrigous Glöckchen, dieses rasende kleine Glöckchen, welches sich am Fuß des Altars mit wahrhaft höllischer Überstürzung bewegt und bei jeder Schwingung zu sagen scheint: »Eilen wir uns, eilen wir uns ... Je früher wir fertig werden, desto früher kommen wir zur Tafel.« Tatsache ist, dass, sooft dieses Teufelsglöckchen erklingt, der Kaplan seine Messe vergisst und nur noch an den Weihnachtsschmaus denkt. Im Geist sieht er das Küchenpersonal in voller Tätigkeit, die Öfen, in denen ein wahres Schmiedefeuer glüht, den Dunst, der unter den Deckeln der Kasserollen hervordringt, und in diesem Dunst zwei prächtige Truthennen, zum Platzen vollgestopft und marmoriert mit Trüffeln...

Er sieht auch wohl ganze Reihen kleiner Pagen vorüberziehen, beladen mit Schüsseln, die einen verführerischen Duft um sich verbreiten, und tritt mit ihnen in den großen Saal, der schon für das Fest bereitsteht. O Wonne! Da steht im vollen Lichterglanz die mächtige Tafel, ganz beladen: Pfauen, in ihr eigenes Gefieder gekleidet; Fasanen, die ihre braunroten Flügel ausbreiten; rubinfarbene Flaschen; Fruchtpyramiden, die aus grünen Zweigen hervorleuchten; die wunderbaren Fische, von denen Garrigou sprach (ja, ja, sehr gut, Garrigou!), ausgestreckt auf ein Lager von Fenchel, die Schuppenhaut so perlmutterglänzend, als kämen sie eben aus dem Wasser, mit einem Sträußchen wohlriechender Kräuter in ihrem monströsen Maul. So lebhaft ist die Vision dieser Wunder, dass es Dom Balaguère vorkommt, als seien diese prächtigen Gerichte vor ihm auf den Stickereien der Altardecke angerichtet, und dass er sich zwei- oder dreimal dabei überrascht, dass er die Worte »Dominus vobiscum« in »Benedicite« verkehrt. Abgesehen von diesen verzeihlichen Missgriffen waltete der würdige Mann seines Amtes mit großer Gewissenhaftigkeit, ohne eine Zeile zu überspringen, ohne eine Kniebeugung auszulassen, und alles ging vortrefflich bis an das Ende der ersten Messe; denn wie bekannt, muss am Weihnachtstag derselbe Geistliche drei Messen hintereinander zelebrieren.

»Das wäre eine!«, sagte der Kaplan zu sich mit einem Seufzer der Erleichterung; dann, ohne eine Minute zu verlieren, gibt er seinem Mesner oder dem, den er dafür hält, das Zeichen und...

Kling-ling-ling!... Kling-ling-ling!

Die zweite Messe nimmt ihren Anfang, und mit ihr die Sünde Dom Balaguères. »Schnell, schnell, beeilen wir uns«, ruft ihm mit seiner dünnen, schrillen Stimme das Glöckchen Garrigous zu, und diesmal stürzt sich der unselige Priester, sich ganz dem Dämon der Fresssucht hingebend, auf das Messbuch und verschlingt die Seiten mit der Gier seines überreizten Geistes. Wie ein Wahnsinniger kniet er nieder und erhebt sich wieder, macht er die Zeichen des Kreuzes, die Kniebeugungen und kürzt alle diese Bewegungen ab, um möglichst bald zu Ende zu kommen. Kaum dass er bei der Verlesung des Evangeliums die Arme ausstreckt, dass er beim Confiteor an seine Brust schlägt. Zwischen ihm und seinem Mesner entspinnt sich ein förmlicher Wettstreit, wer am schnellsten fertig werde. Fragen und Antworten überstürzen sich. Die Worte, nur zur Hälfte ausgesprochen, ohne den Mund zu öffnen, was zu viel Zeit kosten würde, gehen in unverständliches Gemurmel über.

»Oremus ps… ps… ps…«

»Mea culpa… pa… pa…«

Eiligen Winzern gleich, die im Kübel die Trauben austreten, waten beide im Latein der Messe herum, nach allen Seiten abgerissene Worte hervorsprudelnd.

»Dom… scum!«, sagt Balaguère.

»… stutuo!«, antwortet Garrigou, und immer ist das verdammte Glöckchen da, dessen schrille Stimme in ihren Ohren klingt wie die Schellen, die man an dem Geschirr der Postpferde befestigt, um sie zu raschem Lauf anzufeuern. Dass bei solchem Gang eine stille Messe rasch erledigt ist, lässt sich leicht vorstellen.

»Das wären zwei!«, sagt der Kaplan ganz außer

Atem, dann stürzt er, ohne dass er sich Zeit nähme, wieder zu Atem zu kommen, rot im Gesicht, vor Eifer schwitzend, die Stufen des Altars hinunter und ...

Kling-ling-ling! ... Kling-ling-ling!

Die dritte Messe beginnt. Nun sind es nur noch wenige Schritte bis zum Speisesaal; aber ach, je mehr der Weihnachtsschmaus naht, desto mehr fühlt sich der unglückliche Balaguère von wahnsinniger Ungeduld und Essgier ergriffen. Seine Visionen verschärfen sich, die Goldkarpfen, die gebratenen Truthennen sind da, stehen vor ihm. Er berührt sie ... O Gott! ... Die Gerichte dampfen, die Weine duften; und die immer schrillere Stimme des rasch geschwungenen Glöckchens ruft ihm zu: »Schnell, schnell, noch schneller!«

Aber wie sollte es schneller gehen? Seine Lippen bewegen sich kaum. Er spricht die Worte nicht mehr aus. Will er wirklich den lieben Gott betrügen, ihm seine Messe stehlen? ... Ja, wirklich, das tut er, der Unglückselige! ... Er kann der Versuchung nicht widerstehen, zuerst überspringt er einen Vers, dann zwei. Dann ist die Epistel zu lang, er liest sie nicht zu Ende, er geht über das Evangelium hinweg, geht am Credo vorbei, überspringt das Vaterunser und stürzt sich so mit gewaltigen Sätzen und Sprüngen in die ewige Verdammnis, stets begleitet von dem niederträchtigen Garrigou (Vade retro, Satanas!), der ihm mit wunderbarem Verständnis sekundiert, ihm das Messgewand aufhebt, immer zwei Blätter auf einmal umwendet, die Messkännchen umstürzt und dabei das Glöckchen immer stärker, immer schneller schwingt.

Man muss die bestürzten Gesichter der Andächtigen sehen! Genötigt, nach der Mimik des Priesters der Messe zu folgen, von welcher sie nicht ein Wort verstehen, erheben sich die einen, wenn die anderen niederknien, setzen sich die ersten, wenn die letzten aufstehen, und sämtliche Phasen dieses sonderbaren Gottesdienstes fließen ineinander und finden ihren Ausdruck in den verschiedenartigsten Stellungen der Zuhörer auf den verschiedenen Bänken. Der Weihnachtsstern am Himmel auf seiner Bahn zum kleinen Stall erblasst vor Schreck beim Anblick solcher Verwirrung.

»Der Kaplan macht zu schnell... Man kann ihm nicht folgen«, murmelt die alte Gräfin-Witwe, indem sie ihre Haube aufgeregt hin und her stößt. Meister Arnoton, seine große Stahlbrille auf der Nase, sucht mit Verwunderung in seinem Gebetbuch und fragt sich, wie zum Teufel man da mitkommen soll. Aber im Grunde sind alle diese braven Leute, die ja ebenfalls an den Weihnachtsschmaus denken, gar nicht böse darüber, dass die Messe im Galopp vorangeht, und als Balaguère mit strahlendem Gesicht sich an die Anwesenden wendet und ihnen mit aller Kraft zuruft: »Ite, missa est«, da antwortet ihm die ganze Zuhörerschaft einstimmig mit einem so freudigen, so hinreißenden »Deo gratias«, dass man in Versuchung geriet, zu glauben, man befinde sich schon an der Tafel beim ersten Toast des Weihnachtsschmauses.

3

Fünf Minuten später saß die ganze Schar der edlen Herren im großen Saal, der Kaplan mitten unter ihnen. Das Schloss, von unten bis oben erleuchtet, hallte wider von Gesängen, Schreien und Gelächter, und der ehrwürdige Dom Balaguère durchstach mit seiner Gabel den Flügel eines Feldhuhns und versuchte seine Gewissensbisse unter Fluten edlen Weines und guten Bratensaucen zu ersticken. Er trank und aß so viel, der arme fromme Mann, dass er in der Nacht einem entsetzlichen Anfall erlag, ohne auch nur die Zeit zur Reue zu finden. Am Morgen darauf kam er im Himmel an, noch ganz aufgeregt von den Festlichkeiten der Nacht. Und wie er dort empfangen wurde, könnt ihr euch selber denken.

»Aus meinen Augen, du schlechter Christ«, sprach

zu ihm der oberste Richter, unser aller Herr, »deine Sünde ist so groß, dass sie ein ganzes tugendhaftes Leben zunichte macht... Ah! Du hast mir eine Mette gestohlen... Nun wirst du mir dafür dreihundert zahlen und wirst nicht eher Eintritt ins Paradies erlangen, als bis du diese dreihundert Weihnachtsmessen in deiner eigenen Kapelle und in Gegenwart all derer zelebriert hast, die durch deine Schuld und mit dir gesündigt haben...«

Das ist die wahre Legende von Hochwürden Balaguère, wie man sie im Lande der Oliven erzählt. Heute existiert das Schloss Trinquelage nicht mehr, aber die Kapelle steht noch auf der Höhe des Ventoux, umgeben von einem Kranz grüner Eichen. Der Wind schlägt ihre zerfallenen Türen auf und zu, auf dem Boden wuchert das Unkraut, in den Winkeln des Altars und in den Ecken der hohen Fenster, deren gemalte Glasscheiben längst verschwunden sind, nisten die Vögel. Gleichwohl scheint es, dass jedes Jahr zu Weihnachten ein übernatürliches Licht durch die Ruinen irrt, und die Bauern haben oft auf dem Weg zur Mette und zum Weihnachtsschmaus die gespenstische Kapelle von unsichtbaren Lichtern erleuchtet gesehen, die in freier Luft und selbst in Schnee und Wind brennen. Du magst darüber lachen, wenn du willst; aber ein Winzer des Ortes, namens Garrigue, ohne Zweifel ein Nachkomme jenes Garrigou, hat mir versichert, dass er eines schönen Weihnachtsabends, als er gerade einen kleinen Rausch hatte, sich im Gebirge auf der Seite von Trinquelage verirrte, und was er dort sah, ist Folgendes – bis um elf Uhr nichts. Alles war in Schweigen gehüllt, wie erloschen, leblos. Plötzlich gegen Mitternacht ertönte eine Glocke hoch oben vom Glockenturm, eine alte, eine so alte Glocke, dass ihr Ton aus zehn Stunden Entfernung herüberzutönen schien. Bald darauf sah Garrigue auf dem Weg, welcher zum Berg hinaufführt, Flämmchen aufleuchten und unbestimmte Schatten sich bewegen. Unter der Türe der Kapelle ertönten Schritte, man flüsterte: »Guten Abend, Meister Arnoton!«

»Guten Abend, guten Abend, meine Kinder!«

Als alle in die Kapelle eingetreten waren, trat mein Winzer, der sehr tapfer war, vorsichtig und leise näher und erblickte durch die Spalten der zerbrochenen Tür ein sonderbares Schauspiel. All die Leute, die er hatte vorübergehen sehen, waren in dem zerfallenen Schiff der Kapelle um den Chor herum geordnet, als ob die alten Bänke noch vorhanden wären. Schöne Damen mit Spitzenhauben, geschniegelte Herren, Bauern in bunten Jacken, wie sie unsere Großväter trugen, mit alten, welken, staubigen, müden Gesichtern. Von Zeit zu Zeit umkreisten Nachtvögel, die eigentlichen Bewohner der Kapelle, durch alle diese Lichter aus dem Schlaf aufgestört, die Kerzen, deren Flamme gerade und undeutlich in die Höhe stieg, als brenne sie hinter einem Schleier. Und was Garrigue am meisten Spaß machte, war eine gewisse Person mit großer Stahlbrille, welche jeden Augenblick ihre hohe, schwarze Perücke schüttelte, auf welcher einer der Vögel saß, wie angewachsen, und schweigend die Flügel auf und nieder bewegte…

Im Hintergrund lag ein kleiner Greis von kindlicher Gestalt in der Mitte des Chors auf den Knien und schwang verzweifelt ein Glöckchen ohne Klöppel und ohne Klang, während ein Priester in abgetragenem Messgewand vor dem Altar hin und her ging, ständig Gebete murmelnd, von denen man nicht ein Wort hörte… Sicher war das Hochwürden Balaguère, der eben seine dritte stille Messe las.

Charles Dickens

Die Geschichte von den Kobolden, die einen Totengräber entführten

In einer alten Klosterstadt in diesem Teile unsrer Grafschaft wirkte vor langer, langer Zeit – vor so langer Zeit, dass die Geschichte wahr sein muss, weil unsre Urahnen schon unbedingt daran glaubten – ein gewisser Gabriel Grub als Totengräber auf dem Kirchhof. Daraus, dass ein Mann ein Totengräber und beständig von Sinnbildern der Sterblichkeit umgeben ist, folgt noch keineswegs, dass er ein mürrischer und melancholischer Mann sein muss. Die Leichenbesorger zum Beispiel sind die fröhlichsten Leute von der Welt, und ich hatte einmal die Ehre, mit einem sogenannten ›Stummen‹, dem Gehilfen eines Begräbnisunternehmers, befreundet zu sein, der in seinem Privatleben und außer seinem Berufe ein so spaßhafter und jovialer Junge war, wie nur je einer ein lustiges Liedchen sang oder ein gutes, bis an den Rand gefülltes Glas Grog leerte, ohne den Atem zu verlieren. Allein Gabriel Grub war ein verdrießlicher, grämlicher

Geselle, ein trübsinniger, menschenscheuer Kerl, der mit niemandem als mit sich selbst und einer alten, korbgeflochtenen Flasche, die genau in seine große tiefe Westentasche passte, Umgang pflog und jedes fröhliche Gesicht mit einem solch bösartigen und verdrießlichen Blick ansah, dass man ihm nicht begegnen konnte, ohne sich verstimmt zu fühlen.

An einem Weihnachtsabend, eben als es zu dämmern begann, schulterte Gabriel seinen Spaten, zündete seine Laterne an und begab sich nach dem alten Kirchhof, denn er musste bis zum nächsten Morgen ein Grab geschaufelt haben. Als er die gewohnte Straße entlangging, sah er durch die alten Fenster den Glanz des Feuers lustig schimmern und hörte lauten Jubel und fröhliches Lachen. Er gewahrte die geschäftigen Vorbereitungen für den folgenden Tag und roch die vielen herrlichen Düfte, die ihm aus den Küchenfenstern entgegenwogten. All das war seinem Herzen Galle und Wermut, und wenn hier und da eine Kinderschar aus den Häusern heraushüpfte, über die Straße sprang und, ehe sie noch an der gegenüberstehenden Türe anklopfen konnte, von einem halb Dutzend kleinen Lockenköpfen empfangen und zum gemeinsamen Spiel und Fest eingeladen wurde, lächelte er grimmig, fasste seinen Spaten fester und dachte an Masern, Scharlach, Halsentzündung, Keuchhusten und andre Trostquellen.

In solch glücklicher Gemütsverfassung schritt Gabriel seines Weges, die freundlichen Grüße der Nachbarn, die dann und wann an ihm vorüberkamen, mit einem kurzen mürrischen Knurren erwidernd, bis er in das dunkle Gässchen einbog, das auf den Kirchhof führte. Er hatte sich bereits danach gesehnt, denn es war ein düsteres trauriges Stück Weg, das die Leute aus der Stadt nur am hellen Mittag, wenn die Sonne schien, besuchten. Er war daher nicht wenig entrüstet, als er mitten in diesem Heiligtum, das seit den Tagen des alten Klosters und der geschorenen Mönche das Sarggässchen genannt wurde, eine Kinderstimme ein lustiges Weihnachtslied singen hörte. Als er weiterging und die Stimme näherkam, bemerkte er, dass sie einem kleinen Jungen angehörte, der mit schnellen Schritten das Gässchen herabeilte, um eine von den kleinen Gesellschaften in der alten Straße zu treffen, und teils zur Unterhaltung, teils zur Vorbereitung auf die bevorstehende Feier aus vollem Halse sang. Gabriel wartete, bis der Junge vorbeikam, drückte ihn dann in eine Ecke und schlug ihm fünf bis sechs Mal die Laterne um die Ohren, nur um ihn das Modulieren zu lehren, und als der Knabe die Hand an den Kopf hielt und eine ganz andre Weise anstimmte, lachte Gabriel herzlich, trat in den Kirchhof und schloss das Tor hinter sich.

Er legte seinen Rock ab, stellte seine Laterne auf den Boden, stieg in das angefangene Grab und arbeitete wohl eine Stunde lang mit regem Eifer. Aber die Erde war hartgefroren, und es ging nicht so leicht, die Schollen aufzubrechen und hinauszuschaufeln; und wenn auch der Mond am Himmel stand, so war er kaum erst sichelförmig und warf nur einen matten Schein auf das Grab, das überdies noch im Schatten der Kirche lag. Zu jeder andern Zeit hätten diese Hindernisse Gabriel Grub sehr verdrießlich und mürrisch gemacht, aber es freute ihn so sehr, dem Jungen das Singen vertrieben zu haben, dass er sich über den langsamen Fortgang der Arbeit wenig grämte, und nachdem er sie für diesen Abend vollendet hatte, sah er mit grimmiger Lust in das Grab hinunter und brummte, sein Handwerkszeug zusammenraffend:

Billige Wohnung für Jung und Alt,
Schwarze Erde nass und kalt;
Ein Stein zu Häupten, ein Stein zu Fuß,
Und für die Würmer ein Hochgenuss.

»Ho! ho!«, lachte er, setzte sich auf den niedrigen Grabstein, auf dem er gewöhnlich ausruhte, und zog seine Weidenflasche hervor. »Ein Sarg um Weihnachten – auch ein Weihnachtsgeschenk. Ho! ho! ho!«

»Ho! ho! ho!«, wiederholte eine Stimme dicht neben ihm.

Gabriel hielt erschrocken in seinem Geschäft, die Flasche an die Lippen zu setzen, inne und sah sich ringsum. Der Grund des ältesten Grabes konnte nicht stiller und ruhiger sein als der Kirchhof im blassen Mondlicht. Der Raufrost funkelte auf den Grabsteinen und blitzte gleich Diamanten auf dem steinernen Bildwerk der alten Kirche. Der Schnee lag hart und knirschig wie eine weiße glatte Decke über den Grabhügeln, als hätten die Leichen ihre Sterbetücher ausgebreitet. Nicht das geringste Geräusch unterbrach die tiefe, feierliche Stille. Der Schall selbst schien erfroren zu sein, so kalt und ruhig war alles.

»Es war der Widerhall«, sagte Gabriel Grub und setzte die Flasche wieder an seine Lippen.

»Er war es *nicht*«, antwortete eine tiefe Stimme.

Gabriel sprang auf und blieb vor Bestürzung und Schrecken wie angewurzelt stehen, denn seine Augen ruhten auf einer Gestalt, deren Anblick ihm das Blut erstarren machte.

Auf einem aufrecht stehenden Grabstein, dicht neben ihm, saß ein seltsames überirdisches Wesen, und Gabriel fühlte sogleich, dass es nicht von dieser Welt sein konnte. Die langen fantastischen Beine, die den Boden leicht hätten erreichen können, waren hinaufgezogen und kreuzten sich auf eine seltsame Weise; die nervigen Arme waren nackt, und die Hände ruhten auf den Knien. Auf dem kurzen runden Leib trug die Gestalt ein eng anschließendes Gewand, mit kleinen Litzen verziert, und auf dem Rücken hing ihr ein kurzer Mantel. Der Kragen war in seltsame Spitzen ausgeschnitten, die dem Gespenst als Krause oder Halstuch dienten, und die Schuhe liefen an den Zehen in lange Hörner aus. Auf dem Kopf trug es einen breitkrempigen Zuckerhut mit einer einzigen Feder. Das Gespenst, ganz mit Reif überzogen, sah aus, als säße es schon ein paar Jahrhunderte lang ganz behaglich auf dem Grabstein. Es saß vollkommen still, bleckte, wie zum Hohn, die Zunge heraus und sah Gabriel Grub mit einem Grinsen an, wie es eben nur ein Gespenst zuwege zu bringen vermag.

»Es war *nicht* der Widerhall«, wiederholte das Phantom.

Gabriel Grub war wie gelähmt und konnte kein Wort hervorbringen.

»Was hast du hier am Heiligen Abend zu schaffen?«, fragte das Gespenst mit strengem Ton.

»Ich musste ein Grab schaufeln, Sir«, stammelte Gabriel Grub.

»Welcher Sterbliche wandelt in einer Nacht wie dieser auf Gräbern und Kirchhöfen?«

»Gabriel Grub! Gabriel Grub!«, schrie ein Chor wilder Stimmen, dass der Kirchhof widerhallte. Gabriel sah sich erschrocken ringsum, konnte aber nichts entdecken.

»Was hast du in der Flasche da?«, fragte das Gespenst.

»Wacholder, Sir«, erwiderte der Totengräber und zitterte noch heftiger, denn er hatte den Schnaps von Schmugglern gekauft und dachte, das Gespenst könne vielleicht Beziehungen zum Zollamte haben.

»Wer wird auch in einer Nacht, wie diese ist, allein und auf dem Kirchhof Wacholder trinken?«, fragte das Gespenst.

»Gabriel Grub! Gabriel Grub!«, riefen die wilden Stimmen wieder. Das Gespenst warf einen boshaften Blick auf den erschrockenen Totengräber und fragte weiter mit erhobener Stimme:

»Und wer ist also unser gesetzliches und rechtmäßiges Eigentum?«

Auf diese Frage antwortete der unsichtbare Chor mit einem Gesang wie von einer großen Menschenmenge bei vollem Spiel der alten Kirchenorgel – eine Weise, die wie auf Windesflügeln zu den Ohren des Totengräbers getragen wurde und wie ein leichtes vorüberschwebendes Lüftchen hinstarb. Aber der Refrain war immer der gleiche: »Gabriel Grub! Gabriel Grub!«

Noch unheimlicher als zuvor grinste das Gespenst und sagte:

»Nun, Gabriel, was meinst du dazu?«

Der Totengräber rang nach Atem.

»Was meinst du hierzu, Gabriel?«, wiederholte das Phantom, zog seine Beine an beiden Seiten des Grabsteines hinauf und betrachtete die Hörner seiner Schuhe mit einem Wohlgefallen, als hätte es das modernste Paar Wellingtonstiefel in der ganzen Bond-Street an.

»'S ist – 's ist – ganz kurios, Sir«, stammelte der Totengräber, halbtot vor Schrecken. »Ganz kurios und sehr hübsch; aber ich denke, ich könnte wieder ans Geschäft gehen und meine Arbeit vollenden, wenn Sie erlauben.«

»Arbeit?«, sagte das Gespenst. »Was für eine Arbeit?«

»Das Grab, Sir, das Grab«, stotterte der Totengräber.

»So, so, das Grab. Wer wird auch Gräber schaufeln und eine Freude daran finden, wenn alle übrigen Menschenkinder fröhlich sind!«

Und wieder riefen die geheimnisvollen Stimmen: »Gabriel Grub! Gabriel Grub!«

»Ich fürchte, Gabriel, meine Freunde begehren dein«, sagte das Gespenst und bleckte die Zunge noch weiter heraus; und es war eine fürchterliche

Zunge. »Ich fürchte, Gabriel, meine Freunde begehren dein.«

»Mit Verlaub, Sir«, erwiderte der Totengräber schreckensbleich, »das ist nicht gut möglich, Sir; sie kennen mich nicht, Sir, und ich glaube nicht, dass mich die Herren je gesehen haben, Sir.«

»Da irrst du dich aber gründlich«, versetzte der Kobold. »Man kennt den Mann mit dem grämlichen finsteren Gesicht, der diesen Abend die Straße heraufkam und seine boshaften Blicke auf die Kinder warf und dabei sein Grabscheit fester an sich drückte, gar wohl. Man kennt doch den Mann, der in der Missgunst seines Herzens den Jungen schlug, bloß weil dieser heiter sein konnte und er nicht. Man kennt ihn, man kennt ihn.« Und das Gespenst schlug ein lautes, gellendes Gelächter an, das das Echo zwanzigfältig zurückgab, zog seine Beine hinauf, stellte sich auf dem schmalen Rand des Grabsteines auf den Kopf oder vielmehr auf die Spitze seines Zuckerhutes und schoss mit außerordentlicher Gewandtheit einen Purzelbaum, der es gerade vor die Füße des Totengräbers brachte, wo es sich dann in der Stellung niederließ, die gewöhnlich die Schneider auf ihrem Arbeitstisch einnehmen.

»Es – es – tut mir wirklich leid, dass ich Sie verlassen muss, Sir«, begann der Totengräber und machte eine Bewegung, sich zu entfernen.

»Uns verlassen?«, rief das Gespenst. »Gabriel Grub will uns verlassen! Ho! ho! ho!«

In diesem Augenblick flammten die Kirchenfenster auf, als ob das ganze Gebäude in Brand stünde, dann erloschen die Lichter, die Orgel ertönte, und ganze Trupps von Kobolden, dem ersten wie aus dem Gesicht geschnitten, wogten in den Kirchhof herein und begannen über die Grabsteine Bock zu springen, immer einer hinter dem anderen, ohne Atem zu schöpfen. Das erste Gespenst war ein ausgezeichneter Springer, und mit ihm konnte sich keins von den anderen messen; sogar in seiner außerordentlichen Angst bemerkte der Totengräber unwillkürlich, dass es im Gegensatz zu seinen Freunden, die sich damit begnügten, über gewöhnliche Grabsteine wegzusetzen, Familiengewölbe samt ihren eisernen Gittern und allem Dazugehörigen mit Leichtigkeit übersprang, als wären es Meilensteine.

Endlich erreichte das Spiel eine betäubende Geschwindigkeit; die Orgel spielte schneller und schneller, und die Gespenster sprangen höher und höher, ballten sich wie Kugeln zusammen, rollten über den Boden hin und schnellten gleich Federbällen über die Grabsteine weg. Dem Totengräber wirbelte der Kopf, und seine Beine wankten unter ihm, da schoss plötzlich der Gespensterkönig auf ihn zu, packte ihn am Kragen und fuhr mit ihm in die Erde hinab.

Als Gabriel Grub wieder Atem schöpfen konnte, sah er sich in einer Art großer Höhle, auf allen Seiten von einer Menge hässlicher, grimmig aussehender Kobolde umringt. In der Mitte saß auf einem erhöhten Sitze sein Freund vom Kirchhof, und neben ihm stand er selbst, der Fähigkeit, sich zu bewegen, gänzlich beraubt.

»Eine kalte Nacht«, sagte der König der Gespenster. »Eine sehr kalte Nacht. Holt uns ein Gläschen Warmen.«

Sofort verschwanden ein halbes Dutzend dienstbare Geister, auf deren Gesichtern ein beständiges Lächeln lag, was Gabriel vermuten ließ, dass es Höflinge seien, und kehrten sogleich mit einem Becher süffigen Feuers zurück, den sie dem Könige kredenzten.

»Ah«, sagte das Gespenst, dessen Wangen und Kehle ganz durchsichtig wurden, als es die Flamme in sich sog, »das wärmt. Reicht Mr. Grub auch einen Becher.«

Vergebens wandte der unglückliche Totengräber ein, es sei ganz gegen seine Gewohnheit, bei Nacht etwas Warmes zu sich zu nehmen. Eins von den Gespenstern hielt ihn fest, und ein anderes goss ihm die lodernde Flüssigkeit in die Kehle. Die ganze Gesellschaft brach in ein schallendes Gelächter aus, als er hustete und keuchte und sich die Tränen abwischte, die der brennende Trank seinen Augen entlockt hatte.

»Und nun«, sagte der König, bohrte das spitzige Ende seines Zuckerhutes auf höchst fantastische Art dem Totengräber ins Auge und verursachte ihm dadurch die fürchterlichsten Schmerzen, »und nun zeigt dem Mann der mürrischen Sinnesart einige von den Gemälden aus unsrer großen Galerie!«

Eine dichte Wolke, die den Hintergrund der Höhle in Dunkel gehüllt hatte, wich allmählich zurück, und in weiter Ferne wurde ein ärmliches, aber reinliches Zimmer sichtbar. Eine Schar kleiner Kinder war um ein helles Feuer versammelt, zerrte die Mutter am Kleide und tanzte um ihren Stuhl herum. Von Zeit zu Zeit erhob sich die Frau und zog den Fenstervorhang zurück und schaute hinaus, als ob sie jemanden erwarte. Auf dem Tisch stand ein frugales Abendessen bereit, und ein Armstuhl war an den Kamin gerückt. Dann hörte man ein Pochen an der Türe, die Mutter öffnete, und die Kinder umringten sie und klatschten vor Freude in die Hände, als ihr Vater eintrat. Er war nass und müde und schüttelte den Schnee von seinen Kleidern, und als er sich vor dem Feuer zum Mahle niedersetzte, kletterten die Kinder auf seine Knie und die Mutter setzte sich neben ihn, und alle waren voll Lust und Freude.

Aber fast unmerklich änderte sich die Szene. Das Zimmer verwandelte sich in ein kleines Schlafgemach, in dem das hübscheste und jüngste Kind im Sterben lag. Die Rosen seiner Wangen waren verblichen und der Glanz seines Auges erstorben. Und sogar der Totengräber betrachtete es mit einer vorher nie gefühlten Teilnahme, als es verschied. Die jungen Brüder und Schwestern versammelten sich um das Bettchen und ergriffen die abgezehrte kleine Hand. Sie war so kalt und schwer, dass sie erschreckt zurückfuhren und mit Schauder in das Gesicht des Kindes sahen, das so ruhig und still dalag und friedlich zu schlummern schien. Sie fühlten, dass es tot war und jetzt als Engel aus einem Himmel voll Glanz und Seligkeit auf sie herniederblickte.

Wieder zog eine leichte Wolke über das Gemälde, und abermals veränderte sich die Szene. Vater und Mutter waren jetzt alt und hilflos, und die Zahl der Ihrigen hatte sich um mehr als die Hälfte vermindert. Aber Zufriedenheit und Heiterkeit lagen auf jedem Gesicht und strahlten aus jedem Auge, als sie sich um das Feuer scharten und einander alte Geschichten aus längst vergangnen Tagen erzählten. Langsam und still sank der Vater ins Grab, und bald darauf folgte ihm die Gefährtin seiner Sorgen und Mühen an die Stätte der Ruhe und des Friedens. Die Überlebenden knieten an ihrem Grabe und benetzten den Rasen, der es bedeckte, mit ihren Tränen, standen dann auf und entfernten sich traurig und niedergeschlagen, aber nicht mit bitterem Jammer oder verzweiflungsvollem Wehklagen, denn sie wussten, dass sie sich dereinst wiederfinden würden. Sie gingen an ihr Tagwerk und erlangten wieder die frühere Zufriedenheit und Heiterkeit. Dann senkte sich eine Wolke auf das Gemälde und entzog es den Blicken des Totengräbers.

»Was sagst du jetzt?«, fragte das Gespenst und wandte sein breites Gesicht Gabriel Grub zu.

Gabriel murmelte so etwas wie, es sei recht hübsch, und schlug beschämt die Augen vor den feurigen Blicken des Gespenstes nieder.

»Du bist mir ein jämmerlicher Mensch!«, sagte der Kobold im Tone grenzenloser Verachtung. »Du!« Er schien noch mehr hinzufügen zu wollen, aber der Unwille erstickte seine Stimme. Er hob eins seiner gelenkigen Beine, schwenkte es über dem Kopf hin und her, als ob er damit zielen wolle, und versetzte dann Gabriel Grub einen derben Fußtritt, worauf sogleich die ganze Gespensterschar den unglücklichen Totengräber umringte und schonungslos mit den Füßen misshandelte, ganz wie die Höflinge auf Erden, die auch treten, wen ihr Herr tritt, und in den Himmel heben, wen ihr Herr in den Himmel hebt.

»Zeigt ihm noch einige Gemälde«, befahl der König der Kobolde.

Die Wolke verschwand, und eine reiche schöne Landschaft wurde sichtbar. Noch heutzutage sieht man eine solche eine halbe Meile von der alten Klosterstadt entfernt. Die Sonne leuchtete am reinen blauen Himmelszelt, das Wasser funkelte unter ihren Strahlen, und die Bäume sahen grüner und die Blumen heiterer aus unter ihrem belebenden Einfluss. Die Wellen schlugen plätschernd ans Ufer, die Bäume rauschten im leichten Winde, der durch ihr Laubwerk säuselte, die Vögel sangen auf den Zweigen und die Lerche trillerte hoch in den Lüften ihr Morgenlied. Es war Frühe, ein schöner, duftender Sommermorgen; das kleinste Blatt, der dünnste Grashalm atmeten Leben, die Ameise eilte an ihr Tagewerk; der Schmetterling flatterte spielend in den wärmenden Strahlen des Lichtes; Myriaden von Insekten entfalteten ihre durchsichtigen Flügel und freuten sich ihres kurzen glücklichen Daseins, und der Mensch weidete sein Auge an der blühenden Schöpfung, und alles war voll Glanz und Herrlichkeit.

»Du bist mir ein erbärmlicher Mensch!«, sagte der König der Gespenster noch verächtlicher als zuvor. Und wieder zielte er mit seinem Fuß, und wieder ließ er ihn auf die Schultern des Totengräbers niederfallen, und wieder ahmten die untergebenen Kobolde das Beispiel ihres Oberhauptes nach. Noch viele Male verschwand und erschien die Wolke, und manche Lehre erhielt Gabriel Grub, der mit einer Teilnahme zusah, die nichts zu vermindern imstande war, sosehr ihn auch seine Schultern von den Fußtritten der Kobolde schmerzten. Er sah, dass Menschen, die durch saure Arbeit ihr spärliches Brot im Schweiße ihres Angesichts erwarben, heiter und glücklich sein konnten und dass für die Unwissenden und Ärmsten das freundliche Gesicht der Natur ein nie versiegender Quell der Freude war. Er sah andre, die in Luxus und Reichtum erzogen worden, unter Entbehrungen heiter sein und über Leiden erhaben, die manchen aus festerem Holz niedergebeugt haben würden, denn sie trugen die Bedingungen ihres Glücks, ihrer Zufriedenheit und Ruhe in der eignen Brust. Er sah, dass Frauen, die zartesten und gebrechlichsten von allen Geschöpfen Gottes, oft mehr Kummer, Widerwärtigkeiten und Missgeschick überwanden als stärkere, weil ihr Herz von Liebe und Hingebung überfloss. Und er erkannte, dass Menschen wie er, die ob des Frohsinns anderer neidisch grollten, das schlechteste Unkraut auf der schönen Erde waren. Und wie er das Gute in der Welt mit dem Bösen verglich, kam er zu dem Schluss, dass es nach allem eine recht erträgliche und achtbare Welt sei. Und kaum hatte er sich dieses Urteil gebildet, als sich die Wolke, die das letzte Gemälde verhüllt hatte, auf seine Sinne niedersenkte. Ein Gespenst nach dem andern zerfloss vor seinen Augen, und als das letzte verschwunden war, sank er in tiefen Schlaf.

Der Tag war angebrochen, als Gabriel Grub erwachte und seiner ganzen Länge nach auf einer Grabplatte im Kirchhofe lag, neben ihm die leere Weidenflasche und Rock, Spaten und Laterne, alles vom nächtlichen Reif überzogen. Der Stein, auf dem er das Gespenst hatte sitzen sehen, stand bolzengerade vor ihm, und nicht weit von ihm war das Grab, das er am Abend zuvor geschaufelt. Anfangs zweifelte er an der Wirklichkeit dessen, was er erlebt hatte; aber der stechende Schmerz in seinen Schultern, wenn er aufzustehen versuchte, brachte ihn zur Überzeugung, dass die Fußtritte der Gespenster keine Fantasiebilder gewesen. Er wurde zwar wieder wankend in seinem Glauben, als er keine Fußstapfen im Schnee fand, in dem die Kobolde mit den Grabsteinen Bocksprung gespielt hatten, aber schnell erinnerte er sich, dass Geister ja keine sichtbaren Eindrücke hinterlassen konnten. So erhob er sich denn, so gut es ihm seine Rückenschmerzen erlaubten, schüttelte den Reif von seinem Rock, zog sich an und wendete seine Schritte der Stadt zu.

Aber er war jetzt ein anderer Mensch und konnte den Gedanken nicht ertragen, an einen Ort zurückzukehren, wo man seiner Reue gespottet und seiner Bekehrung misstraut hätte. Er schwankte einen Augenblick, dann schlug er den nächsten besten Weg ein, um sein Brot anderwärts zu suchen.

Laterne, Spaten und Weidenflasche wurden am nämlichen Tag auf dem Kirchhof gefunden. Anfangs stellte man allerlei Vermutungen über das Schicksal des Totengräbers an, aber bald setzte sich der Glaube fest, er sei von Kobolden entführt worden. Und es fehlte nicht an glaubwürdigen Zeugen, die ihn auf dem Rücken eines kastanienbraunen, einäugigen Rosses mit dem Hinterteil eines Löwen und dem Schwanz eines Bären deutlich hatten durch die Luft reiten sehen. So wurde das Gerücht zur festen Annahme, und der neue Totengräber pflegte den Neugierigen gegen ein geringes Trinkgeld ein ziemlich großes Stück von dem Wetterhahn der Kirche zu zeigen, das, von dem besagten Pferde auf seiner Luftfahrt zufälligerweise abgestoßen, ein oder zwei Jahre nachher auf dem Kirchhof gefunden worden war.

Leider wurde der Glaube an diese Geschichte durch die unerwartete Erscheinung Gabriel Grubs selbst erschüttert. Er war wohl zehn Jahre älter, ein von der Gicht geplagter und heimgesuchter, aber zufriedener Greis und erzählte seine Geschichte dem Pfarrer und auch dem Bürgermeister, und im Laufe der Zeit wurde sie zur historischen Tatsache erhoben, als die sie noch bis auf den heutigen Tag gilt. Diejenigen, die zuerst an die Wetterhahngeschichte geglaubt und sich so getäuscht sahen, waren nicht so leicht wieder zu bewegen, ihren Glauben ein zweites Mal aufs Spiel zu setzen, und so taten sie denn, so weise sie konnten, zuckten die Achseln, schüttelten die Köpfe und murmelten so etwas, wie wenn Gabriel Grub den Wacholder ganz ausgetrunken hätte und dann auf der Grabplatte eingeschlafen wäre, und erklärten das, was er in der Gespensterhöhle gesehen haben wollte, dadurch, dass sie sagten, er habe inzwischen die Welt gesehen und sei durch Erfahrung klüger geworden. Aber diese Ansicht, die zu keiner Zeit viele Anhänger zählte, verlor sich allmählich, und die Sache mag sich nun so oder so abgespielt haben, da Gabriel Grub bis ans Ende seiner Tage von der Gicht heimgesucht wurde, so enthält diese Geschichte wenigstens *eine* Moral, und wenn sie auch nichts Besseres lehrt, so lehrt sie doch so viel: Wenn ein Mann um Weihnachten trübsinnig ist und allein trinkt, so wird dadurch sein Befinden nicht im Geringsten verbessert, das Getränk mag noch so gut sein, wie es will, oder sogar noch um vieles besser und feuriger als das, das Gabriel Grub in der Gespensterhöhle trank oder getrunken zu haben glaubte.

Thomas Hardy

Die Diebe, die niesen mussten

Vor vielen Jahren, als jene Eichen, die heute ihre beste Zeit schon hinter sich haben, so groß wie die Spazierstöcke gesetzter älterer Herren waren, lebte in Wessex der Sohn eines Freibauern, der hieß Hubert. Er war etwa vierzehn Jahre alt und zeichnete sich durch seinen Freimut und Frohsinn aus wie auch durch seine Unerschrockenheit, auf die er sich allerdings auch einiges einbildete.

An einem kalten Weihnachtsabend schickte ihn sein Vater, da sonst keine Hilfskraft zur Hand war, zu einer wichtigen Besorgung in eine etliche Meilen entfernte Kleinstadt. Hubert war zu Pferde unterwegs. Sein Geschäft nahm ihn bis zum späten Abend in Anspruch, aber schließlich war alles erledigt, er kehrte in das Gasthaus zurück, das Pferd wurde gesattelt, und er brach auf. Sein Heimweg führte durch das Tal von Blackmore, eine fruchtbare, aber recht einsame Gegend mit schwerem Lehmboden und gewundenen Wegen, die damals auch noch dicht bewaldet war.

Gegen neun, als er so auf seinem stämmigen Gaul Jerry dahinritt und passend zur Jahreszeit ein Weihnachtslied sang, meinte Hubert im Unterholz ein Geräusch zu hören. Dabei fiel ihm ein, dass diese Stelle einen üblen Ruf hatte. Reisende waren hier schon von Wegelagerern überfallen worden. Er betrachtete seinen Jerry und wünschte, er hätte nicht ausgerechnet ein hellgraues Fell, denn mit dieser Farbe war das brave Tier selbst hier im dichten Schatten zu erkennen.

»Was schert's mich?«, sagte er nach kurzer Überlegung laut. »Jerry hat flinke Beine, da kommt kein Straßenräuber an mich heran.«

»Oho, von wegen, Bursche«, ließ sich eine tiefe Stimme vernehmen, und gleich darauf stürzte ein Mann aus dem Dickicht zu seiner Rechten, ein weiterer aus dem Dickicht zu seiner Linken, und ein Dritter schoss hinter einem wenige Meter entfernten Baum hervor. Sie packten Huberts Zügel, zerrten ihn vom Pferd und überwältigten ihn, obwohl er sich nach Leibeskräften wehrte, wie es sich für einen tapferen Jungen gehörte. Man fesselte ihm die Arme hinter dem Rücken, band ihm die Beine fest zusammen und warf ihn in den Straßengraben. Die Räuber, deren Gesichter, wie er jetzt undeutlich wahrnahm, künstlich geschwärzt waren, machten sich unverzüglich mit dem Pferd davon.

Es zeigte sich, dass Hubert, sobald er sich etwas erholt hatte, mit äußerster Anstrengung seine Beine losmachen konnte; doch so sehr er sich bemühte – die Arme blieben ebenso fest gebunden wie zuvor. So lief er, nachdem er sich mühsam aufgerappelt hatte, mit auf den Rücken gefesselten Armen los und konnte für seine Befreiung nur auf einen Zufall hoffen. Er wusste, dass er es zu Fuß und in diesem Zustand heute Nacht nicht mehr bis nach Hause schaffen würde, dennoch setzte er seinen Weg fort. Der Überfall hatte ihn ganz durcheinandergebracht, so dass er in die Irre ging und sich am liebsten bis zum Morgen im dürren Laub ausgestreckt hätte, aber er wusste um die Gefahr, ohne wärmende Hüllen bei so strengem Frost einzuschlafen. So wanderte er denn weiter, die Arme durch die Fesseln verdreht und taub, voller Kummer über den Verlust des armen Jerry, der nie ausgeschlagen oder gebissen oder sonst eine schlechte Angewohnheit an den Tag gelegt hatte. Zu seiner nicht geringen Freude sah er nach einer Weile in der Ferne Licht durch die Bäume schimmern. Dorthin lenkte er seine Schritte und stand alsbald vor einem großen Herrenhaus mit Seitenflügeln, Giebeln und Türmen, deren Zinnen und Schlote sich dunkel vor den Sternen abzeichneten.

Alles war still, aber aus der weit geöffneten Tür fiel eben jenes Licht, das ihn angelockt hatte.

Hubert trat ein und fand sich in einem großen, als Speisesaal eingerichteten, hell erleuchteten Raum. Die Wände hatten Täfelungen aus dunklem Holz mit Zierleisten und Schnitzwerk an den Paneelen und Schranktüren mit den in einem solchen Haus üblichen Beschlägen. Was ihm aber besonders ins Auge fiel, war die lange Tafel in der Mitte des Saales, auf der ein üppiges, noch unberührtes Mahl bereitstand. Um den Tisch herum waren Stühle angeordnet, und es sah ganz so aus, als sei etwas eingetreten, was das Essen in dem Moment unterbrochen hatte, als alle gerade hatten anfangen wollen.

Hilflos wie er war, hätte Hubert, selbst wenn er es gewollt hätte, nichts essen können, es sei denn, er hätte die Schnute in die Schüsseln gesenkt wie ein Schwein oder eine Kuh. Er wollte erst Hilfe holen und war dabei, in dieser Absicht tiefer ins Haus vorzudringen, als er in der Vorhalle hastige Schritte und die Worte »Eilt euch!« hörte, gesprochen mit derselben tiefen Stimme, die er vernommen hatte, als er vom Pferd gezerrt worden war. Hubert hatte gerade noch Zeit, rasch unter dem Tisch zu verschwinden, ehe drei Männer den Saal betraten. Unter dem Saum des Tischtuchs hervorspähend sah er, dass die Gesichter auch dieser Männer geschwärzt waren, und hatte nun keinen Zweifel mehr daran, dass es sich um die nämlichen Räuber handelte.

»Wir wollen uns verstecken«, sagte der mit der tiefen Stimme. »Sie werden gleich wieder da sein. Das war ein guter Trick, um sie aus dem Haus zu locken, was?«

»Ja. Du hast den Schrei eines Mannes in Not gut nachgemacht«, sagte der zweite Räuber.

»Famos!«, bestätigte der Dritte.

»Aber sie werden bald genug merken, dass es falscher Alarm war. Wo verbergen wir uns? Es muss ein Versteck sein, in dem wir zwei oder drei Stunden aushalten können, bis alle zu Bett gegangen sind. Ich hab's! Kommt hier herüber. Ich habe mir sagen lassen, dass dieser Schrank nur alle Jubeljahre mal geöffnet wird, genau das, was wir brauchen.«

Der Sprecher betrat einen Korridor, der aus dem Saal herausführte. Hubert pirschte sich vorsichtig heran und sah, dass der bewusste Schrank am Ende des Korridors gegenüber dem Speisesaal stand. Die Räuber stiegen hinein und machten die Tür hinter sich zu. Mit angehaltenem Atem schlich sich Hubert noch näher, um mehr über ihre Absichten zu erfahren, und tatsächlich hörte er, wie sie sich flüsternd über die verschiedenen Räume unterhielten, in denen die Juwelen, das Silber und die anderen Wertgegenstände des Hauses aufbewahrt waren, die sie zu erbeuten hofften.

Sie waren noch nicht lange in ihrem Versteck, als

Hubert von der Terrasse her vergnügte Männer- und Frauenstimmen hörte. Weil er keine Lust hatte, beim Herumstrolchen im Haus ertappt und am Ende für einen Räuber gehalten zu werden, ging er leise zurück in den Saal und weiter bis in die Vorhalle, wo er, in einem dunklen Winkel verborgen, alles übersehen konnte, ohne selbst entdeckt zu werden. Er sah einen alten Herrn und eine Dame etwa im gleichen Alter, acht oder neun junge Damen, ebenso viele junge Herren, dazu ein halbes Dutzend Diener und Hausmädchen. Offenbar hatten sämtliche Bewohner das Haus vorübergehend verlassen.

»Aber jetzt wieder zu Tisch, ihr Kinder und jungen Leute«, sagte der alte Herr. »Was das für ein Lärm war, ist mir ein Rätsel. Ich hätte schwören mögen, dass vor meiner Haustür ein Mensch massakriert wurde.«

Darauf sprachen die Damen von der Angst, die sie ausgestanden hatten, und dass sie ein Abenteuer erwartet hätten und nun alles im Sande verlaufen sei.

»Gemach, meine Damen«, sagte Hubert bei sich, »ihr kommt schon noch zu eurem Abenteuer.«

Die jungen Männer und Frauen waren offenbar verheiratete Söhne und Töchter des alten Paares, die erst heute angekommen waren, um das Weihnachtsfest bei ihren Eltern zu verbringen.

Dann schloss man die Tür. Hubert, der nun allein draußen in der Vorhalle stand, fand, dass dies der rechte Augenblick war, die Gesellschaft um Hilfe anzugehen. Da er die Hände nicht zum Klopfen benutzen konnte, half er sich keck mit Tritten gegen die Tür.

»He, was soll der Radau?«, fragte der Diener, der ihm öffnete. Er packte Hubert an den Schultern und zog ihn in den Speisesaal. »Hier ist ein fremder Bursche, der in der Vorhalle Lärm gemacht hat, Sir Simon.«

Alle wandten sich um.

»Bring ihn her«, befahl Sir Simon, der bereits erwähnte alte Herr. »Was hast du dort gemacht, Junge?«

»Er ist ja an den Armen gefesselt«, sagte eine der Damen.

»Armer Kerl«, sagte eine andere.

Darauf erzählte Hubert, dass Räuber ihn auf dem Heimweg überfallen, sein Pferd gestohlen und ihn in diesem Zustand ohne Erbarmen seinem Schicksal überlassen hatten.

»Man stelle sich das vor!«, staunte Sir Simon.

»Sehr glaubhaft«, höhnte einer der Gäste.

»Kommt dir dubios vor, wie?«, fragte Sir Simon.

»Vielleicht ist er selbst ein Räuber«, sagte eine der Damen.

»Wenn ich ihn so ansehe, scheint mir tatsächlich, er habe etwas sonderbar Wildes, Tückisches an sich«, sagte die alte Dame.

Hubert wurde schamrot, und statt seine Geschichte fortzusetzen und von den Räubern zu erzählen, die sich im Haus verborgen hielten, schwieg er verstockt und hätte gute Lust gehabt, die Gesellschaft selbst herausfinden zu lassen, in welcher Gefahr sie schwebte.

»Macht ihn los«, bestimmte Sir Simon. »Heute ist Weihnachten, wir wollen ihm etwas Gutes tun. Hier, Junge, setz dich auf diesen freien Platz am Ende der Tafel und greif herzhaft zu. Wenn du satt bist, sollst du uns deine Geschichte weitererzählen.«

Das festliche Mahl nahm seinen Lauf, und der von den Fesseln befreite Hubert beteiligte sich mit Freuden daran. Je mehr die Gesellschaft aß und trank, desto ausgelassener wurde sie. Der Wein floss reichlich, die Scheite loderten hoch in den Kamin hinauf, die Damen lachten über die Geschichten der Herren, kurzum, alles ging so geräuschvoll und vergnügt vonstatten, wie das bei Weihnachtsfeiern in der guten alten Zeit nur möglich war.

Dass man seine Ehrlichkeit anzweifelte, hatte Hubert verletzt, die gute Laune der Gesellschaft aber, der festliche Rahmen, die ansteckende Fröhlichkeit seiner Tischnachbarn wärmten ihm Körper und Seele, bis er über ihre Geschichten und schlagfertigen Antworten so herzlich lachte wie Sir Simon selbst. Als das Mahl fast zu Ende war, wandte sich einer der Söhne, der nach Art der Männer jenes Jahrhunderts dem Wein etwas zu sehr zugesprochen hatte, an Hubert: »Na, mein Junge, wie steht's? Verträgst du eine Prise?« Er streckte ihm eine der Schnupftabakdosen hin, die damals gerade im ganzen Land bei Jung und Alt Mode wurden.

»Danke«, sagte Hubert und griff zu.

»Los, sag den Damen, wer du bist, woher du kommst und was du kannst«, fuhr der junge Mann fort, indem er Hubert auf die Schulter schlug.

»Gern.« Unser Held straffte sich und beschloss, auf Dreistigkeit zu setzen. »Ich bin ein reisender Zauberer.«

»Was du nicht sagst!«

»Wer's glaubt, wird selig!«

»Kannst du Geister aus der Tiefe herbeizaubern, junger Hexenmeister?«

»Ich kann einen Sturm in einen Schrank hineinzaubern«, gab Hubert zurück.

»Ha, das müssen wir sehen«, sagte der alte Baronet und rieb sich vergnügt die Hände. »Lauft nicht weg, ihr Mädchen, hier gibt's etwas zu erleben.«

»Es wird doch hoffentlich nicht gefährlich?«, fragte die alte Dame.

Hubert stand auf. »Darf ich um Ihre Schnupftabakdose bitten«, sagte er zu dem jungen Mann, der sich ihm gegenüber so plump-vertraulich gegeben hatte. »Und jetzt mir nach und kein Geräusch gemacht! Jedes Wort würde den Bann brechen.«

Die Gesellschaft versprach es. Hubert betrat den Gang und näherte sich auf Zehenspitzen der Schranktür, während ihm die schweigende Gruppe in einiger Entfernung folgte. Er stellte einen Schemel vor die Schranktür und stieg darauf. Jetzt war er groß genug, um hochzulangen. Geräuschlos verteilte er den Inhalt der Schnupftabakdose auf der oberen Türkante und blies den Tabak mit ein paar schnellen Atemzügen durch den Spalt in den Schrank. Mit erhobenem Zeigefinger bedeutete er seinen Zuschauern, ruhig zu sein.

»Bewahr mich der Himmel, was ist das?«, stieß die alte Dame hervor. Nach ein, zwei Minuten war aus dem Schrank unterdrücktes Niesen zu vernehmen.

Hubert hob wiederum mahnend den Zeigefinger.

»Höchst eigenartig«, flüsterte Sir Simon. »In der Tat eine spannende Darbietung.«

Hubert nutzte diesen Augenblick, um behutsam den Riegel der Schranktür vorzuschieben. »Mehr Schnupftabak«, verlangte er gelassen.

»Mehr Schnupftabak!«, wiederholte Sir Simon. Zwei oder drei Herren reichten Hubert ihre Dosen, deren Inhalt er in den Schrank hineinblies. Man hörte einen zweiten, nicht ganz so erfolgreich unterdrückten Nieser und einen dritten, der offenbar unbedingt heraus wollte, koste es, was es wolle. Schließlich brach ein wahres Ungewitter an Niesern los.

»Vortrefflich, ganz vortrefflich für einen so jungen Mann«, sagte Sir Simon. »Sehr interessant, dieses Kunststück, die Stimme zu manipulieren, als käme sie von einer ganz anderen Stelle. Wenn ich nicht irre, nennt sich das Ventriloquismus.«

»Mehr Schnupftabak«, verlangte Hubert.

»Mehr Schnupftabak«, wiederholte Sir Simon. Sein Diener brachte einen großen Topf mit bestem schottischen Snuff.

Wieder bestreute Hubert die Oberkante der Schranktür mit Schnupftabak und pustete ihn durch den Spalt. Dieses Spiel wiederholte er, bis der Topf leer war. Die Nieser waren phänomenal und wollten überhaupt nicht mehr aufhören. Es war, als wetteiferten in einem Hurrikan Wind, Regen und das Meer miteinander.

»Ich glaube gar, in diesem Schrank stecken Menschen, es ist gar kein Zauberkunststück«, sagte Sir Simon in jäher Erleuchtung.

»So ist es«, bestätigte Hubert. »Sie sind gekommen, um das Haus auszurauben, und es sind eben jene, die mir mein Pferd gestohlen haben.«

Das Niesen wandelte sich zu krampfhaftem Stöhnen. Einer der Räuber, der Huberts Stimme erkannt hatte, rief: »Gnade, Gnade! Lass uns raus!«

»Wo ist mein Pferd?«, fragte Hubert.

»An den Baum in der Mulde hinter Shorts Galgen angebunden. Gnade! Gnade! Lass uns raus, wir ersticken!«

Die ganze Weihnachtsgesellschaft hatte inzwischen begriffen, dass dies kein Spaß mehr war, sondern bitterer Ernst. Man holte Flinten und Knüppel, alle Diener wurden herbeigerufen und gingen vor dem Schrank in Position. Auf ein Zeichen hin schob Hubert den Riegel zurück und bezog Verteidigungsstellung. Den drei Räubern aber stand der Sinn nicht nach Tätlichkeiten. Sie kauerten in der Ecke und rangen nach Luft. Ohne Gegenwehr ließen sie sich fesseln und wurden bis zum Morgen in einen Schuppen gesperrt.

Jetzt gab Hubert den Rest seiner Geschichte zum Besten und erntete reichen Dank für seine guten Dienste. Sir Simon drängte ihn, über Nacht zu bleiben, und bot ihm das schönste Zimmer an, das sein Haus zu bieten hatte und in dem bereits Königin Elizabeth und König Charles bei ihren Besuchen in dieser Gegend geschlafen hatten. Hubert aber winkte ab, denn er sorgte sich um sein Pferd Jerry und wollte so schnell wie möglich herausfinden, ob die Räuber die Wahrheit gesagt hatten.

Mehrere Gäste begleiteten Hubert zu der Stelle hinter dem Galgen, wo nach Aussage der Räuber Jerry versteckt war. Als sie die Hügelkuppe erreicht hatten und hinunterschauten, stand dort tatsächlich unversehrt und stillvergnügt Huberts Gaul. Beim Anblick seines Herrn wieherte er freudig, und Hubert war überglücklich, dass er seinen Jerry wiedergefunden hatte. Er schwang sich in den Sattel, wünschte seinen Freunden eine gute Nacht, trabte in der Richtung davon, die sie ihm wiesen, und traf gegen vier Uhr morgens wohlbehalten zu Hause ein.

Ring Lardner
Der Eltern Weihnachtsfest

Tom und Grace Carter saßen am Vorabend des Weihnachtstages in ihrer Stube. Manchmal unterhielten sie sich, manchmal taten sie, als läsen sie etwas, und die ganze Zeit dachten sie an Dinge, an die sie eigentlich nicht denken wollten. Ihre beiden Kinder, Junior, neunzehn Jahre alt, und Grace, zwei Jahre jünger, waren im Laufe des Tages eingetroffen, um die Weihnachtsferien zu Hause zu verbringen. Junior war an der Universität, im ersten Semester, und Grace besuchte eine höhere Internatsschule.

Junior und Grace waren zwar ihre Taufnamen, aber sie hatten sich umgetauft; Junior hieß jetzt Ted, und Grace hieß Caroline, und sie bestanden darauf, so genannt zu werden, auch von ihren Eltern. Das gehörte zu den Dingen, an die Tom und Grace die Ältere dachten, als sie am Heiligen Abend in der Stube saßen.

Andere junge Semester aus der Gegend waren am einundzwanzigsten nach Hause gekommen, an dem Tag, wo die Ferien eigentlich begannen. Ted hatte telegrafiert, er komme drei Tage später, es sei da noch eine Sonderprüfung, und wenn er die bestehe, habe er es nächstes Semester bedeutend leichter. Er war dann so bleich, übernächtigt und fahrig, als er nach Hause kam, dass seine Mutter sich fragte, ob es von Gutem sei, sich geistig so anzustrengen, während der Vater insgeheim hoffte, das Zeug sei nicht gesundheitsschädlich gewesen. Caroline war ebenfalls verspätet eingetroffen mit der Erklärung, ihre Wäsche sei ihr abhandengekommen und sie habe die Nachforschung danach unmöglich andern übertragen können.

Tom und Grace hatten sich Mühe gegeben, ihre Enttäuschung über die verspätete Heimkehr zu verbergen, und hatten weiterhin ihre Vorkehrungen für ein Weihnachtsfest getroffen, das den Kindern und damit auch ihnen selbst zum Erlebnis werden sollte. Sie hatten eine Menge Geschenke gekauft, die zwei- oder dreimal so viel gekostet hatten, wie das Jahreseinkommen von Toms Vater seinerzeit betragen hatte, oder wie sein eigenes Einkommen noch vor einem Jahr, bevor General Motors seine wetterfeste Farbe erworben hatte, was ihm zu diesem Haus in der Vorstadt und anderen Annehmlichkeiten verhalf, wie seine eigenen Eltern und die seiner Frau sich nie hätten träumen lassen. Auch hatte er damit Ted und Caroline

Erleichterungen verschaffen können, auf die er und seine Frau hatten verzichten müssen.

Hinter der verschlossenen Tür des Musikzimmers stand der kunstvoll geschmückte Baum. Das Klavier, die Klavierbank und der Boden um den Baum herum waren mit hübsch verschnürten Paketen von jeder Größe und Form bedeckt, eines davon angeschrieben mit Tom, ein anderes mit Grace, ein paar für die Hausangestellten, und alle andern für Ted und Caroline. Eine mächtige Schachtel enthielt einen Mantel aus Seehundfell für Caroline, einen Mantel, der so viel gekostet hatte, wie die Carters früher im Jahr Miete gezahlt hatten. Noch kostbarer war eine ›Garnitur‹ von Schmuckstücken, die aus einer Opalbrosche, einer Spange mit Opalen und Goldfiligran und einem mit Brillanten besetzten Opalring bestand.

Grace hatte immer eine Vorliebe für Opale gehabt, doch jetzt, wo sie sich welche hätte leisten können, hinderte sie etwas daran, sie für sich selber zu kaufen; es bereitete ihr mehr Freude, sie an ihrer hübschen Tochter zu sehen. Dann waren da Schachteln mit Seidenstrümpfen, Wäsche, Handschuhen und Taschentüchern. Und für Ted eine Uhr zu dreihundert Dollar, eine Luxusausgabe der Werke von Balzac, ein kostbarer Köcher mit funkelnagelneuen Golfschlägern, und das Letzte, was es an Plattenspielern gab.

Aber die große Überraschung für den Jungen stand in der Garage eingeschlossen, eine schwarze Limousine, ein neueres Modell und viel gefälliger als Toms Wagen vom vorigen Jahr, der daneben stand. Ted konnte den Wagen in den Ferien einfahren, wenn der Winter weiterhin mild blieb, und freute sich sicher, in den Frühjahrs- und Sommerferien damit herumzufahren, an der Universität bestand nämlich ein Verbot für Studenten, ein eigenes Auto zu besitzen oder zu fahren.

Seit sechzehn Jahren, das heißt, seit Ted dreijährig und Caroline einjährig war, hatten die Carters an dem alten Brauch festgehalten, am Heiligen Abend die Strümpfe der Kinder aufzuhängen, gefüllt mit wohlfeilem Krimskrams. Tom und Grace hatten sich gesagt, es wäre lustig, diesen Brauch auch weiterhin zu pflegen; der Inhalt der Strümpfe – ein Neger-Tanzpüppchen zum Aufziehen, Musikdosen, ein Kätzchen, das miaute, wenn man an einer bestimmten Stelle drückte, und so weiter – das würde den ›Kindern‹ sicher Spaß machen. So ermahnte denn Grace die beiden gleich nach ihrer Ankunft, sie sollten früh zu Bett gehen, um den Weihnachtsmann nicht zu verscheuchen.

Aber es stellte sich heraus, dass sie nicht versprechen konnten, so furchtbar früh zu Bett zu gehen. Beide hatten sie Verabredungen außer Hause, die schon vor längerer Zeit getroffen worden waren. Bei Caroline war es ein Abendessen und Theaterbesuch mit Beatrice Murdock und deren neunzehnjährigem Bruder Paul, der sie um halb sieben mit seinem Wagen abholen werde. Ted war eingeladen, mit zwei Kameraden, Herb Castle und Bernard King, den Hockeymatch zu besuchen. Er wollte dazu den Wagen seines Vaters haben, aber Tom schützte vor, die Bremsen seien nicht in Ordnung; Ted durfte doch bis morgen nicht in die Garage.

Am Nachmittag hatten Ted und Caroline sich etwas hingelegt und waren dann miteinander in Paul Murdocks schnittigem Sportwagen weggefahren, nachdem sie versprochen hatten, bis Mitternacht oder etwas später zurück zu sein und den Weihnachtsabend dann zu Hause zu verbringen.

Und jetzt saßen Vater und Mutter also da und warteten auf sie, weil die Strümpfe nicht gefüllt und aufgehängt werden konnten, bis die Kinder richtig im Bett waren, und dann auch, weil man unmöglich einschlafen kann, wenn man aufgeregt ist. »Wie spät ist es denn?«, fragte Grace und schaute auf von der Seite drei eines Buches, das sie nach dem Essen angefangen hatte.

»Halb drei«, erwiderte ihr Gatte. (Er hatte dieselbe Frage seit Mitternacht alle fünfzehn oder zwanzig Minuten beantwortet.) »Es wird doch nichts passiert sein«, bemerkte Grace.

»Wenn etwas passiert wäre, hätten wir es erfahren«, beschwichtigte sie Tom.

»Es ist ja nicht wahrscheinlich«, meinte Grace, »aber sie könnten doch irgendwo einen Unfall gehabt haben, wo niemand in der Nähe war, um zu telefonieren oder so. Wir wissen ja nicht, wie dieser junge Murdock fährt.«

»Er ist gleich alt wie Ted. Junge Leute in diesem Alter fahren vielleicht etwas schnell, aber meistens nicht schlecht.«

»Woher weißt du das?«

»Ach, ich hab schon welchen zugesehen.«

»Ja, aber nicht allen.«

»Ich glaube nicht, dass es jemand gibt, der schon jeden neunzehnjährigen Autofahrer gesehen hat.«

»Die Jungen haben heutzutage gar keinen Sinn für Verantwortung mehr.«

»Ach, mach dir keine Sorgen! Wahrscheinlich haben sie ein paar Freunde getroffen und sind noch etwas essen gegangen oder so.« Tom erhob sich und trat mit gespielter Gleichgültigkeit ans Fenster. »Es ist schön draußen«, bemerkte er. »Man sieht jeden Stern am Himmel.«

Aber er sah nicht nach den Sternen. Er suchte die Straße nach dem Licht von Scheinwerfern ab.

Es waren aber keine zu sehen, und nach einer Weile kehrte er wieder zu seinem Sessel zurück.

»Wie spät ist es jetzt?«, fragte Grace.

»Zweiundzwanzig vor«, sagte er.

»Vor was?«

»Vor drei.«

»Deine Uhr ist wohl stehengeblieben. Vor fast einer Stunde hast du gesagt, es sei halb drei.«

»Meine Uhr geht richtig. Du wirst eingenickt sein.«

»Ich habe kein Auge zugetan.«

»Es wäre aber an der Zeit. Warum gehst du nicht schlafen?«

»Warum gehst *du* nicht?«

»Ich bin nicht schläfrig.«

»Ich auch nicht. Aber wirklich, Tom, es hat keinen Sinn, dass du aufbleibst. Ich bleibe ja bloß auf, damit ich die Strümpfe richten kann und weil ich so wach bin. Aber du brauchst deswegen nicht um deinen Schlaf zu kommen.«

»Ich könnte auf keinen Fall einschlafen, bevor sie da sind.«

»Das ist doch Unsinn. Es besteht kein Grund, sich aufzuregen. Sie machen sich eben einen vergnügten Abend. Du warst auch einmal jung.«

»Das ist es ja gerade. Als ich jung war, da war ich jung.« Er nahm die Zeitung zur Hand und suchte den Schiffsnachrichten etwas abzugewinnen.

»Wie spät ist es?«, fragte Grace.

»Fünf Minuten vor drei.«

»Vielleicht übernachten sie bei den Murdocks.«

»Dann hätten sie uns benachrichtigt.«

»Sie wollten uns nicht stören mit dem Telefon.«

Um zwanzig nach drei fuhr ein Wagen vor dem Haus vor.

»Das sind sie!«

»Ich hab dir ja gesagt, wir brauchen uns keine Sorgen zu machen.«

Tom trat ans Fenster. Er konnte Murdocks Sportwagen knapp erkennen, aber das Licht schien nicht zu funktionieren.

»Er hat keine Beleuchtung«, sagte Tom. »Vielleicht geh ich mal raus, um zu sehen, ob ich es reparieren kann.«

»Du bleibst da«, bedeutete ihm Grace. »Er kann sie selber reparieren. Wahrscheinlich will er nur die Batterie schonen.«

»Warum kommen sie denn nicht herein?«

»Wahrscheinlich machen sie noch Pläne.«

»Das können sie auch hier drin. Ich geh hinaus und sag ihnen, dass wir noch auf sind.«

»Du bleibst da«, sagte Grace nochmals scharf, und Tom blieb folgsam am Fenster stehen.

Es war beinahe vier, als die Scheinwerfer aufleuchteten und der Wagen wegfuhr. Caroline kam herein; vom Licht geblendet, blinzelte sie die Eltern an. »Du meine Güte, seid ihr noch auf?«

Tom wollte etwas sagen, aber Grace kam ihm zuvor.

»Wir sprachen davon, wie es früher an Weihnachten war«, erklärte sie. »Ist es schon sehr spät?«

»Keine Ahnung«, sagte Caroline.

»Wo ist Ted?«

»Ist er denn nicht da? Ich habe ihn nicht mehr gesehen, seit wir ihn am Sportplatz absetzten.«

»Also, dann leg dich schlafen«, sagte die Mutter. »Du bist sicher todmüde.«

»Ja, schon. Wir haben nach der Vorstellung noch getanzt. Wann wird gefrühstückt?«

»Um acht.«

»Ach, Mutter, geht es nicht auch um neun?«

»Meinetwegen. Früher konntest du an Weihnachten nicht früh genug aufstehen.«

»Ich weiß, aber –«

»Wer hat dich nach Hause gebracht?«, fragte Tom.

»Ach, Paul Murdock – und Beatrice.«

»Du siehst zerknittert aus.«

»Ich musste im Notsitz fahren. Im Knittersitz.«

Sie lachte über ihr Wortspiel, wünschte gute Nacht und ging nach oben. Nicht einmal auf Handreichweite hatte sie sich ihren Eltern genähert.

»Feine junge Leute, die Murdocks«, bemerkte Tom, »dass sie einen Gast im Notsitz fahren lassen.«

Grace schwieg.

»Geh doch auch zu Bett«, sagte Tom. »Ich warte auf Ted.«

»Du kommst mit den Strümpfen nicht zurecht.«

»Ich versuch's gar nicht erst. Dazu ist am Morgen immer noch Zeit. Ich meine, später heute Morgen.«

»Ich geh erst schlafen, wenn du auch gehst.«

»Also, dann gehen wir eben beide. Es kann ja nicht mehr lange dauern, bis Ted kommt. Vermutlich bringen ihn seine Freunde nach Hause. Wir hören es dann schon, wenn er kommt.«

Es war gar nicht anders möglich, als ihn zu hören, als er zehn Minuten vor sechs nach Hause kam. Offenbar hatte er seine Weihnachtseinkäufe spät getätigt und hatte schief geladen.

Grace war um halb acht wieder unten, um den Hausangestellten mitzuteilen, das Frühstück sei auf neun Uhr verschoben. Sie nagelte die Strümpfe neben dem Kamin an, ging ins Musikzimmer, um zu sehen, ob noch alles in Ordnung sei, und hob im Flur Teds Hut und Mantel vom Boden auf, wo er sie sorgfältig hingelegt hatte.

Tom erschien kurz vor neun Uhr und meinte, die Kinder sollten geweckt werden.

»Ich geh sie wecken«, sagte Grace und begab sich nach oben. Sie machte bei Ted die Tür auf, schaute hinein und machte sie leise wieder zu. Dann trat sie ins Zimmer ihrer Tochter und fand diese im Dämmerzustand.

»Muss ich schon aufstehen? Ich möchte wirklich noch nichts essen. Sag doch Molla, sie möchte mir etwas Kaffee bringen. Ted und ich sind bei den Murdocks zum Frühstück eingeladen, auf halb eins, da könnte ich doch noch eine Stunde oder zwei schlafen.«

»Aber Liebling, weißt du denn nicht, wir haben doch um eins unser Weihnachtsmahl.«

»Schade, Mutter, aber ich dachte, das findet am Abend statt.«

»Willst du denn nicht deine Geschenke sehen?«

»Doch, sicher, aber das hat doch Zeit.«

Grace wollte schon in die Küche gehen, um der Köchin zu sagen, das Weihnachtsmahl finde um sieben Uhr statt, nicht um eins, aber dann fiel ihr ein, dass sie Signe den Nachmittag und den Abend freigegeben hatte, da ein einfaches, kaltes Essen nach dem schweren Weihnachtsmahl vollkommen genügte.

So frühstückten denn Tom und Grace allein und

saßen dann wiederum in der Stube, mit einem Buch in der Hand, das sie nicht lasen.

»Du solltest mit Caroline sprechen«, meinte Tom.

»Ja, aber nicht heute. Nicht am Weihnachtstag.«

»Und ich habe im Sinn, Ted ins Gebet zu nehmen.«

»Ja, das musst du. Aber nicht heute.«

»Heute Abend sind sie wahrscheinlich wieder fort.«

»Nein, sie haben versprochen, zu Hause zu bleiben. Es wird ein netter, gemütlicher Abend werden.«

»Damit würde ich lieber nicht rechnen«, meinte Tom.

Um die Mittagszeit traten die ›Kinder‹ in Erscheinung und erwiderten den Gruß ihrer Eltern fast mit der gebührenden Wärme. Ted lehnte eine Tasse Kaffee ab, und beide, Ted und Caroline, entschuldigten sich, dass sie mit den Murdocks eine Verabredung zum ›Frühstück‹ getroffen hatten.

»Wir dachten beide«, erklärte Ted, »das Essen sei um sieben, wie üblich.«

»An Weihnachten war es noch immer um eins«, sagte Tom.

»Ich hatte vergessen, dass Weihnachten ist.«

»Die Strümpfe da dürften deinem Gedächtnis nachhelfen.«

Ted und Caroline warfen einen Blick auf die vollgestopften Strümpfe.

»Haben wir denn keinen Baum?«, fragte Caroline.

»Doch, natürlich«, sagte die Mutter. »Aber zuerst kommen die Strümpfe.«

»Wir haben nicht viel Zeit«, drängte Caroline. »Wir kommen sowieso schon viel zu spät. Können wir den Baum nicht jetzt sehen?«

»Meinetwegen«, sagte Grace und ging voran ins Musikzimmer. Die Hausangestellten wurden herbeigerufen, der Baum wurde betrachtet und angestaunt.

»Du musst deine Geschenke aufmachen«, forderte Grace ihre Tochter auf.

»Alle kann ich jetzt nicht aufmachen«, erklärte Caroline. »Sag mir, wo was Besonderes drin ist.«

Das Papier wurde von der mächtigen Schachtel entfernt, und Grace hielt den Mantel in die Höhe.

»Ach, Mutter!«, sagte Caroline. »Seehundsfell!«

»Zieh ihn mal an«, meinte der Vater.

»Nicht jetzt. Wir haben keine Zeit.«

»Dann schau dir noch das an«, sagte Grace und klappte das Schmuckkästchen auf.

»Ach, Mutter! Opal!«, sagte Caroline.

»Mein Lieblingsstein«, bemerkte die Mutter bedächtig.

»Wenn niemand was dagegen hat«, erklärte Ted, »dann verschiebe ich meine Bescherung, bis wir zurück sind. Ich bin sicher, mir gefällt alles, was ihr mir geschenkt habt. Aber wenn wir keinen Wagen haben, der in Ordnung ist, muss ich ein Taxi bestellen, um zur Bahn zu kommen.«

»Du kannst den Wagen nehmen«, sagte der Vater.

»Funktionieren die Bremsen wieder?«

»Ich glaube. Komm in die Garage, da werden wir's sehen.«

Ted nahm Hut und Mantel und gab der Mutter einen Abschiedskuss.

»Mutter«, sagte er, »du verzeihst mir doch, dass ich für dich und Vater keine Geschenke habe. Ich hatte ja die letzten drei Tage so'n Betrieb! Und ich dachte, ich könnte nach der Ankunft gestern noch was kaufen, aber da wollte ich möglichst schnell nach Hause. Gestern Abend war schon alles zu.«

»Schadet nichts«, meinte Grace. »Weihnachten ist für die Jugend. Dein Vater und ich, wir haben alles, was wir brauchen.« Die Hausangestellten hatten ihre Geschenke gefunden und entfernten sich, überströmend von Dankbarkeit.

Caroline und ihre Mutter blieben allein übrig.

»Mutter, wo hast du den Mantel her?«

»Lloyd und Henry.«

»Die haben doch alle möglichen Pelzwaren, nicht?«

»Gewiss.«

»Wäre es dir schrecklich, wenn ich das hier umtauschen würde?«

»Ach, wo. Such dir irgendetwas aus, und wenn es etwas mehr kostet, das spielt keine Rolle. Wir können ja morgen oder übermorgen in die Stadt gehen. Aber willst du denn die Opale nicht tragen, zum Besuch bei den Murdocks?«

»Nein, lieber nicht. Ich könnte sie verlieren oder so. Und dann – weißt du, Opale sind nicht –«

»Sie können sicher auch umgetauscht werden«, sagte Grace. »Geh jetzt nur und mach dich bereit.«

Caroline ließ sich das nicht zweimal sagen, und Grace blieb eine Weile allein, was ihr nicht unlieb war.

Tom schob die Garagentür auf.

»Ach, du hast ja zwei Wagen!«, rief Ted überrascht.

»Der neue gehört nicht mir.«

»Wem denn?«

»Dir. Es ist das neue Modell.«

»Das ist ja wunderbar, Vater. Aber er sieht ganz wie der alte aus.«

»Nun, dem alten fehlt eigentlich nichts. Aber deiner ist doch besser. Du wirst das beim Fahren schon merken. Setz dich rein und fahr los. Den Tank habe ich füllen lassen.«

»Ich glaube, ich möchte lieber mit dem alten fahren.«

»Warum?«

»Ja, weißt du, was ich eigentlich wollte, das ist ein Sportwagen, so ein Roadster, wie der von Paul Murdock, nur anders in den Farben. Und wenn die Limousine da noch ungefahren ist, wird sie vielleicht zurückgenommen oder an Tausch.«

Tom schwieg, bis er seiner Stimme sicher war. Dann sagte er: »Gut, mein Sohn. Nimm meinen Wagen, und ich werde sehen, was sich mit dem andern machen lässt.«

Während Caroline auf Ted wartete, kam ihr etwas in den Sinn. »Mutter«, rief sie, »hier ist, was ich für dich und Vater besorgt habe. Es sind zwei Karten für ›Die lustige Lola‹, das Stück, das ich gestern sah. Es gefällt dir bestimmt!«

»Für wann sind die Karten?«, erkundigte sich Grace.

»Heute Abend.«

»Aber, Liebling«, bemerkte die Mutter, »heute gehen wir doch nicht aus, wo du versprochen hast, zu Hause zu sein.«

»Das Versprechen wird gehalten«, erklärte Caroline, »nur – vielleicht kommen die Murdocks und bringen noch ein paar Freunde mit, und dann tanzen wir und spielen Platten. Ted und ich, wir dachten beide, ihr möchtet vielleicht lieber nicht dabei sein, damit euch der Lärm nicht stört.«

»Das war sehr nett von euch«, versicherte Grace, »aber dein Vater und ich, wir haben beide nichts gegen Lärm, solange es euch Spaß macht.«

»Es ist sowieso an der Zeit, dass ihr auch einmal etwas Schönes seht.«

»Das Schönste wäre ein gemütlicher Abend mit euch beiden.«

»Die Murdocks haben sich gewissermaßen selber eingeladen, und ich konnte sie nicht abwimmeln, nachdem sie so nett zu uns gewesen waren. Und ich bin sicher, Mutter, das Stück wird dir gefallen!«

»Seid ihr wenigstens zum Abendessen da?«

»Ziemlich sicher, aber wenn wir uns verspäten sollten, wartet lieber nicht auf uns. Nehmt den Sieben-Uhr-zwanzig, damit ihr nichts verpasst. Der erste Akt ist eigentlich der beste. Hungrig werden wir wahrscheinlich nicht sein, aber sag der Köchin, sie soll uns etwas bereitstellen, falls wir doch Hunger haben.«

Tom und Grace setzten sich an die reichhaltige Weihnachtstafel, taten ihr aber keinen großen Abbruch. Selbst wenn sie Esslust verspürt hätten, wäre dem sechzehnpfündigen Truthahn nicht viel anzumerken gewesen, nachdem sie sich daran sattgegessen hatten. Die Unterhaltung war sporadisch und bezog sich hauptsächlich auf die Tüchtigkeit der Köchin und die Milde des Winters. Von den Kindern und von Weihnachten war kaum je die Rede.

Tom machte den Vorschlag, da es ein Feiertag sei und sie Theaterkarten hätten, sollten sie den Sechs-Uhr-zehn nehmen und im Metropol essen. Seine Frau sagte nein, Ted und Caroline könnten nach Hause kommen und enttäuscht sein, die Eltern nicht vorzufinden. Tom schien etwas bemerken zu wollen, besann sich aber eines andern.

Dieser Nachmittag war der längste, den Grace je erlebt hatte. Um sieben waren die Kinder noch immer nicht da, und die Eltern fuhren mit dem Taxi zur Bahn. Während der Fahrt wurde nicht viel gesprochen. Was das Stück betraf, von dem Caroline gesagt hatte, es werde ihrer Mutter bestimmt gefallen, das stellte sich als ein Mischmasch aus zwei früheren Reißern heraus, von denen es das Schlechteste übernommen hatte.

Als es aus war, sagte Tom: »Und jetzt lade ich dich ein in den Cove Klub. Du hast kein Frühstück gehabt und auch kein Mittagessen und kein Abendessen, und ich kann dich doch an einem

Festtag nicht verhungern lassen. Zudem habe ich außer Hunger auch einen Durst.«

Sie bestellten das Feiertagsessen und gaben sich alle Mühe, damit zu Rande zu kommen. Tom genehmigte sechs Glas Whisky Soda, aber die übliche Wirkung wollte sich nicht einstellen. Grace nahm einen Whisky und einen Likör zu sich, die sie eine Weile mit einer behaglichen Wärme erfüllten. Leider verflüchtigten sich Behagen und Wärme, noch bevor der Zug halbwegs angelangt war.

In der Stube sah es aus, als wären die Russen da gewesen. Ted und Caroline hatten ihr Versprechen bis zu einem gewissen Punkt eingehalten. Sie hatten einen Teil des Abends zu Hause verbracht, und die Murdocks hatten offenbar alle ihre eigenen Freunde und dann noch die aller andern mitgebracht, nach dem Ergebnis zu urteilen. Auf den Tischen und auf dem Boden lagen leere Gläser, Asche und Zigarettenstummel umher. Die Strümpfe waren von den Nägeln heruntergerissen und ihr Inhalt, mehr oder weniger beschädigt, überall verstreut. In den Teppich, für den Grace eine Vorliebe hatte, waren zwei beträchtliche Löcher gebrannt worden.

Tom nahm seine Frau am Arm und geleitete sie ins Musikzimmer.

»Du bist ja nicht einmal dazugekommen, dein eigenes Geschenk aufzumachen«, sagte er.

»Und für dich ist auch eins da«, bemerkte Grace. »Sie waren gar nicht hier drin«, setzte sie hinzu. »Offenbar ist nicht viel getanzt oder Musik gemacht worden.«

Tom fand, was ihm Grace zugedacht hatte – ein Paar Manschettenknöpfe, mit Brillanten besetzt, für festliche Gelegenheiten. Er seinerseits hatte Grace einen Opalring gekauft.

»Ach Tom!«, sagte sie.

»Wir müssen morgen ausgehen, damit ich diese da einweihen kann«, erklärte ihr Gatte.

»Dann wollen wir aber gleich zu Bett, damit wir morgen ausgeschlafen sind.«

»Mal sehen, wer zuerst oben ist«, sagte Tom.

Joachim Ringelnatz
Der Weihnachtsbaum

Es ist eine Kälte, dass Gott erbarm!
Klagte die alte Linde,
Bog sich knarrend im Winde
Und klopfte leise mit knorrigem Arm
Im Flockentreiben
An die Fensterscheiben.
Es ist eine Kälte! Dass Gott erbarm!
Drinnen im Zimmer war's warm.
Da tanzte der Feuerschein so nett
Auf dem weißen Kachelofen Ballett.
Zwei Bratäpfel in der Röhre belauschten,
Wie die glühenden Kohlen
Behaglich verstohlen
Kobold- und Geistergeschichten tauschten.
Dicht am Fenster im kleinen Raum
Da stand, behangen mit süßem Konfekt,
Vergoldeten Nüssen und mit Lichtern besteckt,
Der Weihnachtsbaum.
Und sie brannten alle, die vielen Lichter,
Aber noch heller strahlten am Tisch

(Es lässt sich wohl denken
Bei den vielen Geschenken)
Drei blühende, glühende Kindergesichter. –
Das war ein Geflimmer
Im Kerzenschimmer!
Es lag ein so lieblicher Duft in der Luft
Nach Nadelwald, Äpfeln und heißem Wachs.
Tatti, der dicke Dachs,
Schlief auf dem Sofa und stöhnte behaglich.
Er träumte lebhaft, wovon, war fraglich,
Aber ganz sicher war es indessen,
Er hatte sich schon (die Uhr war erst zehn)
Doch man musste ’s gestehn,
Es war ja zu sehn,
Er hatte sich furchtbar überfressen. –
Im Schaukelstuhl lehnte der Herzenspapa
Auf dem nagelneuen Kissen und sah
Über ein Buch hinweg auf die liebe Mama,
Auf die Kinderfreude und auf den Baum.
Schade, nur schade,
Er bemerkte es kaum,
Wie schnurgerade
Die Bleisoldaten auf dem Baukasten standen
Und wie schnell die Pfefferkuchen verschwanden.
– Und die liebste Mama? – Sie saß am Klavier.
Es war so schön, was sie spielte und sang,
Ein Weihnachtslied, das zu Herzen drang.

Lautlos horchten die andern Vier.
Der Kuckuck trat vor aus der Schwarzwälderuhr,
Als ob auch ihm die Weise gefiel. – –
Leise, ergreifend verhallte das Spiel.
Das Eis an den Fensterscheiben taute,
Und der Tannenbaum schaute
Durchs Fenster die Linde
Da draußen, kahl und beschneit
Mit ihrer geborstenen Rinde.
Da dachte er an verflossene Zeit
Und an eine andere Linde,
Die am Waldesrand einst neben ihm stand,
Sie hatten in guten und schlechten Tagen
Einander immer so lieb gehabt.
Dann wurde die Tanne abgeschlagen,
Zusammengebunden und fortgetragen.
Die Linde, die Freundin, die ließ man stehn.
Auf Wiedersehn! Auf Wiedersehn!
So hatte sie damals gewinkt noch zuletzt. –
Ja daran dachte der Weihnachtsbaum jetzt,
Und keiner sah es, wie traurig dann
Ein Tröpfchen Harz, eine stille Träne,
Aus seinem Stamme zu Boden rann.

Goscinny & Sempé
Lieber Weihnachtsmann

Seitdem ich schreiben kann – und das ist schon eine ganze Weile –, habe ich Papa und Mama jedes Jahr versprochen, dass ich Dir einen Wunschzettel schicke, wegen der Weihnachtsgeschenke.

Ich war ja schon ziemlich enttäuscht, als Papa mich zwischen seine Knie genommen und mir erklärt hat, der Weihnachtsmann ist dieses Jahr nicht so reich, besonders weil Du so viel Geld für die Reparatur von Deinem Schlitten bezahlt hast, nämlich weil so ein Idiot mit seinem Schlitten Dir von rechts reingefahren ist, und es gibt sogar Zeugen, aber die Versicherung hat gesagt, Du hängst mit drin, aber das stimmt überhaupt nicht. So etwas ist Papa mit seinem Auto letzte Woche auch passiert, und er war ganz schön sauer.

Und dann hat Papa mir noch gesagt, ich muss nett und großzügig sein und ich soll mir nicht nur Sachen für mich wünschen, sondern auch Geschenke für alle, die ich gern habe, und für meine Klassenkameraden. Also gut, habe ich gesagt, einverstanden.

Und Mama hat mich in den Arm genommen und hat gesagt, ich bin ihr großer Junge und sie ist sicher, Du hast noch genug Geschenke in Reserve trotz der Sache mit dem Schlitten, und Du vergisst mich nicht ganz. Die ist wirklich nett, meine Mama.

Also gut: Für mich wünsche ich mir gar nichts. Aber für Papa und Mama – das wäre klasse – könntest Du mir ein kleines Auto schenken? So eins, wo ich selber drin sitzen kann und das ganz von alleine fährt, ohne Pedale, aber dafür mit Scheinwerfern, die richtig leuchten wie die an Papas Auto (vor dem Unfall). Das Auto, das hab ich ein Stück weit hinter der Schule in einem Schaufenster gesehen. Wenn Du Papa und Mama das Auto schenken könntest, das wäre prima, ich fahre dann auch nicht immer damit im Garten herum, versprochen, und dann ärgert sich Mama auch nicht, nämlich die kann es nicht leiden, wenn ich die ganze Zeit im Haus herumrenne und in der Küche Dummheiten mache. Und Papa kann dann in Ruhe seine Zeitung lesen, nämlich wenn ich im Wohnzimmer Ball spiele, dann regt er sich auf und er fragt sich, womit er das verdient hat, dass er nach einem Tag im Büro nicht mal zu Hause seine Ruhe hat.

Wenn Du Papa und Mama das Auto schenkst, dann kauf bitte das rote! Es gibt auch ein blaues, aber ich glaube, für Papa und Mama passt das rote besser.

Für meine Lehrerin – die ist immer so nett und freundlich, wenn wir nicht zu viel Quatsch machen – wünsche ich mir zu allen Rechenaufgaben die Lösung. Ich weiß, dass unsere Lehrerin mit unseren schlechten Noten immer viel Mühe hat, nämlich sie sagt oft zu mir:

»Meinst du, Nick, das macht mir Freude, wenn ich dir eine Fünf geben muss? Ich weiß doch, dass du besser arbeiten kannst.«

Na ja, wenn ich die Lösungen der Rechenaufgaben im Voraus hätte, das wäre klasse, nämlich die Lehrerin würde mir gute Noten geben und dann wäre sie unheimlich froh. Und das wäre schon toll, wenn ich meiner Lehrerin so eine Freude machen könnte – und außerdem: Adalbert, der Streber, der ist dann nicht mehr der Beste, und das geschieht ihm recht, nämlich der fällt uns auf den Wecker, nee wirklich!

Georg, der hat ja einen sehr reichen Vater, der ihm alles kauft, was er will, und er hat auch eine Musketier-Ausrüstung gekriegt, toll, mit einem richtigen Degen – tschaf, tschaf –, und einen Hut mit einer Feder und alles. Aber Georg ist der Einzige, der so eine Musketier-Ausrüstung hat, und wenn er mit uns spielt, der Georg, das ist doof, vor allem wegen der Degen, nämlich wir müssen immer die Lineale nehmen, aber das ist nicht dasselbe. Also wenn ich auch so eine Musketier-Ausrüstung hätte, dann wäre das doch klasse für Georg, denn dann kann er wirklich mit mir fechten – tschaf, tschaf –, und die anderen mit ihren Linealen nehmen wir gefangen und wir sind immer die Sieger.

Für Otto, das ist einfach. Otto, das ist ein Kumpel von mir, der isst gerne, und für ihn wünsch ich mir eine Menge Geld, dann kann ich ihn jeden Tag nach der Schule in die Konditorei einladen, und da kann er die Schokoladenbrötchen essen, die mögen wir so gern! Otto mag auch gern Aufschnitt, aber ich kaufe ihm Schokoladenbrötchen, ich bezahle ja schließlich, und wenn ihm das nicht gefällt, dann soll er sich seinen Aufschnitt doch selber kaufen, nee wirklich!

Joachim, der spielt gern mit Murmeln. Man muss zugeben, er spielt schon gut, und wenn er genau zielt – bing –, trifft er fast immer. Deshalb spielen wir nicht so gern mit ihm. Klar, nämlich wenn wir richtig im Ernst spielen, verlieren wir alle Murmeln an ihn, da langweilt er sich in der Pause natürlich.

»Nun kommt schon, Jungens, los, kommt schon!«, ruft er dann und er ist ziemlich sauer.

Also: Wenn ich eine Menge Murmeln bekomme, dann bin ich einverstanden und spiele mit Joachim, und selbst wenn er immer gewinnt, der dreckige Trickser, dann hab ich immer noch genug Murmeln.

Franz, der ist sehr stark, und er gibt seinen Freunden gern eins auf die Nase. Franz hat mir erzählt, er wünscht sich ein Paar Boxhandschuhe, da hätten wir in der Pause unseren Spaß. Obwohl – für Franz wäre es das beste Geschenk, wenn er sie nicht bekäme, die Boxhandschuhe. Nämlich ich weiß schon, was dann passiert: Franz kommt mit seinen Boxhandschuhen, er fängt an und haut uns auf die Nase, wir bluten, das Geschrei geht los und der Hilfslehrer kommt angerannt. Franz wird bestraft, und wir, wir stehen immer dumm da, wenn ein Kumpel von uns nachsitzen muss. Also Boxhandschuhe, da müssten wir alle welche kriegen, so hätte der Franz keine Probleme.

Chlodwig, das ist der Schlechteste der Klasse. Wenn die Lehrerin ihn was fragt, muss er hinterher in der Pause dableiben, und wenn es Zeugnisse gibt, hat er zu Hause Theater und er darf nicht ins Kino, kriegt keinen Nachtisch und darf nicht fernsehen. Mal darf er dies nicht und dann das nicht, der Chlodwig, und neulich ist der Rektor in den Unterricht gekommen und hat ihm vor allen anderen gesagt, er endet noch mal im Zuchthaus und das wird seinen Papa und seine Mama hart treffen, die so viele Opfer für ihn bringen, damit er eine gute Erziehung kriegt. Aber ich, ich weiß, warum Chlodwig der Klassenletzte ist und warum er im Unterricht immer schläft. Nämlich Chlodwig ist nicht dümmer als Roland, aber er ist meistens müde. Chlodwig, der trainiert auf seinem hübschen gelben Fahrrad. Er will die Tour de France fahren, später, wenn er groß ist. Na, und klar: Wegen des Trainings kann er seine Hausaufgaben nicht machen, und weil er sie nicht schafft, gibt ihm die Lehrerin eine Strafarbeit nach der anderen, und er muss Tätigkeitsworte beugen und da hat er ja nur immer noch mehr Arbeit, und das Training kommt zu kurz, und er muss sogar am Sonntag arbeiten. Na, und damit Chlodwig nicht ewig Klassenletzter bleibt und wieder ins Kino darf und fernsehen, ist es das Beste, man nimmt ihm das Fahrrad weg. Wenn er so weitermacht wie bis jetzt, kommt er ja ins Zuchthaus, wie der Herr Rektor sagt, und da lassen sie ihn bestimmt nicht die Tour de France fahren. Also wenn Du einverstanden bist, lieber Weihnachtsmann, dann nehme ich das Fahrrad so lange, bis Chlodwig groß ist und nicht mehr in die Schule muss.

Für den Hühnerbrüh – das ist unser Hilfslehrer (aber das ist nicht sein richtiger Name), bei dem muss man immer sehr brav sein. Es stimmt schon, er muss die ganze Zeit auf dem Pausenhof rumrennen, er muss uns trennen, wenn wir uns verhauen, und er muss uns verbieten, Jägerball zu spielen, seitdem das Fenster vom Rektor kaputt ist, und er muss uns erwischen, wenn wir Quatsch machen, uns in die Ecke schicken oder uns nachsitzen lassen und Strafarbeiten aufgeben, und dann muss er auch noch zum Ende der Pause läuten – er hat eine Menge zu tun, der Hühnerbrüh! Den schickst Du am besten sofort in die Ferien, da kann er nach Hause fahren, ins Allgäu, und lange da bleiben. Damit es gerecht zugeht, kannst Du Herrn Flickmann auch gleich in die Ferien schicken, der muss den Hühnerbrüh nämlich ersetzen, wenn der nicht da ist.

Für Marie-Hedwig – das ist unsere kleine Nachbarin, sie ist sehr nett, auch wenn sie ein Mädchen ist, aber sie hat ein rosiges Gesicht und blaue Augen und blonde Haare –, für Marie-Hedwig wünsche ich mir, dass ich lerne, ganz tolle Purzelbäume zu schlagen. Sie sieht mir so gerne zu, wenn ich Purzelbäume schlage, die Marie-Hedwig, und wenn Du machen kannst, dass ich die tollsten Überschläge lerne, dann sagt Marie-Hedwig vielleicht: »Nick, du bist der Weltmeister aller Klassen!«, und dann freut sie sich.

So, jetzt hab ich alle Sachen gewünscht für die Leute, die ich gern hab. Vielleicht hab ich auch was vergessen, denn es gibt eine Menge Leute, die ich mag – also den anderen kannst Du auch noch jede

Menge Geschenke geben. Für mich, das habe ich schon gesagt, will ich nichts.

Na ja, wenn Du trotzdem noch etwas Geld übrig hast, ich weiß ja nicht, vielleicht willst Du mir doch eine kleine Überraschung machen mit dem Flugzeug aus dem gleichen Schaufenster, in dem das rote Auto steht, das für Papa und Mama. Aber Vorsicht, wenn Du durch den Kamin kommst, nämlich das Flugzeug ist rot lackiert, genauso wie das Auto, und das kann leicht schmutzig werden. Jedenfalls verspreche ich, so brav zu sein wie möglich, und ich wünsche Dir fröhliche Weihnachten.

Jakob Hein
Tagebuch

17. Dezember

Meine Frau behauptet, ich würde versuchen, Weihnachten zu verdrängen. Mit ziemlich großen Worten wirft sie da um sich. »Verdrängen«, das klingt doch ganz schön anstrengend, und ich bin vollkommen entspannt. Ich sehe eben nur nicht gern Fernsehen, höre um die Zeit kein Radio, gehe nicht gern einkaufen und verlasse nicht das Haus. Im Dezember.

Der November war schon schlimm genug. Nur Kälte, Dunkelheit und Regen. Was ist also dagegen einzuwenden, dass ich mit einer orangefarbenen Plüschwolldecke über meinem Kopf in der Ecke sitze und laut Musik höre? Dem November hatte ich mich gestellt, und es hat mir keinen Spaß gemacht. Also versuche ich jetzt mal etwas Neues. Bisher finde ich es sehr schön. Die Plüschdecke wärmt mich, und ich habe längst herausgefunden, wie ich mich unter ihr durch die ganze Wohnung bewegen kann. Der Fußboden sieht jetzt immer blitzblank aus. Soll sich meine Frau doch freuen, anstatt herumzumeckern. Duschen war noch vor zwei Wochen ein echtes Problem. Also bade ich nun, nachdem ich die Decke über der Wanne ausgebreitet habe. So inhaliere ich beim Baden gleichzeitig und spare wahrscheinlich noch irgendwie Energie. Im Dezember.

Meine Frau hingegen behauptet, dass ich mich unter der Decke nur vor Weihnachten verstecken möchte. Das ist doch Unsinn! Ich habe schon als Kind gern »Höhle« gespielt. Ich zog eine orangefarbene Plüschdecke über meinen Kinderschreibtisch und setzte mich vier Stunden darunter. Meine Eltern fanden, dass dies mein schönstes Spiel war, und ermutigten mich immer dazu. Meine anderen Lieblingsspiele »Schreien«, »Kokeln« und »etwas Hinunterwerfen« fanden sie nicht so gut. Die Plüschdecke von damals sah übrigens meiner heutigen sehr ähnlich. Die aktuelle ist nur wesentlich abgeranzter und hat ein paar Brandlöcher. Ich hatte nämlich entdeckt, dass ich all meine Lieblingsspiele kombinieren konnte zu »In der Höhle kokeln, dann schreien, hinausrennen und dabei etwas hinunterwerfen«. Und trotzdem gefällt mir die Decke. Im Dezember.

Meine Frau sagt, sie möchte diese ollen Kamellen jetzt nicht hören. Schließlich ist heute der 17. Dezember, und in einer Woche ist Weihnachten. Nun horche ich doch auf: der 17.? »Siebzehn und vier« habe ich als Kind oft mit meinem Vater gespielt. Und heute ist der 17., ist doch ein lustiger Zufall. In sieben Tagen wird erst wieder eine 4 im Datum auftauchen, aber dann ist die Zahl zu hoch und man hat verloren. Im Dezember.

Ich probiere, ein bisschen unter meiner Decke zu nuscheln. Hoffentlich verliert meine Frau das Interesse und geht entnervt weg. Im Januar wird sie schon wiederkommen. Aber bis dahin soll sie alle Geschenke kaufen, entgegennehmen, die Umverpackung öffnen und entsorgen, dann das Geschenk selbst ansehen und entsorgen. Sie soll sich bedanken und bergeweise Fleisch essen, sie bekommt noch meine Portion mit. Sie soll sich auf der Straße fragen lassen, ob sie Tiere/Kinder/Menschen liebhat, und wenn ja, ob sie diese Liebe auch mit Geld beweisen kann. Soll doch meine Frau die Hunderte junger, moderner Männer ertragen, die, als alter, konservativer Mann verkleidet, jeden Fußweg blockieren. Im Dezember. Ich bleibe unter meiner orangefarbenen Plüschdecke und warte, bis das alles vorbei ist. Niemand braucht mir Bescheid zu sagen, ich höre dann schon an der Neujahrsknallerei, ab wann es langsam wieder Zeit wird für mich. Das einzige Problem ist, dass meine Brille hier unten manchmal beschlägt. Bis Januar.

18. Dezember

Meine Frau hat mir die orangefarbene Decke weggerissen, unter der ich gern den Dezember verbringen wollte. Sie behauptet, dass ich mich darunter vor Weihnachten verstecken wollen würde. Ich weise diesen absurden Vorwurf selbstverständlich zurück. Unter der Decke war es schön warm und dunkel. Deshalb blinzele ich jetzt ein bisschen verschwitzt auf die Welt in Person meiner Frau. Die Welt blinzelt nicht, sondern sie blitzt erbost zurück.

Sie sagt, ich solle jetzt gefälligst auch einmal etwas für Weihnachten tun, wenn ich das Fest der Liebe nicht im Krankenhaus verbringen möchte. Ich stimme ihr natürlich zu. Mein Vorschlag ist, dass ich erst einmal Bestand aufnehme über unseren bisherigen Stand der Vorbereitung. Ich würde die ganze Wohnung nach den Geschenken und Dekorationen durchsuchen, die meine Frau bisher besorgt hat. Dann würde ich alles genauestens in Listen dokumentieren und einen Handlungsplan entwerfen. In den kleinsten Winkeln würde ich schauen. Ich würde auch gründlich unter der Plüschdecke forschen, die sie jetzt gerade in der Hand hält. Ich schätze, mit dem Projekt bis Monatsende, spätestens in vier Wochen, fertig zu sein.

Leider hat meine Frau keine Ahnung von komplizierten Projektierungen. Sie wirft mir vor, ich würde mich weiterhin drücken wollen. Ich weise das wieder zurück und sage, das mit der Decke war nur ein Beispiel. Sie sagt, und überhaupt sei jetzt schon der 18., und für solche Diskussionen ist keine Zeit. Spontan fallen mir interessante Anekdoten von meinem 18. Geburtstag ein, die ich gern mit meiner Frau teilen möchte. Sie will die aber jetzt nicht hören. Ich sage, dass man das auch höflich ausdrücken kann und dass ihr Vokabular überhaupt nicht besinnlich sei. Sie wirft mir noch ein paar weitere Beispiele dieses Vokabulars an den Kopf und schmeißt wutentbrannt die Tür hinter sich zu. Durch die Tür brüllt sie noch hindurch, wenn sie wiederkommt, soll ich ja etwas gemacht haben. Jetzt bin ich auch langsam sauer. Vielleicht ist das die wahre Bedeutung des Adventskranzes? Die Kerzen symbolisieren die Familienmitglieder, und erst wenn alle vor Wut lodernd brennen, dann steht der Weihnachtsmann vor der Tür.

Aber irgendetwas muss ich tun. Aktionistisch, aber doch gehemmt, schaue ich mich in der Küche um. Vielleicht sollte ich einen Tannenbaum auf die Mehltüte malen. Ich fand das ja im vorigen Jahr sehr weihnachtlich. Und Mehl spielt ja auch in der Vorweihnachtszeit eine wichtige Rolle. Meine Frau hat das Mehl voriges Jahr leider weggeschmissen, weil sie dachte, es sei schimmlig. Der Filzstift hatte stark durchgefärbt. Ich habe ihr erklärt, dass ich das schade fand. Denn so hätten wir zum Adventsfrühstück tannengrüne Waffeln essen können. Und darüber hätten wir schön Puderzucker geschüttet, den Symbolschnee schlechthin. Meine Frau hat daraufhin die Mehltüte wieder aus dem Müll geholt und mir auf den Kopf gedonnert. Das mache ich also lieber nicht wieder.

Vielleicht könnte ich in der Badewanne eine niedliche Tannenschonung anlegen? Das wäre sehr weihnachtlich und hat auch nicht jeder. Ich bin überzeugt, dass meine Frau daran nichts herumzumäkeln hätte. Leider würde es zur Umsetzung notwendig sein, dass ich die Wohnung verlasse. Und das mache ich ja nicht so gern um diese Zeit. Im Winter mit einer Schubkarre voller Waldboden durch die Gegend zu rennen, das würde meinen Ruf im Haus nicht sehr verbessern. Verzweifelt reiße ich eine Packung Dominosteine auf. Ich beiße nur das Marzipan von oben ab, den Glibber und den Lebkuchen will ich nicht. Nach einer kurzen Phase von Kontemplation sitze ich mit drei mal sechs Dominosteinruinen da. Mein Blick fällt auf das Schuhregal. Drei mal sechs ist achtzehn, das heißt, heute ist dreifacher Nikolaus.

Schnell verstecke ich die Dominosteinruinen in den Schuhen, bevor meine Frau wiederkommt. Es soll ja eine Überraschung sein.

20. Dezember

Meine Frau hat mir gestern aufgetragen, ich soll Lebkuchen backen, und wie schon Engholmens Björn sagte: »Wat mut, dat mut.« Also habe ich mich gestern gekümmert. Mir einen Kopf gemacht, alles vorbereitet, keine Mühen gescheut. Und das ging so: ich nahm den Telefonhörer und rief meinen Freund Christian an. »Bei uns ist morgen spontanes Adventsbacken. Was? Ja, das ist die Bedeutung des Wortes spontan. Wie, deine Frau und beide Kinder sind erkältet? Das interessiert mich doch nicht. Kommst du morgen oder nicht?« Ich legte enttäuscht den Hörer auf. Christian hatte sich ganz schön verändert. Er war spießig geworden und nicht mehr spontan. Im Laufe des Tages musste ich enttäuscht feststellen, wie viele meiner ehemaligen Freunde unspontane Spießer geworden waren. Meine Weihnachtsvorbereitung war in Bezug auf die Lebkuchen nur mühevoll vorangekommen, aber Geschenke musste ich viel weniger besorgen, als ich noch gestern gefürchtet hatte.

Es kostete mich einige Überredungskunst, doch

noch ein Weihnachtsbacken zu organisieren. Bei Antje schaffte ich es nur, indem ich ihr ankündigte, ab 23 Uhr stündlich anzurufen, um sie nach ihrer aktuellen Meinung zum Backen zu befragen. Antje ist nämlich eine sehr gute Bäckerin, auf die ich nicht verzichten konnte. Jeder bekam von mir eine lange Liste mitzubringender Backzutaten übermittelt. Zum Schluss hatte ich alles erfolgreich delegiert, schließlich stellte ich ja die Küche und bezahlte Strom und Gas.

Als mein Backkollektiv dann eintraf, ließ ich mich sogar dazu hinreißen, ihnen eine schöne Tasse Adventstee zu kochen. Wir tranken sie gemütlich mit Kandiszucker, und dann ging es los. Ich teilte die Arbeit auf. Es gab den Mandelplatz, den Eier-Zerschlagen-Platz, den Mischplatz, den Knetplatz und mehrere Zuckerplätze. Antje stand am Dekorierplatz. Ich hatte mir mit dem Ofen-vorheiz-und-backen-Platz selbst ein schweres Stück Arbeit aufgebrummt. Anfangs amüsierten wir uns köstlich. Das Mehl floss in die Schüsseln, die Mandeln knackten, und wir naschten den Teig wie kleine Kinder. Carsten knetete fröhlich die Lebkuchenmassen, und ich schaute ernsthaft auf den Backofen. Nach kurzer Zeit zogen wir unsere Pullover aus, denn es wurde jedem langsam etwas warm. Ich bemerkte, wie die Arbeiter an den Zuckerplätzen eine weiße Kruste im Gesicht und an den Armen bekamen. Aber ich sagte kein Wort.

Überhaupt wurde es in der Küche immer stiller. Ich dachte, das läge vielleicht an der monotonen Arbeit. Aber als ich etwas sagen wollte, bemerkte ich, dass mein Mund verklebt war. Der Schweiß, der mir von der Stirn floss, schmeckte wie Sirupwasser. Und auch die anderen waren homogen von einer Zuckerkruste eingehüllt. Vor zwei Stunden noch hatte ich glückselig Teig genascht, jetzt hätte man mich damit foltern können. »Wenn sie den geheimen Standort nicht verraten, dann wird McCrane für sie diese Kuchenschüssel auskratzen und ihnen den Teig in den Mund schieben.« »Neeein! Ich sage ihnen alles!«

Ich hörte ein Knacken. Die Leute am Zuckerplatz hatten heimlich den Kühlschrank geöffnet. Dort hatten sie sich widerrechtlich ein Glas Gewürzgurken angeeignet, aus dem sie jetzt gierig aßen. Der Mob war nicht mehr zu halten. Antje spritzte sich einfach den Senf direkt aus der Tube in den Mund. Am Abwaschbecken gab es Gedränge, weil alle das garantiert zuckerfreie Leitungswasser trinken wollten. Auch mich gelüstete es nach einem halben Hähnchen und eingelegter roter Bete. Nicht dass ich schwanger geworden war!?

Nur durch viel Führungskraft und das Abschließen meiner Wohnungstür von innen gelang es mir, das

Backen geordnet zu beenden. Jeder bekam eine kleine Tüte Weihnachtsgebäck mit nach Hause. Reine Nettigkeit meinerseits, denn die meisten hätten noch fürs Gehen bezahlt. Meine Frau konnte zufrieden mit mir sein.

Nikolaus Heidelbach
Mein schönstes Weihnachtserlebnis

Im Dezember 1972 wurde an einem Kölner Gymnasium unter der Leitung des Kunstlehrers ein Anti-Weihnachts-Theaterstück aufgeführt. Es bestand aus mehr oder weniger locker aneinandergereihten Sketchen, Musiknummern und schwarzem Theater. Vorgeführt von den Schülern der Oberstufen-Kunst-AG wurden Konsumfetischismus, Bigotterie und deutsches Spießertum heftig angeprangert. Die Schlussszene spielte am Hl. Abend nach der Bescherung; Vater, Mutter und zwei Kinder sitzen im Wohnzimmer beim Christbaum und sehen fern. Die Kinder haben Kriegsspielzeug zum Fest bekommen und hantieren mit Pistole und Maschinengewehr herum. In einem Umzugskarton mit ausgeschnittenem Bildschirm sitzt ein Nachrichtensprecher und verliest ausschließlich Kriegsnachrichten. Die Kinder rufen: »Wir wollen mitschießen! – Wir wollen mitschießen! – MIT-SCHIE-SSEN!«, und zielen auf die Eltern. Die Eltern wehren ab und sagen beide:

»Schießt doch auf was anderes... z.B. den Engel da hinten.«

Tatsächlich stand die ganze Zeit im Hintergrund ein Engel mit wallendem blondem Haar und einem bodenlangen weißen Gewand. Jetzt von einem Scheinwerfer erfasst, hebt er beschwörend beide Arme. Die Kinder legen auf ihn an und schießen unter infernalischem Lärm (vom Band), was das Zeug hält.

Der Engel krallt die Hände in die Brust, Blut spritzt, er stürzt vornüber, rafft sich stöhnend wieder auf, wird wieder schwer getroffen, taumelt drei, vier Meter nach vorne, stürzt erneut lang hin, kommt jedoch noch einmal hoch, auf allen vieren schleppt er sich die letzten Meter zur Bühnenrampe, bäumt sich ein letztes Mal auf und bricht, blutüberströmt mittlerweile, endgültig über der Rampe zusammen! – Vorhang.

Der Engel war ich, und die Haare waren echt. Unter dem Gewand trug ich Knieschoner und jede Menge kleine Plastikbeutel mit roter Farbe. Der einzige Fehler war, dass ich mich auf meinen acht Metern Todeskampf nicht selbst sehen konnte. Video gabs noch nicht. Mein schönstes Weihnachten wars trotzdem.

Laura de Weck
Die Wohltat

In einer Bar. Junge Frau TATI und alte FRAU.

FRAU	Entschuldigen Sie?
TATI	Was?
FRAU	Darf ich Sie kurz stören?
TATI	Nein.
FRAU	Na gut, dann wünsch ich Ihnen alles Gute und frohe Festtage.
TATI	Warte. – Was willst du denn?
FRAU	Ich… ich organisiere Wohltätigkeitsanlässe, und ich dachte, falls Sie Lust hätten, könnten Sie morgen an einem dieser Anlässe teilnehmen.
TATI	Was denn für ein Anlass?
FRAU	Weihnachten. Weihnachten für anonyme Einsame.
TATI	Bist du ne Verrückte, oder was?
FRAU	Ich dachte nur, vielleicht hätten Sie ja…

TATI	Nur weil ich hier allein ein Bier trinke, heißt das doch nicht, dass ich einsam bin, oder so was. Hast du noch nie allein ein Bier getrunken?
FRAU	Doch viele.
TATI	Eben.
FRAU	Eben.
TATI	Eben: Ich hab ganz viele Freunde und Freundinnen und Familie und Freunde und so. Hab ich bestimmt dreihundert von.
FRAU	Na gut, dann wünsch ich Ihnen alles Gute und frohe Festtage.
TATI	Und überhaupt, wer sagt denn, dass ich Weihnachten feiern will. Vielleicht will ich diesen Scheiß gar nicht feiern. Und vielleicht will ich gar nicht fröhlich sein und Lieder singen und Eier suchen…
FRAU	Na gut, dann…
TATI	Und außerdem bin ich gar nicht gläubig. Ich glaub weder an Gott noch an den Weihnachtsmann, also…

FRAU	Also?
TATI	Also, wieso sollt ich dann Weihnachten feiern?
FRAU	Also gut. – Ich will ja nur alleinstehenden Menschen helfen. Das ist mein Beruf.
TATI	Dann hilf jemand anderem mit deinem Beruf.
FRAU	Natürlich. – Kennen Sie denn vielleicht jemanden, der an Weihnachten alleine ist?
TATI	Alle, die ich kenne, kennen mich, also können die auch mit mir feiern.
FRAU	Natürlich, selbstverständlich. Aber Sie wollten ja nicht feiern.
TATI	Bist du blöd? Wenn einer feiern will, feier ich mit. Ich bin doch nicht böse, oder so was.
FRAU	Selbstverständlich, natürlich.
TATI	Die meisten finden diesen Quatsch ja total wichtig.
FRAU	Ist ja auch das Fest der Liebe.
TATI	Ja…
FRAU	Würden Sie denn sagen, Sie kennen mich?
TATI	Dich? Weiß nicht… Also, wenn du

	jetzt gehen würdest und dann wieder kommen, würd ich dich schon erkennen.
FRAU	Also kennen Sie mich.
TATI	Ich weiß doch nicht mal, wie du heißt. Ich würd dann halt sagen: Die alte Verrückte kommt.
FRAU	Wem würden Sie das sagen?
TATI	Hey bist du doof? Kann ich doch erzählen, wem ich will. Kann ich doch auch der Welt erzählen. Geht dich überhaupt nichts an.
FRAU	Na gut, dann wünsch ich Ihnen alles Gute und…
TATI	Jetzt hör doch mal auf. – Wer kommt denn morgen?
FRAU	Ich…
TATI	Und?
FRAU	Und… – Letztes Jahr waren ganz viele da.
TATI	Echt?
FRAU	Ja, Frauen und Männer und junge Männer.
TATI	Echt?
FRAU	Ja, und Geschenke gab's…
TATI	Was für welche?

FRAU   Geschenke eben, Überraschungen
           und so weiter.
TATI   Echt?
FRAU   Ja, und Essen und Wein.
TATI   Echt?
FRAU   Ja, letztes Jahr, da lief das so
           wunderbar, da haben sich alle
           kennengelernt und gelacht, und
           die meisten haben sich befreun-
           det, und einige haben sich sogar
           verliebt, und deshalb kommen
           dieses Jahr nicht mehr so viele,
           weil sie ja nun nicht mehr einsam
           sind.
TATI   Klar.

FRAU   Aber es kommen einige. Viele
           sind froh, dass es einen Ort gibt,
           wo sie hingehen können und Ge-
           sellschaft haben. Wo sie sich ein
           bisschen geliebt fühlen. Für viele
           ist Weihnachten sehr wichtig;
           Sie können es sich ja nochmals
           überlegen.
TATI   Ja… Ja, vielleicht… vielleicht
           komm ich ja…
FRAU   Hier ist die Einladung, und anson-

	sten wünsch ich Ihnen alles Gute und frohe Festtage.
TATI	Ja schon gut, ich hab's kapiert.

FRAU geht ab.

FRAU tritt wieder auf.

TATI	Die alte Verrückte kommt wieder.
FRAU	Erkennst du mich?
TATI	Ich bin doch nicht blöd.
FRAU	Ich wollt nur sagen... Bis jetzt... Also morgen, an Weihnachten, da... falls du...
TATI	Warum duzt du mich denn plötzlich?
FRAU	Hab ich das?
TATI	Ja.
FRAU	Also, falls du kommst, morgen, also... Du wärst die Einzige. – Wie gesagt, letztes Jahr lief das doch so gut und deshalb... Nur, dass du das weißt und nicht enttäuscht bist.
TATI	Ach...
FRAU	Ja.
TATI	Na dann... Dann lassen wir's lieber. Dann musst du nicht arbeiten.

FRAU	Ja. Dann lassen wir es lieber. Ja… dann wünsch ich dir frohe… Festtage und … Ach.
TATI	Was denn?
FRAU	Ich würde mich trotzdem sehr freuen, wenn du kommen würdest, denn… ich wäre doch sonst ganz alleine…
TATI	Ganz alleine mit deinem Beruf?
FRAU	Das ist nicht wirklich mein Beruf …
TATI	Sind Sie bescheuert, lügen Sie mich die ganze Zeit an?
FRAU	Ich…
TATI	Lügen Sie mir ins Gesicht, damit Sie Ihre Scheißweihnachten nicht allein feiern müssen.
FRAU	Ich…
TATI	Hauen Sie doch ab! Hauen Sie ab!
FRAU	Es ist nur so schwer, an Weihnachten, da gibt's tausend Einrichtungen, weil die Leute plötzlich so barmherzig sind, und keiner bleibt für mich übrig. Ich kann sehr gut alleine sein, aber doch

	nicht an Weihnachten. Es ist doch das Fest der… Und jetzt, da du mich kennst… Ich suche doch schon seit Tagen! Du kannst doch jetzt nicht so böse…
TATI	Alles Arschlöcher, die Menschen!
FRAU	Warum siezt du mich eigentlich plötzlich?
TATI	Hab ich das?
FRAU	Na gut, dann wünsch ich dir…
TATI	Hau endlich ab!

FRAU geht ab.

TATI	Hey, gibst du mir noch ein Bier!

BARKEEPER kommt.

KEEPER	Hier.
TATI	Danke.
KEEPER	Und? Was machst du morgen?
TATI	Ich? – Was machst denn du?
KEEPER	Ich geh zu meinem Vater.
TATI	Ah ja?
KEEPER	Ja, ist immer das Gleiche. Zuerst gibt's Geschenke, und dann gibt's Krach. Ist kein einfacher Vater.

	Aber was soll's, der freut sich ja, wenn ich komm. Ich seh den eh meistens nur an Weihnachten. Irgendwie hab ich ihn ja auch gern.
TATI	Ja.
KEEPER	Und du?
TATI	Ich?
KEEPER	Ja.
TATI	Ich… Ich geh zu meiner Großmutter.
KEEPER	Ah ja?
TATI	Ja.
KEEPER	Ich dachte, du hast gar keine Familie.
TATI	Doch, eine Großmutter hab ich schon. Die organisiert an Weihnachten immer ein kleines Fest für einsame Menschen. So Wohltätigkeit. Da kommen ganz viele verschiedene Leute, und es wird viel gelacht, und es gibt Wein und Geschenke und so. Letztes Jahr, da lief das richtig gut.
KEEPER	Wow.

TATI	Na ja, sie ist aber auch keine einfache Frau, meine Großmutter. Manchmal lügt sie mich einfach an. Aber die freut sich ja, wenn ich komm und ihr ein bisschen unter die Arme greife. Irgendwie hab ich sie ja auch gern. Außerdem find ich's schön, den einsamen Leuten zu helfen. Kein Mensch will an Weihnachten allein sein. Ist ja das Fest der Liebe, da muss man ja auch großzügig sein.
KEEPER	Klar, ist das Fest der Liebe.
TATI	Ja…
KEEPER	Na dann wünsch ich dir alles Gute und frohe Festtage!

Wladimir Kaminer

Superman und Superfrau

Ende Dezember ist die richtige Zeit, um sich und anderen etwas zu wünschen. Meinem Freund und Nachbarn Georgi wünschte ich Gesundheit – und noch mehr Feingefühl für seine Nachbarn, das heißt, mich nicht mehr um zwei Uhr morgens anzurufen und in den Hörer zu brüllen: »Schaut sofort aus dem Fenster! Es schneit!« Das will doch um diese Uhrzeit keiner wissen!

Georgi wünschte mir für das neue Jahr mehr Geselligkeit und noch mehr Hilfsbereitschaft im Hinblick auf die Nachbarschaft. Vieles auf der Welt wäre nicht schiefgegangen, wären die Menschen bereit gewesen, einander zu helfen, sinnierte er. Vieles auf der Welt läuft schief, weil die Menschen so gern einander helfen, ohne vorher zu fragen, konterte ich. Georgi vertrat aber eine andere Meinung. Er fühlt sich für alles, was auf der Welt geschieht, verantwortlich, und hat sogar die alte Fernsehserie *Superman* auf Video.

Kurz vor Weihnachten gingen wir zusammen in

ein Porzellangeschäft in den Schönhauser-Allee-Arkaden, um dort eine Wodka-Karaffe für seinen Vater zu kaufen. Der Laden war rappelvoll und das Porzellan fast ausverkauft, es gab nur noch mikroskopisch kleine Essigkaraffen für zwölf Euro das Stück. Trotzdem stellte ich mich in die Schlange vor der Kasse. Mein Freund beobachtete eine große rotblau gestreifte Tasche, die herrenlos im Gang stand. Nach drei Minuten kam er zu dem Schluss, dass sich darin eine Bombe befand. Unauffällig, um keine Panik zu verursachen, schnappte Georgi sich die Tasche, rief »Alle raus hier!«, und lief an die frische Luft. Die Menschen in der Schlange erstarrten und blieben, wo sie waren. Nur zwei ältere türkische Frauen liefen Georgi hinterher. Sie beschimpften ihn auf Türkisch und wollten anscheinend ihre Bombe zurückhaben. Mein Freund war aber schneller und schaffte es, die Tasche von der S-Bahn-Brücke zu schmeißen. Die Tasche platzte unten auseinander, und Hunderte kleine Porzellanteile flogen in alle Himmelsrichtungen. Es handelte sich also um eine Porzellanbombe. Die türkischen Frauen schubsten Georgi und drohten ihm mit der Polizei. Sie wollten wahrscheinlich nicht ohne Bombe in ihre Terroristenzelle zurückkehren. Außer den Wörtern »Weihnachtsgeschenk« und »Scheiße« konnten wir nichts verstehen. Aber alle

Leute blickten misstrauisch in unsere Richtung, sie ahnten nicht, dass wir ihnen gerade das Leben gerettet hatten. Georgi meinte, die echten Helden müssten immer im Schatten bleiben, so wie Superman eben, also hauten wir ab, bevor die Polizei auftauchte.

Zu Hause wünschte ich ihm noch für das neue Jahr mehr Zurückhaltung und Toleranz. Er selbst wünschte sich, wie jedes Jahr zu Silvester, vor allem zwei Dinge – eine besondere Frau kennenzulernen und mit dem Rauchen aufzuhören. Dabei ahnte er nicht, wie schnell seine Träume Realität werden sollten. Auf einer russischen Party lernte unser Superman eine Superfrau kennen – Lena. Lena war groß, blond und trug nicht, wie die meisten auf der Party, einen grünen Fuchspelz, sondern eine rote Lederjacke und Stiefel. Sie arbeitete bei einer Sicherheitsfirma und fuhr Motorrad – das ganze Jahr über. Zu Georgi sagte sie, er habe einen knackigen Po. Pfui, dachte Georgi. Er hatte keine Erfahrung im Umgang mit emanzipierten Frauen. Lena meinte, die Party sei doch stinklangweilig, was er denn davon halten würde, mit ihr eine Runde Motorrad zu fahren. Georgi willigte ein. Die beiden tranken noch schnell einen Wodka und kletterten dann auf Lenas Yamaha.

Mein Freund hatte in seinem Leben schon auf einigen Dingen gesessen, aber noch nie auf einem Motorrad. Es kam ihm zunächst neu und erfrischend vor. Lena zog ihm einen roten Motorradhelm über den Kopf und gab Gas. Sie legte großen Wert darauf, niemals geradeaus zu fahren, sondern ständig zu manövrieren und dort, wo andere bremsten, Gas zu geben. In fünf Minuten schafften sie es vom Potsdamer bis zum Alexanderplatz. Georgi drückte sich immer fester an die Frau, und trotzdem beschlich ihn das unangenehme Gefühl, nicht mehr Herr seines eigenen Lebens zu sein. Nach zehn Minuten Fahrt kämpfte er schon mit Brechanfällen und hatte nur noch den einen Wunsch – abzusteigen. Sie überquerten die Torstraße und fuhren die Schönhauser hoch, nicht weit von Georgis Haus entfernt. Da klopfte er Lena mit der Hand auf die Schulter. Sie hielt an. Er kletterte vom Motorrad und lief unsicheren Schrittes so schnell wie möglich nach Hause, ohne auf Wiedersehen zu sagen. Ein richtiger Superman hätte sich an seiner Stelle mindestens fürs Mitnehmen bedankt und der Dame die Hand geküsst, aber Georgi war nicht danach, er musste kotzen. Außerdem war ihm klar, dass er die Prüfung nicht bestanden hatte. Zu Hause rannte er sofort zum Klo und versuchte zu kotzen. Da merkte er, dass er noch immer den

Motorradhelm auf dem Kopf hatte. Er versuchte ihn abzunehmen – es ging nicht. Es handelte sich um einen modernen Motorradhelm, so einen, der durch Knopfdruck die Form des Kopfes annimmt und sich per Knopfdruck löst. Nur, wo war der Knopf? Georgi drückte auf alle möglichen Stellen. Vergeblich. Der Helm saß wie angegossen. Er verfluchte alle Motorräder der Welt und lief wieder hinunter – Lena aber war längst weggefahren. Georgi ging zu uns in das Haus gegenüber, wir aber waren nicht da. Zurück in seiner Wohnung, wollte er per Telefon Hilfe anfordern. Schnell stellte er jedoch fest, dass weder Kotzen noch Telefonieren mit einem Motorradhelm möglich sind, und so musste er sich schließlich in einer für ihn ganz neuen Lebenssituation zurechtfinden. Er drehte sich erst einmal eine Zigarette und zündete sie an, doch die ausgeblasene Rauchwolke blieb im Helm und bescherte ihm aufs Neue Brechanfälle. Er versuchte zu schlafen. Das tat richtig weh. Voller Verzweiflung holte er aus dem Werkzeugkasten unter der Spüle einen Hammer und haute sich ein paar Mal kräftig auf den Kopf, in der Hoffnung, die richtige Stelle zu treffen. Der Helm jedoch blieb sitzen, wo er war. Außerdem hatte er den Pincode seines Mobiltelefons vergessen, das er seit vier Jahren besaß, dafür erinnerte er sich plötzlich an seine alte ukrainische Telefonnummer, die er seit zwölf Jahren nicht mehr benutzt hatte. Tief in der Nacht kam Georgi auf die rettende Idee, eine Tankstelle in der Nähe aufzusuchen. Er lief aus dem Haus und die Schönhauser hinunter. Der Tankwart wunderte sich sehr und konnte lange nicht verstehen, was dieser komische Motorradfreak ohne Motorrad von ihm wollte. Alles deutete darauf hin, dass er jemanden suchte, der ihm eins auf den Kopf haute. Um sich zu vergewissern, ob er richtig verstanden hatte, nahm der Tankwart Georgi den Helm ab.

Nach diesem leidvollen Vorfall brauchte unser Freund zwei Tage, bis er wieder gesellschaftsfähig war. Danach besuchte er uns und erzählte, dass er seitdem nicht mehr rauche. Und wenn sein Organismus nach Tabak verlange, dann setze er sofort den Helm wieder auf – das helfe.

Im Nachhinein kann man sogar sagen, der Helm hat ihm mehr geholfen als geschadet. Am 31. Dezember standen wir beide bei uns auf dem Balkon und schauten in die Ferne. Ich rauchte, Georgi stand einfach nur da, mit dem roten Helm in der Hand, der zu seinem Talisman geworden war. Langsam begann die wilde Knallerei in der Stadt. Die Motorrad-Superfrau hat sich nie mehr gemeldet.

Charles Bukowski

Weihnachten

Weihnachtsabend, allein,
in einem Motelzimmer
unten an der Küste
am Pazifik – hörst du
ihn da draußen?
Sie haben versucht, das
Ding auf Spanisch her-
zurichten, mit Wand-
teppichen und Lampen;
das Klo ist sauber;
winzige Stückchen rosa-
rote Seife liegen da.
Hier werden sie uns
nicht finden: die
Barracudas, die Ladies,
die Heldenverehrer.
Da hinten in der Stadt
sind sie jetzt betrunken,
in Panik, rasen bei Rot
über die Kreuzung, feiern

den Geburtstag des Herrn
mit einem Schädelbruch.
Wie schön.
Bald werde ich diesen
halben Liter Rum aus
Puerto Rico ausgetrunken
haben. Am Morgen wird es
mir hochkommen, dann werde
ich duschen, wieder rein-
fahren, nachmittags gegen
eins werde ich ein
Sandwich essen, um zwei
bin ich wieder in meinem
Zimmer, liege auf dem Bett,
und wenn das Telefon klingelt,
gehe ich nicht ran.
Meine Weihnacht ist eine
Flucht, aber nach Plan,
und der Plan hat Hand
und Fuß.

Georges Simenon

Das Restaurant an der Place des Ternes

Die schwarz umrandete Uhr, die schon seit Menschengedenken über den Ablagefächern mit den Servietten hing, zeigte vier Minuten vor neun. Der Reklamekalender hinter der Kasse, knapp über dem Kopf von Madame Bouchet, der Kassiererin, gab an, dass man den 24. Dezember schrieb.

Draußen fiel ein feiner Regen. Im Saal war es warm. In der Mitte stand ein großer Ofen, wie es ihn einst in den Bahnhöfen gab, und sein schwarzes Rohr verlief quer durch den Raum, bevor es in der Wand verschwand.

Madame Bouchet bewegte lautlos die Lippen, während sie die Geldscheine zählte. Der Wirt hielt den grauen Leinenbeutel, in den er jeden Abend den Inhalt der Kasse steckte, bereits in der Hand und schaute ihr geduldig zu.

Albert, der Kellner, sah auf die Uhr, trat näher, zwinkerte ihnen kurz zu und zeigte auf eine Flasche, die ein Stück abseits der andern auf der Theke stand. Der Wirt schaute seinerseits auf die Uhr, zuckte mit den Schultern und nickte zustimmend.

»Kein Grund, ihnen nichts zu geben, nur weil sie die Letzten sind«, brummelte Albert, als er das Tablett hinübertrug.

Er hatte nämlich die Angewohnheit, während der Arbeit Selbstgespräche zu führen.

Das Auto des Wirts stand neben dem Bürgersteig. Er wohnte draußen in Joinville, wo er eine Villa gebaut hatte. Seine Frau war Kassiererin gewesen. Er hatte als Kellner in einem Café gearbeitet. Wie alle Kellner und Oberkellner hatte er empfindliche Füße und trug spezielle Sohlen. Auf der Rückbank seines Wagens stapelten sich hübsch verschnürte Päckchen, Weihnachtsgeschenke, die er nach Hause mitbringen wollte.

Die Kassiererin würde mit dem Bus zur Rue Caulaincourt fahren, um bei ihrer Tochter, die mit einem Rathausangestellten verheiratet war, Weihnachten zu feiern.

Albert hatte zwei Kinder, und die Geschenke waren seit mehreren Tagen auf dem großen Schrank versteckt.

Er fing mit dem Mann an, stellte ein kleines Glas auf den Tisch, füllte es mit Armagnac.

»Mit den besten Wünschen des Hauses«, sagte er.

Er ging an einigen Tischen vorbei, an denen niemand saß, in die Ecke, wo sich die große Jeanne gerade eine Zigarette angesteckt hatte, achtete darauf, dass er zwischen ihr und der Kasse stand, und murmelte:

»Trink schnell aus, dann kann ich dir noch einen geben! Die Runde geht auf den Chef.«

Schließlich gelangte er ans Ende der Tischreihe. Ein junges Mädchen nahm gerade einen Lippenstift aus der Handtasche und betrachtete sich in einem kleinen Spiegel.

»Mit den besten Wünschen des Hauses...«

Sie schaute ihn überrascht an.

»Danke sehr.«

Er hätte ihr auch gern ein zweites Glas spendiert, aber er kannte sie nicht gut genug, und außerdem saß sie zu nah an der Kasse.

So! Ein letzter Blick auf den Wirt, um zu erfahren, ob es endlich an der Zeit war, die Rollläden herunterzulassen. Das war bereits nett, dass sie für drei Gäste so lange gewartet hatten. In den meisten Restaurants von Paris wurden um diese Zeit fieberhaft die Tische für das Festessen gedeckt. Das hier war nur ein kleines Lokal mit festen Preisen, in dem Stammgäste verkehrten, ein schlichtes Restaurant unweit der Place des Ternes, im ruhigsten Teil des Faubourg Saint-Honoré.

An diesem Abend waren nur wenige Gäste gekommen. Sie hatten fast alle Familie oder Freunde. Nur diese drei waren übrig geblieben, zwei Frauen und ein Mann, und der Kellner hatte es nicht übers Herz gebracht, sie hinauszuwerfen. Dass sie so lange an ihren abgeräumten Tischen ausharrten, zeigte nur, dass sie niemand erwartete. Er kurbelte die Rollläden der beiden Fenster herunter, erst links, dann rechts, kehrte zurück, zögerte, den Rollladen der Tür herunterzulassen, was die drei Nachzügler dazu gezwungen hätte, sich beim Verlassen des Lokals zu bücken. Immerhin war es bereits neun Uhr. Die Kasse war gemacht. Madame Bouchet setzte ihren schwarzen Hut auf, zog ihren Mantel an, legte den kleinen Marderkragen um, blickte sich nach ihren Handschuhen um. Der Wirt schlurfte auf und ab. Die große Jeanne rauchte immer noch ihre Zigarette, und das junge Mädchen hatte sich mit dem Lippenstift ungeschickt einen Schmollmund gemalt.

Sie machten zu. Es war spät. Es war an der Zeit. Der Wirt schickte sich an, so freundlich wie möglich sein traditionelles »Meine Damen, meine Herren...« auszusprechen.

Aber bevor er nur eine Silbe sagen konnte, ertönte ein lauter Knall, und der einzige männliche Gast schwankte mit weit aufgerissenen Augen, aus denen, so mochte man meinen, grenzenlose Verwunderung sprach, hin und her, bevor er der Länge nach auf die Bank sank.

Er hatte sich, ohne einen Ton zu sagen, ohne Vorwarnung, in eben dem Moment, wo sie schließen wollten, einfach eine Kugel in die Schläfe geschossen.

»Sie sollten lieber ein paar Minuten warten«, sagte der Wirt zu den beiden Frauen. »An der nächsten Ecke steht ein Polizist. Albert holt ihn gerade.«

Die große Jeanne war aufgestanden, um sich den Toten anzusehen, und zündete sich in der Nähe des Ofens eine weitere Zigarette an. Das junge Mädchen kaute in seiner Ecke an einem Taschentuch und zitterte trotz der Hitze wie Espenlaub.

Der Polizist trat ein, sein mit Regentropfen bedeckter Umhang verbreitete einen Kasernengeruch.

»Kennen Sie ihn?«

»Er kommt seit Jahren täglich zum Essen. Er ist Russe.«

»Sind Sie sicher, dass er tot ist? Dann sollten wir besser auf den Inspektor warten. Ich habe ihn benachrichtigt.«

Sie brauchten nicht lange zu warten. Das Kommissariat war ganz in der Nähe, in der Rue de l'Etoile. Der Inspektor trug einen schlecht geschnittenen oder im Regen eingelaufenen Überzieher und einen farblosen Hut. Er wirkte mürrisch.

»Der erste der Serie!«, knurrte er und beugte sich herab. »Er ist früh dran. Normalerweise kommt das erst um Mitternacht, wenn es überall hoch hergeht.«

Er richtete sich wieder auf, eine Brieftasche in der Hand, öffnete sie und holte einen grünen, dicken Ausweis hervor.

»Alexis Borin, sechsundfünfzig Jahre, geboren in Wilna…«

Er redete halblaut, so wie ein Priester seine Messe liest, wie Albert, wenn er Selbstgespräche führte.

»… ›Hôtel de Bordeaux‹, Rue Brey… Ingenieur… War er Ingenieur?«, fragte er den Wirt.

»Vielleicht war das früher einmal, aber seitdem er bei mir verkehrt, war er Schauspieler. Ich habe ihn mehrmals im Kino wiedererkannt.«

»Zeugen?«, fragte der Inspektor und wandte sich um.

»Ich, meine Kassiererin, der Kellner und diese beiden Damen. Wenn Sie ihre Namen zuerst aufnehmen wollen…«

Der Polizeibeamte stand der großen Jeanne, die wirklich groß war, einen halben Kopf größer als er, unmittelbar gegenüber.

»Aha, du hier? Deine Papiere…«

Sie reichte ihm ihren Ausweis. Er schrieb ab:

»Jeanne Chartrain, achtundzwanzig Jahre, ohne Beruf... Ach nein! Ohne Beruf...?«

»Das haben sie auf dem Rathaus so eingetragen.«

»Und den anderen Ausweis hast du?«

Sie nickte.

»Ist er in Ordnung?«

»Nett wie eh und je«, sagte sie lächelnd.

»Und Sie?«

Er wandte sich an das junge, schlecht geschminkte Mädchen, das zu stammeln begann:

»Ich habe meinen Ausweis nicht dabei. Ich heiße Martine Cornu. Ich bin neunzehn und in Yport geboren...«

Die lange Bohnenstange zuckte zusammen und schaute sie aufmerksamer an. Yport, das war ganz in der Nähe von da, wo sie herkam, keine fünf Kilometer entfernt. Und Cornus gab es in der Gegend wie Sand am Meer. Unter anderem hießen so die Besitzer des größten Cafés von Yport, direkt am Strand.

»Wohnhaft?«, brummelte Inspektor Lognon, der im Viertel nur »Inspektor Griesgram« hieß.

»Ich habe eine möblierte Wohnung in der Rue Brey, Nummer 17.«

»Wir werden Sie wahrscheinlich in den nächsten Tagen vorladen. Sie können gehen.«

Er wartete auf den Krankenwagen. Die Kassiererin fragte: »Kann ich auch gehen?«

»Wenn Sie wollen.«

Während Madame Bouchet das Lokal verließ, rief er die große Jeanne zurück, die zur Tür ging.

»Kanntest du ihn zufällig?«

»Er war mal bei mir, ich hab ihn mal mitgenommen, aber das ist schon eine Weile her. Sechs Monate, mindestens, das war Anfang Sommer... Er gehörte zu der Sorte von Freiern, die zu einer Frau gehen und mehr reden als alles andere, die Fragen stellen und glauben, man sei unglücklich... Seitdem hat er mich nicht mehr gegrüßt, aber er hat mir jedes Mal kurz zugewinkt, wenn er reinkam.«

Das junge Mädchen ging. Die große Jeanne folgte ihr fast auf dem Fuß. Sie trug einen billigen Pelzmantel, der viel zu kurz war. Sie hatte schon immer Sachen getragen, die zu kurz waren, wie ihr jeder sagte, aber sie kleidete sich weiter so, ohne zu wissen, weshalb, und das ließ sie noch größer erscheinen.

»Bei ihr«, das war fünfzig Meter weiter rechts, am dunklen Square du Roule, wo es nur Ateliers und kleine zweistöckige Häuschen gab. Sie hatte eine kleine Wohnung im oberen Stock, eine Wohnung mit einer separaten Treppe und einer Tür zur Straße hinaus, zu der sie einen Schlüssel hatte.

Sie hatte sich an diesem Abend vorgenommen, sofort nach Hause zu gehen. Heiligabend blieb sie nie draußen. Sie war kaum geschminkt, trug ihre schlichtesten Sachen. So dass sie vorhin entsetzt gewesen war, als sich das junge Mädchen die Lippen rot angemalt hatte.

Sie stöckelte mit ihren hohen, auf dem Pflaster klappernden Schuhen einige Schritte auf die Sackgasse zu. Dann spürte sie, dass sie wegen des Russen trübsinnig wurde, sie hatte Lust, durch helle Straßen zu gehen, Leben um sich zu spüren, und so ging sie in Richtung Place des Ternes, wo die breite, glitzernde Straßenschlucht einmündete, die von der Place de l'Etoile herabführte. Die Kinos, die Theater, die Restaurants waren beleuchtet. Spruchbänder in den Fenstern gaben den Preis und die einzelnen Gänge des Heiligabendmenüs an, und auf sämtlichen Türen war das Wort »besetzt« zu lesen.

Die Bürgersteige, auf denen sich so gut wie niemand aufhielt, waren kaum wiederzuerkennen.

Das junge Mädchen schritt zehn Schritte vor ihr her, als wüsste es nicht, wohin es gehen sollte. Von Zeit zu Zeit blieb es vor einem Schaufenster oder an einer Ecke stehen, zögerte, die Straße zu überqueren, schaute sich lange die in der lauwarmen Eingangshalle eines Kinos ausgestellten Fotografien an.

»Man könnte glauben, die geht auch auf den Strich!«

Beim Anblick des Russen hatte Lognon geknurrt:

»Der erste der Serie... Er ist früh dran!«

Vielleicht, weil er das nicht auf der Straße hatte tun wollen, wo es noch trister war, oder in der Einsamkeit seines Hotelzimmers. In dem Restaurant herrschte eine friedliche, fast familiäre Atmosphäre. Man war von bekannten Gesichtern umgeben. Es war warm. Und gerade hatte der Wirt ein Gläschen spendiert.

Sie zuckte die Schultern. Sie hatte nichts zu tun. Sie blieb ebenfalls vor den Schaufenstern stehen, vor den Fotos, das Neonlicht der Leuchtreklame färbte sie mal rot, mal grün, mal violett, und ihr fiel auf, dass das junge Mädchen immer noch vor ihr herging.

Wer weiß, vielleicht hatte sie sie als kleines Mädchen gekannt? Sie war fast zehn Jahre älter. Als sie in den Fischgebieten von Fécamp gearbeitet hatte – damals war sie schon genauso groß, aber noch sehr dünn gewesen –, war sie mit ihren Verehrern sonntags oft nach Yport zum Tanzen gefahren, zuweilen auch in das Café der Cornus, und stets waren die Kinder des Hauses über den Boden gekrabbelt.

»Passt auf die Schnecken auf«, sagte sie zu ihren Begleitern.

Sie hatte die Kinder Schnecken genannt. Auch ihre Geschwister waren Schnecken. Sie hatte sechs oder sieben zu jener Zeit, aber so viele sollten es nicht bleiben.

Das war eine komische Vorstellung, dass das junge Mädchen womöglich eine Schnecke aus dem Café in Yport war!

Über den Geschäften der Avenue waren Wohnungen, und fast alle waren erleuchtet; sie blickte zu ihnen hinauf, hielt den Kopf in den kühlen Nieselregen, und manchmal sah sie Schatten hinter den Vorhängen und fragte sich:

»Was die wohl tun?«

Vermutlich warteten sie, Zeitung lesend, auf Mitternacht, oder sie schmückten den Weihnachtsbaum. Manche Hausherrinnen würden bald Gäste bekommen und sorgten sich nun um ihren Braten.

Tausende von Kindern schliefen oder stellten sich schlafend. Und die Leute, die dicht gedrängt in den Kinos, in den Theatern saßen, hatten fast alle einen Tisch in den Restaurants reserviert oder einen Platz in der Kirche für die Christmette.

Denn auch in den Kirchen musste man seinen Platz reservieren. Wäre sie sonst vielleicht in eine Kirche gegangen?

Die Passanten, denen sie begegnete, waren schon recht fröhlich wirkende Cliquen oder Paare, die, so mochte man meinen, enger umschlungen gingen als an anderen Tagen.

Und jene, die allein waren, schienen es eiliger zu haben als sonst. Man spürte, dass sie irgendwohin gingen, dass jemand auf sie wartete.

Hatte sich der Russe deshalb eine Kugel in den Kopf geschossen? Hatte der griesgrämige Inspektor deshalb verkündet, dass es noch mehr geben werde?

Natürlich, das war der Tag dafür! Die Kleine vor ihr war an der Ecke Rue Brey stehengeblieben. Das dritte Haus war ein Hotel, und dahinter waren weitere, verschwiegene Hotels, die man für eine Weile aufsuchen konnte. Genau dort hatte Jeanne ihren ersten Freier gehabt. Im Nachbarhaus, wahrscheinlich ganz oben – denn monatlich oder wöchentlich wurden nur die schlechtesten Zimmer vermietet –, hatte der Russe bis heute gewohnt.

Was schaute sich die kleine Cornu an? Die dicke Emilie? Die, die kannte nichts, keinen Anstand und keinen Glauben. Sie war da, trotz Weihnachten, und sie machte sich nicht einmal die Mühe, auf und ab zu schlendern, um den Schein zu wahren. Sie stand vor der Türschwelle, unter der Aufschrift »möblierte Zimmer«, die sich über ihren violetten Hut zog. Immerhin, sie war alt, schon über vierzig, sie war füllig geworden, und ihre Füße, nach all der Zeit ebenso empfindlich wie die des Restaurantinhabers, waren es leid, das ganze Fett zu tragen.

»'n Abend, Jeanne!«, rief sie über die Straße.

Die große Jeanne gab keine Antwort. Warum ging sie dem jungen Mädchen nach? Grundlos. Wahrscheinlich nur, weil sie nichts zu tun hatte und weil ihr davor graute, nach Hause zu gehen.

Das Mädchen wusste auch nicht, wohin. Es war mechanisch in die Rue Brey eingebogen und ging mit kleinen, langsamen Schritten voran, eingezwängt in ein blaues, für die Jahreszeit viel zu leichtes Kostüm. Die kleine Cornu war hübsch. Ein dralles Persönchen mit einem kleinen, lustigen Hintern, der beim Gehen hin und her wackelte. In dem Restaurant hatte man ihre hochsitzenden Brüste in dem prallen Mieder sehen können.

»Geschäh dir nur recht, wenn sich einer an dich ranmacht, mein Kleines!«

Vor allem an einem Abend wie diesem, wo sich anständige Leute, die, die eine Familie, Freunde oder auch nur Bekannte haben, nicht auf den Straßen herumtreiben.

Das kleine Dummerchen wusste nichts davon. Vielleicht ahnte sie nicht einmal, was die dicke Emilie vor der Hoteltür machte. Wenn sie an einem Lokal vorbeikam, stellte sie sich mitunter auf die Zehenspitzen und warf einen Blick hinein.

Da! Sie trat ein. Albert hätte ihr besser nichts zu trinken gegeben. Jeanne war es früher genauso gegangen. Wenn sie ein Glas getrunken hatte, brauchte sie noch mehr. Und wenn sie drei Stück getrunken hatte, wusste sie nicht mehr, was sie tat. Das war heute anders, fürwahr! Was konnte sie inzwischen kippen, bis sie ihr Limit erreicht hatte!

Das Lokal hieß ›*Chez Fred*‹. Es hatte eine lange Theke aus Mahagoni mit diesen Barhockern, auf die sich keine Frau setzen kann, ohne viel Bein zu zeigen. Die Bar war so gut wie leer. Nur ein Kerl war da, weiter hinten, ein Musiker oder auch Tänzer, bereits im Smoking, der sicher gleich in einem Kabarett um die Ecke auftreten würde. Er saß vor einem Glas Bier und aß ein Brötchen.

Martine Cornu schwang sich auf einen Hocker in der Nähe des Eingangs, direkt an der Wand. Die große Jeanne ließ sich ein Stück weiter nieder.

»Einen Armagnac«, sagte sie, wo sie einmal damit angefangen hatte.

Das Mädchen schaute sich die Flaschen an, die, von unten angestrahlt, einen Regenbogen mit sanften Farbtönen bildeten.

»Einen Benediktiner…«

Der Barkeeper drückte den Knopf eines Radiogeräts, und eine schnulzige Musik klang durch den Raum.

Warum fragte sie sie nicht, ob sie eine Cornu aus Yport war? In Fécamp gab es ebenfalls einige Cornus, Vettern von denen aus Yport, aber die hatten eine Metzgerei in der Rue du Havre.

Der Musiker – oder Tänzer – im Hintergrund war bereits auf Martine aufmerksam geworden und warf ihr schmachtende Blicke zu.

»Haben Sie Zigaretten da?«

Sie rauchte noch nicht lange. Das sah man daran, wie sie das Päckchen aufmachte, wie sie die Augen zusammenkniff, wenn sie den Rauch ausstieß.

Es war zehn Uhr. Noch zwei Stunden, dann war Mitternacht. Alle Welt würde sich umarmen, küssen. In sämtlichen Radios würden die Strophen von *Minuit, chrétiens* laufen, und alle würden im Chor mitsingen.

Im Grunde war das doch dämlich. Die große Jeanne, die sonst keine Hemmungen hatte, den Erstbesten anzusprechen, fühlte sich unfähig, auf dieses Mädchen zuzutreten, das aus der gleichen Gegend kam, das sie wahrscheinlich gekannt hatte, als es noch ein Kind war.

Dabei wäre das gar nicht peinlich gewesen. Sie hätte ihr gesagt: »Sie sind doch auch allein und wirken niedergeschlagen. Warum verbringen wir Heiligabend nicht gemütlich zusammen?«

Sie wusste sich zu benehmen. Sie würde nicht

von Männern reden, auch nicht von ihrem Gewerbe. Es musste in Fécamp und Yport eine Menge Leute geben, die sie beide kannten und über die sie sich unterhalten konnten. Und warum sollte sie das Mädchen nicht mit nach Hause nehmen? Ihre Wohnung war adrett. Sie hatte lange genug in möblierten Zimmern herumgehangen, um zu wissen, was ein eigenes Eckchen wert war. Sie könnte das Mädchen einladen, ohne rot werden zu müssen, denn in ihren eigenen Wänden empfing sie niemals Männerbesuch. Andere taten das. Die große Jeanne grundsätzlich nicht. Und es gab nicht viele Wohnungen, die so sauber waren wie ihre. Neben der Tür stand sogar ein Paar Filzpantoffeln, in denen sie an regnerischen Tagen über den wie eine Eisbahn gewienerten Boden glitt, um ihn nicht zu beschmutzen.

Sie würden ein, zwei Flaschen kaufen, etwas Gutes und nicht zu Starkes. Einige Feinkostläden waren noch geöffnet, und dort konnte man Pasteten, Hummermuscheln kaufen, köstliche, hübsch angerichtete Speisen, wie man sie nicht alle Tage aß.

Sie beobachtete sie unauffällig. Vielleicht hätte sie sie tatsächlich angesprochen, wenn sich nicht die Tür geöffnet hätte und zwei Männer eingetreten wären, zwei Männer von dem Typ, den Jeanne überhaupt nicht mochte, Kerle, die irgendwo reinkommen und sich umschauen, als gehörte ihnen alles.

»'n Abend, Fred!«, rief der Kleinere, der auch der Dickere war.

Sie hatten die übrigen Gäste schon taxiert. Ein gleichgültiger Blick auf den Musiker hinten, einer auf die große Jeanne, die im Sitzen nicht so eine Hopfenstange abgab wie im Stehen – das war auch der Grund, weshalb sie meist in Bars arbeitete.

Natürlich merkten sie, was sie war. Martine hingegen starrten sie unverhohlen an, setzten sich neben sie.

»Gestatten Sie?«

Das Mädchen rückte näher zur Wand, die Zigarette noch genauso ungeschickt zwischen den Fingern.

»Was trinkst du, Willy?«

»Wie gehabt.«

»Wie gehabt, Fred.«

Typen, die oft einen ausländischen Akzent haben und über Pferderennen oder Automobile reden. Typen, die jemandem nach einer Weile zuzwinkern und ihn in den hinteren Teil des Saals ziehen, um ihm etwas ins Ohr zu flüstern. Und die, ganz gleich, wo sie sind, ständig telefonieren müssen.

Der Barkeeper bereitete ihnen einen komplizierten Cocktail zu, und sie sahen ihm aufmerksam zu.

»Ist der Baron nicht gekommen?«

»Er hat gesagt, einer von euch soll ihn anrufen. Er ist bei Francis.«

Der Dicke ging zur Telefonzelle. Der andere widmete sich Martine.

»Das ist schlecht für den Magen«, behauptete er und ließ ein goldenes Zigarettenetui aufspringen.

Sie schaute ihn überrascht an, und Jeanne hätte ihr am liebsten zugerufen:

»Sei still, Mädchen!«

Wenn sie sich erst einmal auf ein Gespräch einließ, würde es ihr schwerfallen, ihn wieder loszuwerden.

»Was ist schlecht für den Magen?«

Sie fiel darauf rein, blöd, wie sie war. Sie bemühte sich sogar zu lächeln, wahrscheinlich, weil man ihr beigebracht hatte, ein freundliches Gesicht zu machen, wenn man mit Leuten redete, vielleicht auch, weil sie so einem Covergirl zu ähneln glaubte.

»Was Sie da trinken!«

»Das ist ein Benediktiner.«

Sie kam wirklich aus der Gegend um Fécamp! Mit diesem einen Wort glaubte sie alles gesagt zu haben.

»Eben! Davon wird Ihnen todsicher schlecht! Fred!«

»Monsieur Willy?«

»Einen für das Fräulein hier. Einen trockenen.«

»Wird gemacht.«

»Aber...«, versuchte sie zu protestieren.

»Keine Bange, ein Gläschen in Ehren! Heute ist doch Weihnachten, oder?«

Der Dicke, der die Telefonzelle verlassen hatte und vor einem Spiegel seine Krawatte richtete, hatte schon verstanden.

»Wohnen Sie hier in der Gegend?«

»Ich wohne nicht weit von hier.«

»Kellner!«, rief die große Jeanne. »Geben Sie mir das Gleiche.«

»Noch einen Armagnac?«

»Nein. Das Zeug, das Sie gerade ausgeschenkt haben.«

»Einen Side-car?«

»Meinetwegen.«

Sie war grundlos wütend.

»Kleines, das dauert nicht lange, dann kippst du vom Stuhl... Das war schlau von dir!... Konntest du dir nicht ein ordentliches Café aussuchen, wenn du Durst hattest? Oder zu Hause einen trinken?«

Sicher, sie selbst war auch nicht nach Hause gegangen. Dabei war sie es gewohnt, allein zu leben. Aber wer hat schon Lust, Heiligabend nach Hause zu gehen, wenn man weiß, dass einen niemand erwartet und dass man vom Bett aus die Musik und das fröhliche Lärmen sämtlicher Nachbarn hört?

Nicht mehr lang, dann würde eine ungeduldige Menschenmenge aus den Kinos und Theatern strömen und sich auf die unzähligen Tische stürzen, die bis in die entlegensten Viertel, selbst in den modernsten Restaurants, reserviert waren. Ein Festessen, koste es, was es wolle!

Nur dass man als Einzelner keinen Tisch reservieren kann. Wäre das nicht ungerecht gegenüber den andern, die in Gruppen kommen und ihren Spaß haben, sich in eine Ecke zu setzen und ihnen zuzuschauen? Wie sähe das aus? Wie ein Vorwurf! Womöglich würden sie miteinander tuscheln und sich fragen, ob man mit diesem armen Menschen nicht Erbarmen haben und ihn einladen müsste.

Auf die Straße kann man auch nicht mehr gehen, denn dann blicken einem die Polizeibeamten argwöhnisch nach, weil sie befürchten, dass man im Schutz einer dunklen Ecke das Gleiche macht wie der Russe oder dass gleich irgendwer trotz der Kälte in die Seine springen muss, um einen herauszufischen.

»Was sagen Sie dazu?«

»Das ist ja gar nicht so stark.«

Als Tochter eines Gastwirts hätte sie sich etwas besser auskennen müssen. Aber das sagen alle Frauen. Als wären sie ständig darauf gefasst, Feuer zu schlucken. Und wenn das dann nicht so stark ist, wie sie gedacht haben, hegen sie kein Misstrauen mehr.

»Sind Sie Verkäuferin?«

»Nein.«

»Sekretärin?«

»Ja.«

»Schon lange in Paris?«

Er hatte ein Gebiss wie ein Filmstar und zwei kleine Kommas als Schnurrbart.

»Tanzen Sie gern?«

»Hin und wieder.«

Wirklich sehr schlau! Was für ein Vergnügen, einen derartigen Schwachsinn mit solchen Typen zu reden! Womöglich glaubte die Kleine am Ende, sie habe Männer von Welt vor sich. Wahrscheinlich blendete sie das goldene Etui mit den ägyptischen Zigaretten, die man ihr anbot, ebenso der dicke, mit einem Diamanten verzierte Ring ihres Nachbarn.

»Fred, bring uns noch einen.«

»Danke, für mich nicht. Außerdem ist es Zeit, dass ich…«

»Zeit wofür?«

»Wie bitte?«

»Zeit, dass Sie…? Was haben Sie vor? Sie werden doch nicht Heiligabend um halb elf schlafen gehen!«

Merkwürdig! Wenn man eine solche Szene

sieht, ohne daran beteiligt zu sein, findet man das zum Heulen. Aber wenn man selbst mitspielt…

»Dumme Gans!«, knurrte die lange Jeanne, die eine Zigarette nach der andern rauchte und die drei Personen nicht aus den Augen ließ.

Natürlich wagte Martine nicht zuzugeben, dass sie tatsächlich schlafen gehen wollte.

»Haben Sie eine Verabredung?«

»Sie sind neugierig.«

»Ein Verehrer?«

»Was haben Sie damit zu tun?«

»Na ja, es würde mir großen Spaß machen, wenn er warten müsste!«

»Warum?«

Die große Jeanne hätte jede Antwort voraussagen können. Sie kannte sie auswendig. Sie hatte den Blick in Richtung Barkeeper bemerkt, ein Blick, der besagte:

»Eine stärkere Dosis!«

Aber so weit, wie sie jetzt war, hätte man der einstigen Schnecke aus Yport den härtesten Cocktail der Welt vorsetzen können, sie hätte ihn süß gefunden. Waren ihre Lippen nicht schon geschminkt genug? Nein? Sie verspürte das Bedürfnis, noch dicker aufzutragen, um ihre Tasche zu öffnen, um zu zeigen, dass das ein Lippenstift von Houbigant war, und auch wegen des Gesichts, das man dann zieht, denn die Frauen halten sich für unwiderstehlich, wenn sie ihre Lippen diesem indezenten kleinen Stift nähern.

»Toll siehst du aus! Wenn du dich im Spiegel begucken würdest, könntest du sehen, wer hier wie eine Hure aussieht!«

Nicht ganz, denn das merkt man nicht nur an einem bisschen Schminke mehr oder weniger. Der Beweis war, dass die beiden Männer nur einen Blick gebraucht hatten, um die große Jeanne zu beurteilen.

»Kennen Sie das ›Monico‹?«

»Nein. Was ist das?«

»Du, Albert, sie kennt das ›Monico‹ nicht!«

»Ich lach mich tot!«

»Und Sie tanzen gern? Aber mein Kleines...«

Auch dieses Wort hatte Jeanne erwartet, aber nicht so früh. Der Mann kam schnell zur Sache. Er drückte bereits sein Bein gegen das des Mädchens, das sich dem nicht entziehen konnte, da es zu eng an der Wand saß.

»Das ist eins der tollsten Nachtlokale von Paris. Nur Stammgäste. Jazz, Bob Alisson. Bob kennen Sie auch nicht?«

»Ich gehe nicht oft aus.«

Die beiden Männer zwinkerten einander zu. Auch das war unvermeidlich. In einigen Minuten würde der kleine Dicke eine dringende Verabredung vortäuschen, damit sein Kumpan freie Bahn hatte.

»Nicht mit mir, Kinder!«, beschloss die große Jeanne.

Sie hatte ebenfalls getrunken, drei Gläser nacheinander, die Gläschen im Restaurant nicht mitgerechnet. Sie war nicht betrunken, sie wurde es nie so ganz, aber allmählich maß sie gewissen Dingen Bedeutung bei.

Zum Beispiel, dass dieses trottelige Mädchen aus der gleichen Gegend kam wie sie, dass sie eine Schnecke war. Und auch an die dicke Emilie musste sie denken, die vor der Hoteltür Wurzeln schlug. In dem gleichen Hotel, wenn auch nicht Heiligabend, war sie zum ersten Mal mit jemandem nach oben gegangen.

»Hätten Sie vielleicht Feuer für mich?«

Sie war von ihrem Hocker gestiegen und mit einer Zigarette im Mundwinkel auf den Kleineren der beiden Männer zugegangen.

Er wusste ebenfalls, was das hieß, und er war keineswegs begeistert, er musterte sie kritisch von Kopf bis Fuß. Im Stehen war er bestimmt einen Kopf kleiner als sie, und sie hatte einen Gang wie ein Junge.

»Wollen Sie mir nicht ein Glas spendieren?«

»Wenn Sie unbedingt wollen… Fred!«

»Habe verstanden.«

Die dumme Gans schaute sie währenddessen mit

einem fast empörten Gesichtsausdruck an, als hätte man versucht, ihr etwas zu stehlen.

»Sagt mal, Kinder, ihr seid aber gar nicht lustig!«
Eine Hand auf der Schulter ihres Nachbarn, begann sie den Refrain mitzugrölen, der gedämpft im Radio lief.

»Du Flittchen!«, sagte sie sich alle zehn Minuten. »Nicht zu fassen...«

Das Merkwürdigste war, dass die kleine Hure sie weiterhin mit tiefster Verachtung anschaute.

Dabei war Willys Arm vollständig hinter Martines Rücken verschwunden, und die Hand mit dem diamantverzierten Siegelring quetschte sich gegen ihr Oberteil.

Sie lümmelte sich, anders konnte man es nicht nennen, auf der knallroten Sitzbank des ›Monico‹, und er brauchte ihr sein Glas nicht in die Hand zu drücken, sie selbst verlangte häufiger danach, als gut für sie war, und leerte den prickelnden Champagner in einem Zug.

Nach jedem Glas brach sie in ein lautes Kichern aus und schmiegte sich noch enger an ihren Begleiter.

Es war noch nicht Mitternacht! Die meisten Tische waren frei. Mitunter war das Paar allein auf der Tanzfläche, und Willy steckte seine Nase in die kurzen Haare seiner Partnerin, fuhr mit seinen Lippen über ihre zarte Haut.

»Du bist sauer, was?«, sagte Jeanne zu ihrem Nachbarn.

»Wieso?«

»Weil du nicht das große Los gezogen hast. Bin ich dir zu groß?«

»Ein wenig.«

»Im Liegen fällt das nicht auf.«

Diesen Satz hatte sie schon tausendmal gesagt. Das war fast ein Wahlspruch, nicht minder idiotisch als das Süßholz, das die beiden anderen raspelten, aber zumindest machte sie das nicht zum Vergnügen.

»Findest du das lustig, Heiligabend?«

»Nicht besonders.«

»Meinst du, es gibt Leute, die sich wirklich amüsieren?«

»Sieht so aus…«

»In dem Restaurant, in dem ich vorhin gegessen habe, hat sich einer erschossen, ganz freundlich, mit einem Gesicht, als wollte er sich dafür entschuldigen, dass er uns störte und den Boden dreckig machte.«

»Hast du nichts Lustigeres zu erzählen?«

»Dann bestell noch 'ne Flasche. Ich hab Durst.«

Das war die einzige Lösung. Die Schnecke restlos

betrunken machen, wenn sie partout nichts verstehen wollte. Bis ihr richtig übel wurde, bis sie sich erbrach, bis es keine andere Möglichkeit mehr gab, als sie ins Bett zu stecken.

»Auf Ihr Wohl, junges Mädchen! Und auf alle Cornus in Yport und Umgebung.«

»Kommen Sie aus der Gegend?«

»Aus Fécamp. Eine Zeitlang bin ich jeden Sonntag nach Yport tanzen gefahren.«

»Schluss damit!«, schnitt ihr Willy das Wort ab. »Wir sind nicht hier, um Familientratsch zu erzählen...«

In der Bar an der Rue Brey hätte man meinen können, jedes weitere Glas müsse der Kleinen den Rest geben. Genau das Gegenteil trat ein. Vielleicht hatten sie die wenigen Minuten an der Luft wieder auf die Beine gebracht. Oder lag es an dem Champagner? Je mehr sie trank, um so wacher wurde sie. Aber das war nicht mehr das junge Mädchen aus dem kleinen Restaurant.

Willy steckte ihr inzwischen seine angezündeten Zigaretten in den Mund, und sie trank aus seinem Glas. Widerwärtig! Und diese Hand, die unablässig über ihr Oberteil und ihren Rock strich!

Noch ein paar Minuten, dann würde sich alle Welt umarmen, dieser widerliche Kerl würde seine Lippen auf die Lippen des Mädchens pressen, das dumm genug wäre, in seinen Armen zu vergehen.

»So sind wir in diesem Alter! Man sollte Weihnachten verbieten...«

Und alle anderen Feste auch! Nicht Martine, sondern Jeanne verschwamm allmählich alles vor den Augen.

»Sollen wir das Lokal wechseln?«

Vielleicht würde die frische Luft diesmal das Gegenteil bewirken und Martine endlich schlappmachen. Aber nicht, dass dann dieser miese Gigolo auf die Idee kam, sie nach Hause zu fahren und mit ihr hochzugehen!

»Wir fühlen uns wohl hier...«

Und Martine, die ihre Begleiterin misstrauisch anschaute, redete leise mit ihrem Nachbarn. Wahrscheinlich sagte sie ihm: »Was mischt die sich ein? Wer ist das? Die sieht aus wie eine...«

Plötzlich setzte die Jazzmusik aus. Es folgte eine kurze Pause. Einige Leute standen auf.

Minuit, chrétiens, ertönte es.

Aber ja, hier auch! Und Martine fand sich plötzlich an Willys Brust wieder, ihre Körper waren von den Füßen bis zur Stirn wie verwachsen, ihre Lippen skandalös aufeinandergedrückt.

»Sagt mal, ihr Ferkel!«

Die große Jeanne schritt auf sie zu, mit kreischender, vulgärer Stimme, und sie bewegte sich wie ein Hampelmann mit ausgerenkten Gliedern.

»Lasst ihr den andern gar nichts übrig?«

Und mit lauterer Stimme:

»Los, Kleine, du könntest mal 'n bisschen Platz machen!«

Sie rührten sich immer noch nicht, und sie packte Martine an der Schulter, zog sie nach hinten.

»Hast du nicht verstanden, du Flittchen? Meinst du, dein Willy gehört dir allein? Und was, wenn ich eifersüchtig wäre?«

Die Leute an den anderen Tischen hörten ihnen zu, sahen herüber.

»Bis jetzt hab ich nichts gesagt. Ich hab euch in Ruhe gelassen, weil ich ein braves Mädchen bin. Aber dieser Mann, der gehört mir...«

»Was sagt die da?«, wunderte sich das Mädchen.

Willy versuchte vergeblich, sie zurückzudrängen.

»Was ich da sage? Was ich da sage? Ich sage, dass du ein mieses Flittchen bist und dass du ihn mir weggenommen hast. Ich sag dir, so läuft das nicht, und ich werd dir deine hübsche, kleine Fresse polieren. Ich sag dir... Da! Das kannst du als Anzahlung haben!... Und das!... Und das auch!...«

Sie ging rücksichtslos zu Werke, sie schlug, kratzte, packte ganze Haarbüschel, während man vergeblich versuchte, die beiden zu trennen.

Sie war stark wie ein Mann, die große Jeanne.

»Du hast mich wie das letzte Miststück behandelt! ... Ah, wenn du Streit suchst ...«

Martine wehrte sich, so gut sie konnte, sie kratzte ihrerseits, biss der anderen, die ihr ins Ohr kniff, sogar mit ihren kleinen Zähnen in die Hand.

»Aber meine Damen ... meine Herrn ...«

Und wieder erklang Jeannes schrille Stimme, Jeanne, die jetzt dazu überging, den Tisch umzuwerfen. Gläser, Flaschen zerbrachen. Frauen liefen davon, schrien Zeter und Mordio, während es der großen Jeanne endlich gelang, dem Mädchen ein Bein zu stellen und es zu Boden zu werfen.

»Ah, du wolltest Streit ... Na gut, jetzt hast du ihn ...«

Sie wälzten sich auf dem Boden, in den Glassplittern, rangen miteinander, bluteten.

Die Kapelle spielte so laut wie möglich ihr *Minuit, chrétiens*, um die Schreie zu übertönen. Einige Leute sangen weiter. Endlich öffnete sich die Tür. Zwei Polizisten traten ein, gingen geradewegs auf die kämpfenden Frauen zu.

Ohne viel Zartgefühl traten sie mit ihren Schuhen auf sie ein.

»Aufstehen!«

»Diese Schlampe hat ...«

»Ruhe! Das können Sie auf der Wache erzählen.«

Die beiden Herren, Willy und sein Kumpan, waren wie vom Erdboden verschluckt.

»Folgen Sie uns.«

»Aber...«, protestierte Martine.

»Schluss jetzt! Kein Wort mehr!«

Die große Jeanne schaute sich nach ihrem Hut um, den sie während der Rauferei verloren hatte. Vom Bürgersteig aus rief sie dem Kellner zu:

»Leg meinen Hut beiseite, Jean. Ich hol ihn morgen ab. Er ist so gut wie neu.«

»Wenn Sie nicht bald ruhig sind...«, sagte einer der Beamten und schwenkte ein Paar Handschellen.

»Schon gut, du Blödmann! Wir werden ganz brav sein!«

Das Mädchen musste sich aufstützen. Jetzt erst wurde ihr plötzlich schlecht. Sie mussten in einer dunklen Ecke stehenbleiben, damit Martine sich an einer Mauer übergeben konnte, auf der in weißen Buchstaben stand: »Urinieren verboten!«

Sie weinte, eine Mischung aus Schluchzen und Schluckauf.

»Ich weiß nicht, was in sie gefahren ist. Wir haben uns friedlich amüsiert...«

»Von wegen!«

»Ich hätte gern ein Glas Wasser.«

»Auf der Wache bekommen Sie eins.«

Das war nicht weit, in der Rue d l'Etoile. Und

ausgerechnet Lognon, der griesgrämige Inspektor, war noch im Dienst. Er hatte eine Brille aufgesetzt. Wahrscheinlich war er im Begriff, seinen Bericht über den Tod des Russen abzufassen. Er erkannte Jeanne, dann das Mädchen, betrachtete sie verständnislos.

»Kennen Sie sich?«

»Und ob, Kumpel!«

»Du bist ja sternhagelvoll«, herrschte er die große Jeanne an. »Und was ist mit der anderen ...?«

Einer der Polizisten erklärte:

»Sie lagen beide im ›Monico‹ auf dem Boden und haben sich die Augen ausgekratzt.«

»Monsieur ...«, versuchte Martine zu protestieren.

»Schon gut! Steckt sie zu den anderen, bis der Wagen kommt.«

Auf der einen Seite waren die Männer, nicht viele, die meisten Clochards, auf der anderen Seite – weiter hinten, durch einen Lattenzaun von ihnen getrennt – die Frauen. Bänke an den Wänden. Eine kleine Blumenverkäuferin mit Tränen in den Augen.

»Was hast du denn verbrochen?«

»Sie haben Kokain in meinen Sträußen gefunden. Das war ich nicht ...«

»Im Ernst?«

»Was ist denn das für eine?«

»Eine Schnecke.«

»Eine was?«

»Eine Schnecke. Verstehst du nicht? Da, jetzt fängt sie wieder an zu reihern. Das wird hier richtig schön duften, wenn die grüne Minna zu spät kommt!«

Um drei Uhr morgens waren es gut hundert, die am Quai de l'Horloge in Polizeigewahrsam genommen worden waren. Auch hier auf der einen Seite die Männer, auf der anderen die Frauen.

In Tausenden von Häusern wurde sicher immer noch vor dem Weihnachtsbaum getanzt, und mehr als einer hatte sich vor lauter Truthahn, Gänseleber und Blutwurst den Magen verdorben. Die Restaurants und Cafés würden erst am frühen Morgen schließen.

»Haste endlich kapiert, du Dummerchen?«

Martine lag zusammengerollt auf einer Bank, die ebenso abgenutzt war wie eine Kirchenbank. Ihr war immer noch übel, sie sah angegriffen aus, ihr Blick war leer, ihre Mundwinkel hingen nach unten.

»Ich weiß nicht, was ich Ihnen getan habe.«

»Nichts hast du mir getan, Schnecke.«

»Sie sind eine ...«

»Pst! Sprich das lieber nicht aus, hier sind nämlich ein paar Dutzend, die gerben dir womöglich das Fell.«

»Ich hasse Sie.«

»Vielleicht hast du recht. Trotzdem würdest du dumm aus der Wäsche gucken, wenn du jetzt in einem Hotelzimmer in der Rue Brey wärst.«

Man spürte, dass sich das Mädchen Mühe gab, ihr zu folgen.

»Komm, bemüh dich nicht! Glaub mir, wenn ich dir sage, dass du hier besser aufgehoben bist, auch wenn das ungemütlich ist und nicht besonders gut riecht. Um acht Uhr wird dir der Kommissar eine kleine Predigt halten, dass dir nur recht geschehen ist, und dann kannst du mit der Metro zur Place des Ternes fahren. Mich lassen sie bestimmt untersuchen, und wahrscheinlich nehmen sie mir für acht Tage meine Karte ab.«

»Ich verstehe nicht, was Sie meinen.«

»Gib's auf! Glaubst du, das wäre schön gewesen mit diesem Typen, und obendrein noch Weihnachten? Hmm? Morgen früh wärst du ganz stolz auf deinen Willy! Und glaubst du, die Leute haben sich nicht vor dir geekelt, als du an der Brust dieses Ganoven geschnurrt hast? Jetzt kannst du von Glück reden. Du darfst dich bei dem Russen bedanken!«

»Warum?«

»Ich weiß nicht. Nur so ein Gedanke. Zum einen, weil ich seinetwegen nicht nach Hause gegangen bin. Und dann, weil ich durch ihn vielleicht Lust bekommen habe, einmal in meinem Leben Weihnachtsmann zu spielen. Jetzt rück mal zur Seite, damit ich auch ein wenig Platz habe...«

Dann, schon halb eingeschlafen:

»Stell dir vor, jeder spielt mal den Weihnachtsmann...«

Ihre Stimme wurde schwächer, während ihr die Augen zufielen.

»Stell dir vor, ich sag dir... Nur ein einziges Mal... Bei all den Menschen, die auf der Erde leben...«

Schließlich mürrisch, den Kopf auf Martines Oberschenkel, der ihr als Kopfkissen diente:

»Versuch mal, nicht ganz so rumzuzappeln.«

Maarten 't Hart
Klirr, Gläschen, klirr

Früher wartete ich sehnsüchtig auf die dunklen Tage vor Weihnachten. Nur selten fror es. Meistens hingen die dunkelgrauen Wolken bis auf die spitzen Dächer herab. Oft fiel ein feiner Nieselregen. Wenn es denn überhaupt hell gewesen war, begann es nachmittags um drei wieder zu dämmern. Mit einem Regenschirm bewaffnet stand ich dann in der Diele unseres Hauses und wartete auf den goldenen Augenblick, in dem die Straßenlampen angingen. Wenn es so weit war, öffnete ich vorsichtig die Haustür. Ich spannte den Regenschirm auf und trat wagemutig hinaus auf den Bürgersteig. Mein Herz pochte ohrenbetäubend, und das Blut rauschte in meinen Ohren. Aber dennoch ging ich, auf meinen hohen Absätzen schwankend, los.

Es passierte nie etwas. Von den Passanten hatte ich nichts zu fürchten. Niemand sah mich merkwürdig an, zeigte auf mich oder rief mir hinterher. Einmal spazierte ich an drei Kindern vorüber, die sich mitten auf der Straße über eine Kuhle mit Murmeln beugten. Eines, ein kleiner Junge, sah geistesabwesend auf und sagte ganz nebenbei: »He, da kommt ein Mann, der sich als Frau verkleidet hat«, und stürzte sich dann wieder auf seine Murmeln. Die beiden anderen Kinder schauten nicht einmal auf.

Trotzdem habe ich mich in jenem Murmeljahr an den dunklen Tagen vor und nach Weihnachten nicht wieder als Frau auf die Straße gewagt. Verzweifelt fragte ich mich, woran es bei meiner Vermummung haperte, dass ein Murmeln spielendes Bürschchen mich so schnell durchschaute. Ich nahm jedes Detail meiner Verkleidung unter die Lupe. Nachdem ich von Perücke bis Absatz zahlreiche Verbesserungen angebracht hatte, sah ich wieder sehnsüchtig den dunklen Dezembertagen entgegen.

Als es erneut so weit war, und der Nieselregen mir wieder eine Ausrede verschaffte, meinen schützenden Schirm aufzuspannen, machte ich mich zwei Tage vor Weihnachten frauenhaft auf den Weg. Ich schlenderte über die Straßen entlang der Grachten, betrachtete die Spiegelungen der Straßenlampen im dunklen Wasser und näherte mich allmählich den festlich beleuchteten Einkaufsstraßen. Sollte ich es wagen, mich unter die Passanten zu mischen? Es nieselte immer noch, ich hielt den Schirm schräg vor mein Gesicht und bog in die hell erleuchtete Haarlemmerstraße ein.

Es sah so aus, als schlenderten dort sämtliche Einwohner Leidens auf und ab. Plötzlich befand ich mich zwischen bummelnden Hausfrauen vor geschmückten Schaufenstern. Alles ging gut, ich blieb am Leben, hörte das Klappern meiner Stiefelabsätze auf dem Pflaster und fühlte, wie der kalte Wind an meiner Strumpfhose vorbeistrich. Ich ging die ganze Straße entlang, wobei meine Enttäuschung darüber wuchs, dass mich niemand beachtete.

Als ich den armseligen Grachtenkomplex erreichte, der in Leiden zu Unrecht »der Hafen« heißt, blieb ich eine Weile am Ufer stehen, um mich abzukühlen. Ein rauher Wind fuhr über meine erhitzten Wangen. Durch die Herrengracht fuhr ein über die Toppen geflaggtes Boot. Der Mann am Ruder sah zu mir hoch, lächelte charmant, deutete einladend auf eine Sitzbank auf dem Achterdeck und rief: »Willste mitfahren?«

»Ein andermal«, erwiderte ich.

»Ich werd dich daran erinnern«, rief der Steuermann.

Durch diesen Flirt übermütig geworden, wagte ich mich erneut in die Haarlemmerstraße. Wieder taperte ich an den erleuchteten Schaufenstern entlang und dachte an das, was Flip Schrameyer geschrieben hat: »Den größten Spaß machte mir die Travestie. Wenn ich mich an zwei Regeln hielt, wirkte ich schon sehr überzeugend: Eine Frau schaut immer verwundert und hält beim Gehen die Knie möglichst zusammen.«

Wegen meiner Knie machte ich mir keine Sorgen. Die wurden durch meinen engen Rock sowieso zusammengehalten. Aber schaute ich verwundert genug? In jedes Schaufenster warf ich einen fragenden Blick. Mit hochgezogenen Augenbrauen simulierte ich möglichst großes Erstaunen. Vor welchem Geschäft wurde mir bewusst, dass mir jemand folgte? Vor dem Schaufenster des Bodyshops?

Dort blieb ich jedenfalls stehen. Prompt waren auch die Schritte hinter mir nicht mehr zu hören. Ich ging ein kleines Stück weiter. Ja, da waren auch die Schritte wieder zu hören. Eine leichte Panik erfasste mich. Mein erster Gedanke war, durch eine der vielen kleinen Seitenstraßen zu entwischen. Doch dann fiel mir ein: In einer solch schmalen Gasse war es für meinen Verfolger viel leichter, mich zu belästigen. Bleib in der Menge.

Wieder blieb ich stehen, das bedrohliche Geräusch der Schritte verstummte sofort. Ich beugte mich vor und betrachtete die Schaufensterauslage. Ich sah Decken, Kissen, Bezüge, und mir wurde klar: Ich stehe vor einem Matratzengeschäft.

»Na, Mädchen«, ertönte eine Stimme, »suchst du ein warmes Bett?«

Ich wagte nicht aufzuschauen, sondern starrte aufmerksam auf das Karomuster einer AaBee-Decke, und hörte wie die Stimme fortfuhr: »Ganz schön kalt, findest du nicht? Kein Wetter für einen Weißen. Heute kommt wieder so ein elender Nieselregen vom Himmel, bei dem man am besten drinnen bleibt und eine Erbschaft verteilt, tja, aber vielleicht immer noch besser als dieser eisige Nordostwind, der einem durch Mark und Bein geht.«

»Das kann man wohl sagen«, stotterte ich und dachte: Möglichst weit vorn im Mund reden und am Ende des Satzes die Stimme in die Höhe gehen lassen.

»Na, Gott sei Dank, du sagst etwas«, frohlockte der Mann, »und ich dachte schon: Das ist so eine Schüchterne, die aus irgendeinem Bauerndorf kommt. Die traut sich in der großen Stadt nicht, den Mund aufzumachen.«

Vorsichtig schaute ich unter dem Schirm zur Seite. Neben mir stand ein Mann in meinem Alter, vielleicht ein wenig älter. Der Körper gedrungen. Ein freundliches, vom Wetter deutlich gegerbtes Gesicht. Die Haare wuchsen ihm nicht auf dem Kopf, sondern an der Seite. Ein Stoppelbart, der ein paar Tage alt war.

»Na, gefall ich dir?«, fragte er.

Erschrocken wandte ich den Blick wieder ab. Er sagte: »Sei nicht so prüde, schau mich ruhig an, ich bin nicht mehr so anmutig wie in meines Lebens Frühlingstagen, aber es gibt mehr als genug in meinem Alter, die noch hässlicher sind. Und außerdem, denk einfach: Du siehst das Gesicht, nicht den Menschen, du siehst das Äußere, nicht den Charakter. Und ich kann dir versichern, ein feiner besaiteter Mann ist dir nie über den Weg gelaufen.«

Ich ging weiter. Als sei das ganz selbstverständlich, ging der Mann neben mir her. Er fragte: »Und? Was machst du so über Weihnachten? Zu Hause mit Mann und Kindern unter dem Weihnachtsbaum? Oder hast du keinen Mann?«

»Ich habe keine Kinder«, erwiderte ich schlau, um einer Antwort auf die letzte Frage aus dem Weg zu gehen.

»Ich auch nicht«, sagte der Mann, »und das bedauere ich sehr. Ich hätte schon gern ein paar gehabt. Und wenn es nur eine einzige Tochter wäre. Dann hätte ich zumindest jemanden, der ab und zu die Fenster von außen putzt.«

Wir kamen an einem Geschäft vorbei, in dessen Schaufenster Bilder von sehr hübschen, jungen, dunkelhäutigen Frauen hingen.

»Schön, nicht?«, sagte der Mann. »Besser als diese Nackteweiberkunst, die man heutzutage überall in den Galerien sieht. Das sollte verboten werden, was hat man davon, wenn alles erlaubt ist? Verbote steigern doch gerade erst den Genuss.«

Wir gingen eine Weile schweigend nebeneinander her. Ich spürte die ersten Zeichen einer beginnenden Verzweiflung in mir. Wie konnte ich meinen Begleiter loswerden? Der Mann sagte: »Wenn ich dir mit einer freimütigen Äußerung nicht lästig falle, dann würde ich dir gern sagen, dass du eine verdammt attraktive Frau bist. Zwar bist du ziemlich groß, doch wenn du unter dem Weihnachtsbaum hockst, fällt das nicht weiter auf. Hast du nicht Lust, am zweiten Feiertag vorbeizukommen, um unter dem Weihnachtsbaum ein bisschen rumzumachen? Es sind und bleiben verdammt schwere Tage, wenn man allein ist, und wenn du zufällig nichts anderes vorhast, dann bist du herzlich willkommen. Aber ich gehe davon aus, dass eine Frau von deinem Format für diese Tage längst einen zum Deckel passenden Topf gefunden hat.«

»Du meinst wohl einen Kochtopf«, murmelte ich mit gespitzten Lippen und möglichst hoher Stimme.

»Genau das habe ich befürchtet«, sagte der Mann. »Und was soll ich machen? Meine Verwandten besuchen? Die kriegen ja schon einen Schreck, wenn sie nur meine Zehen erblicken, und sie danken Gott, wenn sie meine Fersen sehen.«

Missmutig strich er mit der linken Hand über seinen Stoppelbart. Er fragte: »Lust auf eine Tasse Kaffee? Oder einen Rachenputzer?«

»Nein, danke, für mich nicht«, sagte ich, »und außerdem ist es höchste Zeit nach Hause zu gehen.«

»Nach Hause? So plötzlich? Und warum gehst du dann zuerst die ganze Haarlemmerstraße rauf und anschließend wieder runter?«

»Ich suche ein bestimmtes Geschäft«, sagte ich.

»Was für ein Geschäft?«

»Ein Geschäft, in dem man Bibeln kaufen kann.«

»O Herr, du mein Gott, du bist doch nicht etwa religiös? Ich hab mal von einem flotten Käfer gehört, der zu seinem Macker sagte: Du bist nicht religiös genug. Woraufhin der Typ antwortete: Dann mach doch dem Papst den Hof.«

Er schwieg einen Moment und fügte dann bekümmert hinzu: »Ja, ja, es gibt welche, die würden dem Papst sogar die Pantoffeln küssen, nein, nein, es ist schrecklich.«

Ich erwiderte nichts, und er sagte: »Musst du für Weihnachten wirklich eine Bibel haben. Warte, ich kenne da ein Geschäft, äh, wo war es auch gleich wieder … die evangelische Buchhandlung, guter Gott, wo war die auch gleich wieder …«

Er stampfte mit seinem rechten Fuß auf: »Verdammt ärgerlich, dass ich zu Hause keine Bibel mehr habe, ich hätte sie dir gern gegeben, aber ich habe sie komplett aufgeraucht.«

»Aufgeraucht?«, fragte ich erstaunt.

»Ja, diese hauchdünnen Seiten... es gibt nichts Besseres, um Zigaretten zu drehen... Aber sag, was willst du bloß mit einer Bibel? Meinst du etwa, du kommst unter dem Weihnachtsbaum nicht ohne sie aus? Ich kann dir versichern, das Ding bringt dir nichts, wenn du diese Zeit ein wenig begreifen willst, da steht nichts drin... Ich weiß nicht, wie es dir geht, ich jedenfalls werde absolut nicht mehr schlau aus dem, was in der Welt so los ist, bei allem hab ich den Anschluss verpasst, E-Mail, Internet, Websites... sogar in meiner Firma ist dieser Krempel inzwischen schon bis ins Lager vorgedrungen... Du denkst, du bist nur ein kleiner Ladeninhaber... Du glaubst, Hauptsache, ich habe Muskeln und kann ordentlich was heben... Nichts davon, um E-Mail kommt man nicht herum. Hast du E-Mail?«

»Nein«, sagte ich.

»Na, da sei mal froh, aber du siehst, wir passen durchaus zusammen, wir sind noch vom alten Schlag. Hast du wirklich keine Lust auf einen Schnaps?«

»Nein, ich muss nach Hause.«

»Nach Hause, was soll das, erzähl keinen Quatsch, du wolltest eine Bibel kaufen, nun, lass uns dann... Moment, ist der Laden nicht an der Herrengracht... ja, ja, jetzt weiß ich's wieder, da ist er, ich hätte es wissen müssen, die Gracht des Herrn, wir müssen zurück.«

Er legte einen Arm um meine Schulter. Fast hatte ich das Gefühl, als höbe er mich hoch. Plötzlich bemerkte ich, dass mein Körper eine halbe Umdrehung gemacht hatte. Ich schaute nun wieder in Richtung des Hafens.

»Viel Speck hast du nicht auf den Rippen«, sagte der Mann.

»Ich will überhaupt nicht zurückgehen«, sagte ich, »ich muss nach Hause, aber zuerst möchte ich noch in ein Strumpfgeschäft am Anfang der Straße.«

»Na, dann dreh ich dich doch einfach wieder um.«

Erneut wurde ich wie ein Umzugskarton hochgehoben. Ich wollte rufen: »Lass das!«, doch schon schaute ich wieder in die entgegengesetzte Richtung.

»Na, da hast du dich aber erschreckt, was?«, sagte der Mann zufrieden. »Du siehst aus wie ein Kaninchen in der Blendlaterne. Das bist du sicher nicht gewöhnt, mal kurz hochgehoben zu werden. Aber das ist doch... Mein Vater sagte immer: Wenn du willst, dass der Vogel übers Seil kommt, musst du ihm zeigen, dass du stark bist.«

Wer nicht stark ist, muss schlau sein, dachte ich. Dann überlegte ich: Wie werde ich in Gottes Namen diesen Ladeninhaber los? Entschlossen stiefelte ich los, und der Mann folgte mir auf dem Fuß, und so gingen wir im Sauseschritt die Haarlemmerstraße entlang, bis wir beim Warenhaus Hema ankamen.

»Hier muss ich kurz was besorgen«, sagte ich, und er erwiderte: »Nur zu, Mädchen, ich warte kurz auf dich.« Ich betrat das Geschäft. Nie zuvor hatte ich dergleichen als Frau verkleidet gemacht, aber es passierte nichts. Die Hema-Kunden gingen in ihren Wintermänteln an mir vorüber, ohne mich auch nur eines Blickes zu würdigen. Während ich zwischen der hoch hängenden Damenunterwäsche entlangging und dadurch den Blicken entzogen war, lernte ich en passant etwas hinzu. In großen Geschäften wie Hema und Vroom & Dreesmann sind die meisten Kunden so konzentriert damit beschäftigt, Sachen zu suchen, dass sie kaum ein Auge für ihre Mitkunden haben. In Warenhäusern ist man komischerweise sicherer als auf der Straße.

Ich ging durch das Geschäft, schlenderte an den berühmten Würsten vorbei, schaute zum Ausgang hinüber. Der Mann stand immer noch draußen und spähte nach drinnen. Er sah mich nicht, würde mich aber ganz bestimmt entdecken, wenn ich mich wieder ins Freie wagte. Was tun? Endlos lang zwischen den Regalen umhergehen?

Ich dachte an das, was mein Vater oft gesagt hatte: »Du kennst das ja, wenn irgendwo KEIN AUSGANG steht, dann heißt das, dass man dort ganz einfach nach draußen gelangen kann.« In Kinos hatte sich das immer als zutreffend erwiesen. Ob das hier auch so war? Ich suchte nach einem Schild mit der Aufschrift KEIN AUSGANG. Leider konnte ich nirgendwo eins entdecken.

Während ich so herumging, verspürte ich auch so etwas wie Triumphgefühl. Nicht eine Sekunde hatte dieser Möbelpacker daran gezweifelt, dass ich eine Frau war. Ich ging an einem Spiegel vorüber, sah mich selbst und dachte: Aber ich sehe auch wirklich ziemlich gut aus, ein bisschen groß für eine Frau, und vielleicht habe ich für eine Dame ein etwas grobschlächtiges Gesicht, aber mein Augenaufschlag … Ganz schön komisch, dass ich, wenn ich eine Perücke trage, den Augenaufschlag meiner Mutter erblicke, während ich doch ganz offensichtlich die Augen meines Vaters habe, wie rätselhaft.

Ich linste wieder zum Ausgang hinüber. Der Mann stand nicht mehr dort, doch bevor sich Erleichterung einstellen konnte, sah ich ihn zwischen den Regalen näherkommen. Er sah mich nicht, ging aber in meine Richtung. Rasch verschwand ich zwischen den hochhängenden Strumpfhaltergürteln. Durch die Via Dolorosa der ganzen Unterwäsche schlenderte ich in den hinteren Teil des Ladens. Irgendwo musste es doch einen Personaleingang geben. Einen solchen Eingang hatte jedes Geschäft, und durch den musste ich ins Freie schlüpfen können. Ein kleines, freundlich aussehendes Hema-Mädchen lief mir über den Weg. Ich sprach sie an und sagte: »Ein Kerl ist hinter mir her, gibt es hier irgendwo einen Personaleingang, durch den ich rausgehen kann?« Das Mädchen sah mich kurz an, lächelte aufmunternd, nahm mich beim Arm, führte mich hinter den Würsten entlang in ein Lager, zeigte auf eine Tür und sagte: »Da geht's raus mein Herr.«

Erst als ich draußen war und im finsteren Jan Vossensteg stand, wurde mir allmählich klar, dass sich etwas Merkwürdiges ereignet hatte. Ich schaute auf die kleinen Fenster eines Häuschens, hinter denen 1962, als ich nach Leiden kam, abends noch rote Lampen leuchteten. Seinerzeit hatte es im Jan Vossensteg noch hier und da Huren gegeben. An Winterabenden war ich schweren Herzens an ihren rot beleuchteten Fenstern vorbeigewankt. Ich wollte nicht hinein, um Unzucht zu treiben, ich wollte hinein, um dort selbst spärlich bekleidet als Liebesdienerin in einem Fenster zu sitzen. Immer, wenn ich dort langging, hatte ich das Weihnachtslied »Kommt, staunet ihr Menschen« gesummt. Wollte ich damit zum Ausdruck bringen, wie erstaunt ich selbst über meine merkwürdige Sehnsucht war? Gleichzeitig wurde mir nämlich fast übel bei dem Gedanken, dass – wenn mein Wunsch in Erfüllung ging – dann auch die Möglichkeit bestand, dass tatsächlich ein Mann hereinkam.

Wie sinnlos, nutzlos, wie vollkommen unverständlich waren solche hartnäckigen Sehnsüchte. Und wenn man ihnen nachgab, wenn man sich als Frau auf die Straße wagte, was erreichte man damit? Bestenfalls wurde man von einem zwielichtigen Ladeninhaber einfach hochgehoben.

Ich stand da, im Dunkeln, und Schallwellen der Worte, mit denen ich in Geschäften so oft angesprochen worden war und die mir folglich sehr vertraut in den Ohren geklungen hatten, waren noch als fernes Echo zu hören. »Mein Herr« hatte das Mädchen gesagt, aber sie hatte mich, freundlich lächelnd, dennoch nach draußen gelotst. Als wäre dergleichen völlig normal. Als lotse sie ein paarmal am Tag Männer auf hohen Absätzen nach draußen.

Vorsichtig ging ich wieder Richtung Haarlemmerstraße. An der Straßenecke angekommen, beobachtete ich eine Zeitlang die vorbeikommenden

Menschen. Den Ladeninhaber entdeckte ich nicht. Schließlich wagte ich mich wieder hervor und mischte mich unter die Passanten. Hinter dem Rücken eines riesigen Kerls ging ich erneut Richtung Hafen.

Gerade mal drei Geschäfte weiter sah ich den Ladeninhaber wieder. Im Spiegel einer Schaufensterscheibe. Er ging auf der anderen Straßenseite ein kleines Stück vor mir. Immer wieder sah er sich suchend um. Mich hinter dem breiten Rücken meines Vormanns duckend, schwenkte ich langsam nach rechts. Eine Frau, die aus einem Geschenkartikelladen kam, sah mich, lächelte mir zu und flüsterte: »Ach, nein … ja, nein, du siehst wirklich klasse aus«, und an ihr vorbei schlüpfte ich in den Laden hinein. Dort flimmerten allerlei elektrische Kerzchen, und deshalb war es dort recht dunkel. Was in den Regalen ausgestellt war, raubte mir fast den Atem. So viel Hässliches auf so kleinem Raum, wie war das um Himmels willen möglich! Mitten im Laden funkelte und glitzerte ein riesiger, pyramidenförmiger Turm aus Hunderten von Weingläsern und Dutzenden von Karaffen. Langsam ging ich auf das gläserne Kunstwerk zu. Hier und da nahm ich mit meinen hauchdünnen schwarzen Lederhandschuhen ein kleines Weihnachtsgeschenk von einem der Regalbretter. Oft waren es Gegenstände, von denen ich nicht einmal wusste, wozu sie dienten. Ich hatte beinah das Gefühl, auf einem anderen Planeten zu sein. In der Nähe des Turms entdeckte ich eine Art kleines Karussell, auf dem sich Schachteln mit künstlichen Fingernägeln langsam drehten. Die kamen mir zum Glück wieder bekannt vor, aber das vielfältige Angebot verblüffte mich. Von lang und spitz bis breit und gebogen war alles dabei. Ich nahm eine Schachtel strong curve von dem Karussell und dachte: Was für Klauen! Wenn man die aufklebt, haften sie wahrscheinlich besser als gerade Nägel, aber ob sie auch passen?

Ich zog den rechten Handschuh aus, versuchte die Schachtel zu öffnen und machte dabei mit dem Ellbogen eine Bewegung zur Seite. Ein Junge, der recht schnell an mir vorbeiwollte, erhielt unbeabsichtigt einen Schubs. Er erschrak, beschleunigte nicht nur seinen Schritt, sondern wich auch aus und schrammte im Vorbeigehen den gläsernen Turm. Ein Glas, ein einziges Glas auf halber Höhe des Turms wurde nur für den Bruchteil einer Sekunde berührt. Ich sah, wie das glitzernde Glas zu wackeln begann. Es sah so aus, als wolle es den Moment, in dem es sich aus der riesigen Pyramide löste, noch einen Augenblick hinauszögern. Es hielt sich sogar noch die Möglichkeit offen, nach einer graziösen Pirouette an seinem Standort wieder in die gläserne

Formation zurückzukehren. Dann jedoch fasste das Glas offenbar den Entschluss, sich, welche Konsequenzen dies auch immer haben möge, souverän aus der Pyramide zu stürzen. Es kippte, begann zu fallen. Nun ging ein Zittern durch den gläsernen Turm, ein zweites Glas fiel, ein drittes folgte, und plötzlich war die Luft vom Geräusch zersplitternden Glases erfüllt. Und ich stand da, einen schwarzen Handschuh ausgezogen, in meiner rechten Hand eine Schachtel künstliche Fingernägel mit der Aufschrift *strong curve*, ich streckte die linke Hand, an der ich noch einen Handschuh trug, in Richtung Turm aus, aber es nutzte nichts mehr, ich fing lediglich ein Glas auf und setzte es an die Stelle, wo die Schachtel *strong curve* gestanden hatte, ins Regal zwischen die übrigen künstlichen Nägel. Im Geschäft erstarb das monotone Geräusch umhergehender Schritte. Es war nichts anderes mehr zu hören als die kristallklare Musik von zerbrechendem Glas. Es schien, als dauerte es Stunden, bis der gesamte Turm zu Scherben reduziert zu meinen Füßen lag. Der Junge hatte überraschend schnell das Weite gesucht, und mir dämmerte, dass es klug wäre, mich auch aus dem Staub zu machen. Doch solange dieses Klirren, diese fröhliche Weihnachtsmusik von zerbrechendem Glas erklang, war ich nicht in der Lage, mich vom Fleck zu rühren. Und außerdem:

Welch ein Vorrecht, so etwas sehen zu dürfen. Normalerweise sieht man dergleichen nur in amerikanischen Filmen mit einem hohen Budget, dachte ich. Als endlich der Moment kam, in dem der gesamte Turm zusammengebrochen war, war die Glasmusik immer noch nicht vorüber. Hier und da rollte noch ein Weinglasstiel aus dem Haufen und zerbrach. Oder ein Glas, das heil geblieben und in einem Bett aus Scherben gelandet war, kullerte auf einmal los und zerbrach schnippisch in tausend Splitter. Sogar als eine Frau, die hinter der Kasse hervorkam, mit laut polternden Schuhen auf mich losstürmte, wurden ihre Schritte hin und wieder vom Klirren von zerbrechendem Glas übertönt.

Als die Frau fast bei mir war, streckte sie die Hand aus. Anschließend krümmte sie alle ihre Finger, abgesehen vom Zeigefinger. Der deutete beschuldigend auf mich, und mit einer Stimme wie der eines erzürnten Dragonerchors schnauzte sie: »Sind Sie die Mutter?«

Durch diese sehr entschieden geäußerte Frage war ich so verdattert, dass ich nicht antwortete. Die Kassiererin wiederholte ihre Frage: »Sind Sie die Mutter?«

»Von wem?«, fragte ich schüchtern. Weil ich ziemlichen Schiss hatte, klang meine Stimme erstaunlich hoch und schrill.

»Von dem Jungen«, sagte sie und knirschte dabei mit den Zähnen.

»Von dem Jungen, der das Glas...«

»Ja«, sagte sie. »Sie glauben doch nicht etwa, ich hätte nicht gesehen, was passiert ist? Das Kind flitzte an Ihnen vorbei, warf ein Glas um... Na, den Rest haben wir ja gehört.«

»Sie sind zusammen reingekommen«, sagte eine hilfsbereite Frau.

»Das meine ich auch, ja, die beiden sind zusammen reingekommen, aber dieser Saubengel ist nirgendwo mehr zu sehen, was soll's, wir haben ja die Mutter... jedenfalls... Sind Sie die Mutter?«

Ich schüttelte den Kopf.

»Nein? Sie sind nicht die Mutter? Ja, da schlägt's aber dreizehn, ja ist denn das die Möglichkeit. Sie werden mich doch nicht etwa anlügen? Natürlich sind Sie die Mutter, wer sollte mir denn sonst den Schaden ersetzen, ich hoffe, Sie sind haftpflichtversichert?«

»Ja«, stotterte ich.

»Na Gott sei Dank, gütiger Gott im Himmel, alle meine Gläser... wirklich alle meine Gläser... da baut man bis tief in die Nacht eine Pyramide... man opfert seine Nachtruhe dafür... O Gott, es ist nicht zu fassen...«

Obwohl ich das Glas nicht umgestoßen hatte,

fühlte ich mich doch ein wenig schuldig. Durch meinen unbeabsichtigten Schubs war der Junge von seinem Kurs abgekommen. Trotzdem erschien es mir unfair, dass ich den entstandenen Schaden zahlen sollte.

»Kommen Sie bitte kurz mit nach hinten«, sagte die Kassiererin, »damit ich Ihren Namen und Ihre Adresse notieren kann.«

Durch den Verlauf der Ereignisse war ich so perplex, dass ich wie ein braves Schaf quer durch den Laden hinter der Frau herging. Während ich ihr folgte, bemerkte ich plötzlich, dass ich die Schachtel *strong curve* immer noch in der rechten Hand hielt. Ich steckte sie in die Tasche meines Mantels.

Hinten im Laden war eine schmale Tür. Die Kassiererin öffnete sie, betrat ein winzig kleines Büro mit einer Vierzigwattbirne an der Decke und einer Tür in jeder Wand. Ich folgte ihr.

Gehorsam setzte ich mich hin. Sie nahm auch Platz, griff nach einem Blatt, schrieb etwas darauf, das ich nicht lesen konnte, und fragte dann spitz: »Name?«

Vielleicht klingt es nicht sehr glaubwürdig, aber als ich dort saß und das feine Gläserklirren hörte, dachte ich überhaupt nicht mehr daran, dass ich wie eine Frau aussah. Ich hatte es einfach vergessen. Später habe ich das noch oft erlebt. Es ist eine merkwürdige, fast schon absurde Erfahrung: Das Bewusstsein, dass man verkleidet ist, verschwindet aus irgendeinem Grund nach einiger Zeit. Vielleicht aber ist es einfach nur so, dass man nicht mehr darauf achtet, dass Perücke, Rock und Make-up so selbstverständlich geworden sind, dass man sie nicht einmal mehr bemerkt. Wie dem auch sei, ich hockte dort unter der Vierzigwattbirne und nannte meinen Namen.

Einen Moment lang sah die Frau mich erstaunt an, dann notierte sie meinen Namen. Während sie einen Buchstaben nach dem anderen malte, krochen Zweifel in die Bewegungen ihres Kugelschreibers. Sie schaute auf, sah dann wieder auf die Buchstaben, runzelte die Stirn, starrte mich voller Erstaunen an und sagte: »Wie soll ich das verstehen? Sie können... Sie können... gar nicht...« Sie schluckte, stand auf und sagte: »Ich hole nur kurz meinen Mann.« Durch die Tür, die sie öffnete, fiel mein Blick auf eine Treppe. Die Frau rief: »Joop!« Von oben ließ sich sogleich eine Stimme vernehmen, dann war ein Poltern zu hören, und kurz darauf erschien ein Kopf in der Treppenöffnung.

»Was iss'n?«

»Ich hab hier ein Problem. Könntest du bitte mal kommen?«

Nach dem Kopf tauchten erst zwei Arme auf,

erst dann kamen die Beine hinterher. Je mehr aber die gedrungene, muskulöse Gestalt auf der Treppe sichtbar wurde, sich den Blicken preisgab, um so deutlicher wurde, dass dort niemand anderes als mein Ladeninhaber zum Vorschein kam. Erst als er in voller Größe zu sehen war, sah er mich an. Wenn ich tatsächlich vergessen hatte, wie ich so aussah, so kehrte dieses Wissen augenblicklich wieder, als der Mann zu strahlen begann. Munter blinzelte er mir zu. Die Frau zischte: »Diese Person...« Ihr Blick war nun voller Entsetzen. Sie wiederholte: »Diese Person...« Offenbar wusste sie nicht, wie sie fortfahren sollte. Erneut schluckte sie, sie murmelte weinerlich... »Mein wunderschöner Turm ist eingestürzt; mein ganzes Weihnachtsglas ist zum Teufel... Nein, verdammter Mist, Sie sind nicht die Mutter, wenn Sie das eher gesagt hätten, dann hätte ich mir diesen Saubengel geschnappt. Himmelherrgottsakrament, jetzt bleibe ich zu Weihnachten auf einem Schaden von tausend Gulden sitzen... Und ich dachte, ich hätte die Mutter beim Schlafittchen, aber stattdessen habe ich einen... einen...« Sie schüttelte langsam den Kopf, sah ihren Mann flehentlich an und sagte... »Was soll ich jetzt tun? Was soll ich jetzt nur tun? Sag du doch auch mal was, ich weiß nicht, was ich tun soll.«

Ihr Mann sah sie nicht an, er stand unten an der

Treppe und konnte seinen Blick nicht von mir abwenden. Wie merkwürdig, wie beklemmend, so entzückt angestarrt zu werden. Seine Frau sah ihn an, bemerkte, wie er mich mit Blicken verschlang, und geriet in Panik.

»O mein Gott«, schrie sie, »o mein Gott, wie schrecklich...«

Sie sprang auf, stürzte sich auf mich, schob mich mit ihrem ganzen Körpergewicht quer durch das winzige Büro. Mit der linken Hand öffnete sie eine schmale Tür hinter sich, drückte mich mit aller Kraft hindurch, ließ mich dann los und schubste mich mit beiden Händen in eine Gasse hinein. Es kostete mich große Mühe, auf den Beinen zu bleiben. Ich flog gegen eine Mauer und hörte, wie die Tür hinter mir zuknallte. Ich presste mich an die Wand, holte tief Luft und wollte dann meinen rechten Handschuh aus der Manteltasche nehmen. Dabei trafen meine Finger jedoch auf die Schachtel mit der Aufschrift *strong curve*. Die muss ich zurückbringen, schoss es mir durch den Kopf, doch dann dachte ich: Wenn ich mich dort wieder blicken lasse, bringt die Frau mich um, und darum ging ich, mich ermannend (erfrauend?), auf meinen hohen Absätzen durch die Gasse in Richtung des dunklen, aber dennoch schwarz glitzernden, geriffelten, friedlich gluckernden Wassers des Alten Rijn.

Nachweis

Ray Bradbury
(* 22. August 1920, Waukegan / Illinois)
Segne mich, Vater, denn ich habe gesündigt. Aus dem Amerikanischen von Otto Bauer. Aus: Ray Bradbury, Das Weihnachtsgeschenk. Copyright © 2008 by Diogenes Verlag, Zürich

Charles Bukowski
(16. August 1920, Andernach – 9. März 1994, Los Angeles)
Weihnachten. Aus dem Amerikanischen von Carl Weissner. Aus: Charles Bukwoski, Kinoreklame in der Wüste. Copyright © 1982 Zweitausendeins, Frankfurt am Main

Anton Čechov
(17. Januar 1860, Taganrog – 15. Juli 1904, Badenweiler)
Der Tannenbaum. Aus dem Russischen von Peter Urban. Aus: Anton Cechov, Das Leben in Fragen und Ausrufen. Copyright © 2001 by Diogenes Verlag, Zürich

Alphonse Daudet
(13. Mai 1840, Nimes – 16. Dezember 1897, Paris)
Die drei stillen Messen. Aus dem Französischen von Anton Friedrich. Aus: Alphonse Daudet, Œuvres complètes illustrées. Librairie de France, Paris 1930. Copyright © by Diogenes Verlag für die deutsche Übersetzung

Charles Dickens
(7. Februar 1812, Portsmouth – 9. Juni 1870, Rochester)
Die Geschichte von den Kobolden, die einen Totengräber entführten. Auszug aus: Charles Dickens, Die Pickwicker. Aus dem Englischen von Gustav Meyrink. Copyright © 1986 by Diogenes Verlag, Zürich

Richard Ford
(* 16. Februar 1944, Jackson/Mississippi)
Krippe. Aus dem Amerikanischen von Frank Heibert. Aus: Richard Ford, Eine Vielzahl von Sünden. Copyright © 2004 by Berlin Verlag, Berlin

Robert Gernhardt
(13. Dezember 1937, Reval/Estland – 30. Juni 2006, Frankfurt am Main)
Weihnachten. Aus: Robert Gernhardt, Pardon, 1962. Copyright © Nachlass Robert Gernhardt, durch Agentur Schlück. Alle Rechte vorbehalten

René Goscinny
(14. August 1926, Paris – 5. November 1977, Paris)
Lieber Weihnachtsmann. Aus dem Französischen von Hans Georg Lenzen. Aus: Goscinny/Sempé, Der kleine Nick ist wieder da! Copyright © 2006 by Diogenes Verlag, Zürich

Thomas Hardy
(2. Juni 1840, Dorchester/Dorset – 11. Januar 1928, Dorchester)
Die Diebe, die niesen mussten. Aus dem Englischen von Renate Orth-Guttmann. Copyright © 2009 by Diogenes Verlag, Zürich

Maarten 't Hart
(* 25. November 1944, Maassluis)
Klirr, Gläschen, klirr. Aus dem Niederländischen von Gregor Seferens. Auf Deutsch erstmals erschienen in Die literarische Welt, 24.12.2004. Abdruck mit freundlicher Genehmigung

Nikolaus Heidelbach

(* 5. Dezember 1955, Lahnstein)

Mein schönstes Weihnachtserlebnis. Aus: Wiglaf Droste, Nikolaus Heidelbach, Vincent Klink, Weihnachten. DuMont Buchverlag, Köln 2007. Copyright © by Nikolaus Heidelbach. Abdruck mit freundlicher Genehmigung des Autors

Jakob Hein

(* 1971, Leipzig)

Tagebuch. Aus: *Alles Lametta.* Herausgegeben von Susann Rehlein. Piper Verlag, München, 2002. Copyright © by Jakob Hein. Abdruck mit freundlicher Genehmigung des Autors

Wladimir Kaminer

(* 19. Juli 1967, Moskau)

Superman und Superfrau. Aus: Weihnachten auf Russisch. Herausgegeben von Olga Kaminer. List Verlag, Berlin 2008. Copyright © by Wladimir Kaminer. Abdruck mit freundlicher Genehmigung des Autors

Ring Lardner

(6. März 1885, Niles/Michigan – 27. Sept. 1933, New York)

Der Eltern Weihnachtsfest. Aus dem Amerikanischen von Fritz Güttinger. Aus: Ring Lardner, Das Liebesnest. Copyright © 1963, 1974 by Diogenes Verlag, Zürich

Joachim Ringelnatz, eigentlich Hans Bötticher

(7. August 1883, Wurzen bei Leipzig – 16. Nov. 1934, Berlin)

Der Weihnachtsbaum. Aus: Joachim Ringelnatz, Sämtliche Gedichte. Diogenes Verlag, Zürich 2005

David Sedaris

(* 26. Dezember 1956, Johnson City/New York)

Dinah, die Weihnachts-Hure. Aus dem Amerikanischen von Harry Rowohlt. Aus: David Sedaris, Naked. Copyright © 2005 by Wilhelm Heyne Verlag, München, in der Verlagsgruppe Random House

Georges Simenon
(13. Februar 1903, Lüttich – 4. September 1989, Lausanne)
Das Restaurant an der Place des Ternes. Aus dem Französischen von Michael Mosblech. Aus: Georges Simenon, Sieben Kreuzchen in einem Notizbuch © 1992 by Diogenes Verlag, Zürich

Henry Slesar
(12. Juni 1927, New York – 2. April 2002, New York)
Der Mann, der Weihnachten liebte. Aus dem Amerikanischen von Barbara Rojahn-Deyk. Copyright © 1989 by Charlotte McLeod. Aus: Henry Slesar, Listige Geschichten für arglose Leser. Copyright © 1992 by Diogenes Verlag, Zürich

Martin Suter
(* 29. Februar 1948, Zürich)
Weihnachten mit Winterberg. Aus: Martin Suter, Huber spannt aus. Copyright © 2005 by Diogenes Verlag, Zürich

Laura de Weck
(* 1981, Zürich)
Die Wohltat. Zum ersten Mal erschienen im Tages-Anzeiger, Zürich. Copyright © by Laura de Weck. Abdruck mit freundlicher Genehmigung der Autorin